el

RETO

DEL MULTIMILLONARIO

el RETO DEL MULTIMILLONARIO

J.S. Scott

traducción de Roberto Falcó

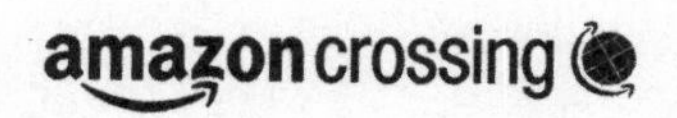

Título original: *No Ordinary Billionaire*

Publicado originalmente por Montlake Romance, Estados Unidos, 2015

Edición en español publicada por:
AmazonCrossing, Amazon Media EU Sàrl
5 rue Plaetis, L-2338, Luxembourg
Noviembre, 2017

Producción editorial: Wider Words
Diseño de cubierta por: Laura Addari / studio pym, Milano
Imagen de cubierta por: © Flashpop/Getty Images

Impreso por: Ver última página
Primera edición digital 2017

ISBN: 9781477819616

www.apub.com

SOBRE LA AUTORA

J. S. Scott, prolífica autora de novelas románticas eróticas, es una de las escritoras con más éxito del género y ha ocupado los primeros puestos en las listas de libros más vendidos de *The New York Times* y *USA Today*. Aunque disfruta con la lectura de todo tipo de literatura, a la hora de escribir se inclina por su temática favorita: historias eróticas de romance, tanto contemporáneas como de ambientación paranormal. En la mayoría de sus novelas el protagonista es un macho alfa y todas tienen un final feliz, seguramente porque la autora no concibe terminarlas de otra manera. Vive en las hermosas Montañas Rocosas con su esposo y dos pastores alemanes muy mimados.

Entre sus obras destaca la serie «Los Sinclair», de la que forma parte la presente novela.

Capítulo 1

No soportaba que el día del entierro de Patrick hubiese hecho un sol radiante. No había ni una nube en el cielo cuando el cementerio quedó inundado por una marea de hombres vestidos igual, luciendo un crespón en la placa por la pérdida de uno de los suyos. Todos mostraban un gesto solemne y muchos sudaban debido al formal uniforme que llevaban pese al calor del sur de California.

El detective Dante Sinclair no podía apartar los ojos de la pantalla mientras miraba el vídeo del funeral en su portátil. Sintió un nudo en la garganta al oír la última llamada por radio al detective Patrick Brogan y la ausencia de respuesta. Era una tradición instaurada como acto de homenaje a los agentes fallecidos. Se declaró oficialmente el 10-7, fuera de servicio, y el maestro de ceremonias expresó lo mucho que iban a echarlo de menos.

Dante tomó aire y cerró el ordenador con gesto brusco. Habría preferido mil veces que el funeral se hubiera celebrado un día de lluvia. En cierto modo no le parecía justo que los oficios hubieran tenido lugar uno de esos días que tanto le gustaban a Patrick y que este no hubiera podido disfrutar del espléndido tiempo. Seguro que habría estado impaciente por salir a pescar. Sin embargo, estaba muerto, en el interior de un ataúd cubierto por la bandera de Estados Unidos. Ya nunca volvería a gozar con ninguna de las cosas que tanto amaba.

Dejó caer el ordenador de la cama. Le daba igual que se rompiera en mil pedazos. Se incorporó sin reparar en el dolor que sentía. «¡Maldita sea!». Ni siquiera había podido asistir al entierro de su compañero porque para entonces aún estaba en el hospital. Pero no había podido evitar ver las imágenes: Patrick había sido compañero de Dante y miembro de su equipo de Homicidios durante años. También había sido el mejor amigo que había tenido jamás.

«Debería haber muerto yo». Patrick tenía mujer y un hijo adolescente que quedaba huérfano.

Dante era consciente de que Karen y Ben, la mujer y el hijo de su compañero, lo habían tratado como si lo hubieran adoptado y lo invitaban a cenar siempre que Patrick y él tenían tiempo para esas cosas, algo que no sucedía a menudo. El trabajo los obligaba a pasar mucho tiempo fuera de casa, sobre todo de noche. En su distrito apenas se cometían asesinatos a plena luz.

«Karen y Ben no tendrán que preocuparse por el dinero. Eso no compensará la pérdida de Patrick, pero les servirá de ayuda».

Dante había solucionado los posibles problemas económicos de Karen y Ben realizando una donación anónima de varios millones de dólares a un fondo a nombre de la familia Brogan, aunque ese gesto no les permitiría recuperar al hombre al que amaban, al marido, al padre. Lo que había hecho le parecía una minucia teniendo en cuenta que era dueño de una gran fortuna.

Pese a que Patrick y él habían obtenido el rango de detective más o menos en la misma época, Patrick era diez años mayor y mucho más sensato. Le enseñó a ser paciente, cualidad que Dante no poseía, y lo había ayudado a mejorar en infinidad de aspectos.

«¡Maldición! ¡Tendría que haber sido yo! ¿Por qué no me hallaba en el lugar de Patrick cuando el criminal disparó?».

Patrick y él habían estado cerca, muy cerca, maldita sea, de detener a un asesino que había violado y matado a tres mujeres en su distrito, siempre peligroso y plagado de bandas. Lo habían seguido por la calle y estaban esperando refuerzos para detenerlo. El criminal había cometido varios errores con su última víctima y había dejado suficientes muestras de ADN para poder llevarlo a juicio.

Con un gesto de dolor, Dante se sentó en el borde de la cama y revivió los últimos momentos de su compañero, el instante en que su mejor amigo perdió la vida.

Patrick y él se habían apostado cerca del violador para no perderlo de vista.

El gemido de las sirenas atravesó el aire.

De pronto el sospechoso fue presa del pánico, sacó una pistola semiautomática y empezó a disparar.

Dante aún no entendía por qué el violador se había derrumbado en ese momento. Habría sido lógico que las sirenas asustaran a un asesino que ya sabía que la policía iba tras sus pasos. Sin embargo, aquellas sirenas no tenían nada que ver con él; las patrullas habían acudido por otro incidente completamente distinto, no a anunciar a bombo y platillo que iban a detener a ese malnacido. Pero su ruidosa llegada bastó para que el sospechoso perdiera los nervios y se liara a tiros, sin mediar palabra, contra cualquier cosa o persona que estuviera a su espalda.

Patrick fue el primero en caer, de una bala en la cabeza. Dante desenfundó su Glock mientras recibía varios disparos de cerca del sospechoso, y protegió a Patrick con su cuerpo hasta que logró darle el tiro de gracia al cabrón. En aquel momento no sabía que ya era demasiado tarde para su compañero. La bala que lo había alcanzado en la cabeza lo mató al instante. Por suerte, los pocos civiles que había en la calle a primera hora de la mañana habían logrado huir; Dante fue el único herido, y Patrick y el sospechoso las dos víctimas mortales.

Él llevaba su chaleco antibalas, pero los disparos casi a quemarropa le provocaron fuertes traumatismos. Sin embargo, le había salvado la vida: las balas solo le habían fracturado algunas costillas en lugar de atravesarle el pecho. El disparo en la cara no le había perforado el cráneo, pero en la mejilla derecha tenía una fea herida que llegaba hasta la sien. La bala de la pierna derecha había atravesado el muslo, por lo que había tenido que pasar por quirófano tras el tiroteo, pero no le había fracturado el fémur. En el brazo izquierdo solo tenía un rasguño.

¡Era un cabrón con suerte!

Mentalmente, Dante oyó la voz de su compañero diciéndole esas mismas palabras en broma, pero en esos momentos no se sentía muy afortunado. Las heridas que había sufrido lo iban a obligar a pasar una semana en el hospital, a no poder asistir al funeral de Patrick, a no despedirse de su mejor amigo. Karen y Ben habían ido a visitarlo después de la intervención, y ella le dijo entre lágrimas lo mucho que se habría alegrado su marido de que él hubiera sobrevivido. Incluso le dio las gracias por haber intentado protegerlo. Ninguno de los dos lo culpó de la muerte de su marido y padre; sin embargo, Dante no podía reprimir el deseo de haber recibido él mismo el balazo en lugar de su compañero ni contener la sensación de que, en cierto modo, le había fallado al no haber muerto en su lugar.

Era el sentimiento de culpa del superviviente. Así lo definían los psicólogos del departamento, quienes le habían dicho que era algo normal, teniendo en cuenta las circunstancias. Al oír aquel comentario, Dante sintió el impulso de darle un puñetazo al loquero de turno. ¿Qué demonios había de normal en desear estar muerto?

—¿Estás bien? —La voz grave y preocupada de su hermano Grady llegó desde la puerta de la pequeña habitación—. ¿Necesitas algo? Falta una hora para que aterricemos. Me ha parecido oír un ruido.

No dejaba de ser irónico que Dante y sus hermanos siempre hubieran querido proteger a Grady, a menudo con escaso éxito, para que no se convirtiera en el principal objetivo de su padre alcohólico y maltratador, y que ahora Grady intentase cuidar de él. Los demás hermanos fueron a verlo al hospital en Los Ángeles, se subieron a un avión en cuanto supieron que lo habían herido. Pero al final decidió irse con Grady a su residencia de verano de Maine, una casa que pertenecía a Dante pero que solo había visto unas cuantas veces desde que la habían construido. Cada uno de los hermanos Sinclair tenía una finca en la península de Amesport, pero Grady era el único que había convertido la suya en su hogar permanente. Dante estaba impaciente por llegar allí para dejar de tener pesadillas con los últimos instantes de Patrick. En esos momentos, lo único que veía cuando cerraba los ojos era la muerte de su compañero.

Cuando sucedió todo, Dante no se dio cuenta de que Patrick estaba exhalando su último aliento al caer al suelo con un grito entrecortado, los ojos aún abiertos y la cabeza cubierta de sangre. Ahora que sí lo sabía, no podía dejar de pensar en esa horrible imagen.

Se encontraban a bordo del avión privado de Grady, volando de Los Ángeles a Amesport, en Maine. Aterrizarían en un pequeño aeropuerto situado a las afueras de la ciudad.

—No me vendría mal una cerveza —le dijo Dante a su hermano con voz lastimera, sin mirarlo y sujetándose la cabeza—. ¡Ay! ¡Mierda!

Apartó las manos al sentir una punzada de dolor en las heridas de la cara.

—El alcohol y los analgésicos no son una buena mezcla —contestó Grady con calma mientras recogía el portátil del suelo. Comprobó que, por suerte, aún funcionaba, y frunció el ceño cuando descubrió lo que su hermano había estado viendo—. ¿Has visto el funeral? Fuimos todos, Dante. Sé que te sientes fatal por habértelo perdido, pero precisamente fuimos nosotros porque tú no podías acudir.

Era cierto, y el hecho de que sus hermanos y su hermana hubieran ido al entierro por él, que estaba postrado en la cama del hospital, para dar el último adiós a un hombre al que ni siquiera conocían, lo conmovió mucho más de lo que imaginaban. Se habían puesto en su piel, se habían unido para apoyarlo y habían asistido al funeral de Patrick. Para él había sido un gesto importantísimo, pero...

—Tenía que verlo con mis propios ojos. —Dante lanzó una mirada gélida a su hermano—. Y no estoy tomando los analgésicos.

Quizá fuera una estupidez, pero sentir el dolor de las heridas le había permitido aliviar en parte el sentimiento de culpa por estar vivo. Si sentía dolor era porque estaba pagando el precio de seguir con vida mientras Patrick yacía enterrado a dos metros bajo tierra.

Su psicólogo creía que tenía pensamientos autodestructivos.

A Dante le importaba una mierda.

—Espera —dijo Grady con voz seria. Salió de la habitación y regresó con una botella de cerveza. La abrió y se la tendió—. No es la cosa más sana que podrías tomar en estos momentos, pero tampoco creo que te haga mucho daño.

Dante inclinó la cabeza hacia atrás y tomó un gran sorbo del frío líquido, que se deslizó por la garganta. De pronto dudó de que hubiera sido una decisión inteligente. El sabor dio rienda suelta a un gran número de recuerdos, todos relacionados con las incontables ocasiones en que Patrick y él habían tomado una cerveza juntos. La acabó enseguida mientras Grady lo observaba, pensativo, y le dio la botella a su hermano tras apurar el último trago.

—Gracias.

Grady tomó la botella de mala gana.

—¿Estás bien? —insistió, con voz ronca—. Sé que tienes mucho dolor, pero las heridas se curarán. No me refiero a eso. Necesito saber si estás bien de verdad.

Dante miró a su hermano mayor. El gesto de preocupación de Grady estuvo a punto de partirle el corazón. Aunque los hermanos

Sinclair vivían desperdigados por el país tras dejar atrás una infancia y adolescencia infernales, el cariño que se profesaban no se había resentido lo más mínimo. Solo se reunían en contadas ocasiones, pero compartían un gran afecto. Lo había visto en la mirada de sus hermanos en el hospital.

La preocupación y la angustia que se reflejaban en los ojos grises de Grady obligaron a Dante a admitir por primera vez la situación real.

—No, creo que no.

Patrick había muerto. Él habría preferido morir en su lugar. Estaba atenazado por el dolor y en su interior reinaban el frío y la oscuridad.

Justo en ese instante, cuando su mirada angustiada se cruzó con la de su hermano, Dante supo que nunca volvería a estar bien.

Capítulo 2

—¿Has leído mi columna de hoy?

La doctora Sarah Baxter se mordió los labios para no sonreír mientras observaba a su paciente de más edad, que seguía sentada en la camilla tras un control rutinario. Elsie Renfrew era una mujer rara, pero también era concejala del Ayuntamiento de Amesport y la mayor chismosa de la ciudad, de modo que pese a sus excentricidades no se podía decir que estuviera loca. Sarah le había tomado mucho cariño a la anciana, pero sabía lo astuta que era y que conocía la vida personal de casi todos los residentes de Amesport. La mayoría de gente la llamaba Elsie la Soplona, pero la señora Renfrew tenía suficiente poder e influencia para que nadie se atreviera a decírselo a la cara. Sarah admiraba su valor, pero tenía que ir con pies de plomo con lo que decía delante de aquella anciana tan curiosa. Cualquier comentario, por sucinto que fuera, podía aparecer en la columna de Elsie «Noticias de Amesport», que publicaba el *Amesport Herald*, si contenía el menor indicio de información jugosa. Sarah admiraba que su paciente hubiera cumplido ochenta años y tuviera un papel tan activo en la comunidad, pero también sabía que la señora Renfrew causaba pavor en ocasiones. Si cometía el menor desliz, aquella mujer de apariencia adorable podía tergiversar la información y convertirla en tema de habladurías. A pesar de todo, Elsie no era mala persona. Tan solo consideraba que era su deber informar de cualquier noticia que se produjera en Amesport, ya que sus raíces se remontaban a los tiempos de la fundación de la ciudad.

—No, señora Renfrew, aún no he tenido tiempo de leer el periódico de hoy —mintió Sara, pero se justificó diciéndose que era mejor esa mentira piadosa que la posible alternativa. Había leído el diario mientras desayunaba y no había pasado por alto el artículo de Elsie titulado «Apuesto miembro del clan Sinclair regresa herido a Amesport». Si algo no quería Sarah que supiera la señora Renfrew era que sabía más sobre esa situación que cualquier otro habitante de Amesport, salvo la adinerada familia del «apuesto» Sinclair.

—Cielo, hace siglos que te dije que me llamaras Elsie. —La diminuta mujer de pelo plateado dio una palmada en el brazo a Sarah y bajó con un salto ágil de la camilla, gracias a las zapatillas deportivas, que absorbieron gran parte del impacto. Por increíble que pareciera, Elsie lucía un aspecto elegante a pesar de su atuendo: unas deportivas blancas y una sudadera roja.

Sarah suspiró y estiró una mano para sujetarla del brazo y asegurarse de que no perdía el equilibrio. Aún no se había acostumbrado al trato informal que tanto se estilaba en la ciudad costera de Amesport.

—Es cierto, Elsie, tienes toda la razón. —Después de casi un año de haber abierto la consulta, a Sarah aún le costaba dirigirse a los pacientes por sus nombres de pila aunque se lo pidieran, y se dio cuenta de que había llegado a conocerlos tan bien que todos preferían evitar los formalismos.

Había hecho la residencia de medicina interna y ejercido el primer año en Chicago, donde no acostumbraba a tener mucho tiempo para visitar a los pacientes. Se había centrado en los enfermos hospitalizados, por lo que no había tenido muchas oportunidades de conocer a ninguno de ellos personalmente, salvo algún caso que había requerido de un internamiento más largo.

Sarah se estremeció, una reacción que le sobrevenía cada vez que pensaba en entrar en un hospital.

—Se me ha ocurrido que a lo mejor serás la doctora que trate a Dante Sinclair. —Elsie enarcó una ceja y le dirigió una mirada pícara—. No es que tengas mucha competencia.

Sarah negó con la cabeza, intentando concentrarse en su paciente.

—Aunque fuera su médica, Elsie, no podría decírtelo. Es una cuestión de confidencialidad.

«Y gracias a Dios que existe», pensó Sarah. El hecho de ejercer la medicina le servía de excusa para cerrarse en banda cuando Elsie le hacía preguntas sobre otros pacientes.

—¿Me estás diciendo que serás la doctora de Dante Sinclair? —preguntó Elsie con perspicacia, y lanzó una mirada inquisitiva a Sarah—. ¿Y que no me lo puedes decir por una cuestión de ética profesional?

—No. No he dicho nada de eso. —No iba a caer en la trampa de Elsie y admitir lo que ella quería—. Solo te recuerdo que ningún médico puede airear los secretos de sus pacientes —replicó Sarah con firmeza, consciente de que, si le daba la mano a Elsie, acabaría tomándose el brazo. La anciana era capaz de cualquier cosa con tal de conseguir una respuesta.

—Es un hombre muy rico. Está soltero y es un héroe. Se tiró delante de su compañero para intentar salvarle la vida y mató al criminal para evitar que hubiera más víctimas. Sería un buen partido para ti, cielo —dijo Elsie con aire pensativo—. Precisamente esta mañana Beatrice y yo hablábamos de vosotros dos.

Vaya por Dios. A Sarah le aterraba el mero hecho de pensar que Elsie había hablado con Beatrice Gardener sobre su destino. Esta era la segunda chismosa de Amesport y se consideraba la casamentera de la ciudad. Ambas mujeres, de una edad similar, formaban una pareja letal.

—No estoy buscando marido —se apresuró a decirle a la anciana, con un deje que rozaba la desesperación.

Elsie abrió la boca para replicar, pero alguien llamó a la puerta antes de que pudiera pronunciar palabra.

—Adelante —dijo Sarah con impaciencia.

«Que entre ya, por favor», pensó.

Kristin, la alegre pelirroja directora administrativa de la consulta y ayudante médica, asomó la cabeza por la puerta.

—Lista para extraerte sangre, Elsie. —Kristin abrió la puerta del todo y le hizo un gesto a la anciana para que la acompañara.

—Gracias —le dijo Sarah a su ayudante articulando la palabra, mientras Elsie esbozaba una mueca de disgusto. Saltaba a la vista que no le hacía ninguna gracia no haber logrado su objetivo, pero se dirigió a la puerta a regañadientes—. Que tengas un buen día —deseó Sarah a la paciente—. Nos vemos dentro de un par de semanas para darte los resultados de la analítica.

—Recuerda lo que te he dicho —insistió Elsie—. Beatrice y yo casi nunca nos equivocamos. Sois perfectos el uno para el oro. Me amiga ha tenido uno de sus presentimientos con vosotros dos.

—De acuerdo —concedió Sarah con un hilo de voz, y lanzó un suspiro de alivio cuando Elsie salió de la consulta. Kristin le lanzó un guiño antes de cerrar la puerta y por fin se quedó a solas.

«Gracias a Dios», pensó.

No era que no le gustaran sus pacientes. La verdad era que, en general, podía mantener una conversación animada con Elsie sobre cualquier tema que no girara en torno a los chismes de Amesport. Pero estaba claro que la señora Renfrew había acudido a la consulta con el objetivo de sonsacarle información y Sarah tenía miedo de haber revelado algo simplemente con su expresión, porque mentía muy mal. De hecho, mentía fatal.

«Seguramente porque antes de venir aquí no tenía amigos a los que mentir».

Nunca había tenido ninguna necesidad ni motivo para faltar a la verdad. Por lo general, cuando se trataba de manejar datos científicos, no era necesario recurrir a las mentiras.

Dante Sinclair iba a ser su paciente. Ya había estudiado su historial médico y sabía que llegaba ese mismo día en avión, procedente de Los Ángeles. Había mantenido una larga conversación con su médico y su psicólogo. La noche anterior había estudiado sus heridas y leído su historial, se había empapado con todos los datos de su estado médico y del incidente que lo había dejado en aquella situación.

«Perdió a su compañero. Debió de ser una experiencia horrible, y aun así fue capaz de matar a un asesino en serie a pesar de los disparos que había recibido. Y lo hizo mientras protegía a su compañero, que ya había muerto».

Sarah no podía negar que Dante Sinclair era un héroe, pero a juzgar por su historial psicológico no había encajado muy bien la muerte de su compañero y mostraba un comportamiento autodestructivo.

«El sentimiento de culpa del superviviente».

Aunque Sarah no era psicóloga y por su carácter le costaba llegar a comprender un comportamiento tan emocional, creía que, en cierto modo, no dejaba de ser normal que hubiera reaccionado de esa forma.

«El sentimiento de culpa del superviviente es un trastorno mental que se produce cuando alguien considera que ha obrado mal al sobrevivir a un hecho traumático en el que han fallecido otros».

Si Sarah no hubiera experimentado un trauma psicológico en carne propia el año anterior, tal vez habría llegado a la conclusión de que el sentimiento de culpa del superviviente era del todo ilógico. Pero ya no pensaba así: las reacciones mentales no eran lógicas, pero se producían, y podían destruir la vida de aquellos que las padecían.

Salió de la sala de reconocimiento, se metió en su pequeño despacho, se quitó el pijama de médico y se puso unos pantalones y una blusa de manga corta púrpura. Se calzó las sandalias, agarró el bolso y recorrió el pasillo de puntillas para salir de la consulta sin cruzarse de nuevo con Elsie. Kristin le estaba extrayendo sangre y no tardaría mucho.

«No puedo creer que tenga que actuar como una ladrona en mi propia consulta».

Respiró hondo cuando salió del edificio y dejó que el aroma del mar le templara el alma. Amesport era suficientemente grande para tener todo lo que necesitaba, pero lo bastante pequeño para conservar cierto encanto. Su consulta estaba en el centro, y a primera hora de la tarde la zona rebosaba actividad, como era habitual durante la temporada turística. La humedad le rizaba ligeramente las puntas de su media melena rubia, como si tuviera vida propia, pero no le importó. No pensaba regresar al despacho para buscar una horquilla, de hecho empezaba a acostumbrarse a que el tiempo de Maine le alborotara el pelo. Mientras se dirigía a su todoterreno, se lamentó de no tener tiempo para recorrer a pie la plaza del centro. No le vendría nada mal un café del Brew Magic, la cafetería de la ciudad, y le gustaba pasear por Main Street. Habitualmente iba caminando al trabajo, pero hoy no le había sido posible porque tenía que desplazarse hasta la península al acabar la jornada laboral.

Sarah conducía despacio debido al gran número de turistas y gente que iba a la playa, sin dejar de pensar en su nuevo paciente. Sabía muy bien por qué el médico de Dante Sinclair había acudido a ella. Su consulta no estaba tan concurrida como la de los otros facultativos porque solo trataba a pacientes ambulatorios, y nada más llevaba un año ahí. Si tenía un paciente que debía ingresar en el hospital, lo remitía a uno de sus colegas. Así pues, tenía más tiempo para visitar a Dante Sinclair en su casa, algo imprescindible dado su estado actual. Además, era un Sinclair, y había oído hablar de la adinerada familia desde el primer día que llegó a Amesport. Grady Sinclair era muy respetado porque usaba su riqueza y poder para ayudar a mejorar la ciudad, y todo el mundo conocía la historia de que había evitado el cierre del centro juvenil. Ahora que se había casado con la directora de dicho centro, la ciudad entera lo consideraba un héroe local.

Costaba creer la fama de antisocial que se había ganado Grady Sinclair en el pasado. Sin embargo, ya no era cierta; además su mujer, Emily, era paciente y amiga de Sarah. La había elegido a ella como médica de cabecera porque prefería a una mujer para las revisiones rutinarias. A Sarah le caía bien Grady, era un hombre agradable y realista; más aún si se tenía en cuenta que era multimillonario y procedía de una acaudalada familia de Boston cuya inmensa fortuna se remontaba varias generaciones atrás.

«¿Cómo debe de ser alguien que es multimillonario y decide hacerse policía, detective de Homicidios en Los Ángeles?».

La cabeza de Sarah funcionaba como un ordenador: intentaba analizar datos. Pero cada vez que procuraba hallar una respuesta a esa pregunta no llegaba a ninguna conclusión. Tenía un coeficiente intelectual muy alto, entraba en la categoría de genio, pero lo que había hecho Dante Sinclair era... irracional.

«Es un paciente como cualquier otro. No tengo por qué darle más vueltas a su extraña carrera profesional».

Sarah dejó atrás la ciudad, negando con la cabeza mientras se preguntaba a qué se debía esa curiosidad que sentía por Dante Sinclair.

«Quizá se deba a que me he pasado el fin de semana escuchando mensajes y súplicas de sus colegas, hermanos y amigos».

En cuanto acabó el funeral de su compañero, empezó a sonar el teléfono de la consulta de forma insistente, lo que obligó a Kristin a activar el contestador automático para gestionar la avalancha. Sarah supuso que sus hermanos habían informado a los compañeros de

Dante Sinclair de Los Ángeles del lugar al que se dirigía y de quién iba a encargarse de su salud. El número de llamadas que recibieron fue enorme, desde sus hermanos a sus compañeros de póquer, pidiéndole que ayudara a Dante a recuperar una vida normal. Muchos de ellos se habían ofrecido a hacer cualquier cosa. Sin duda, en Los Ángeles había muchos policías, pero Sarah nunca había visto a tanta gente y tan preocupada como en el caso de Dante Sinclair. Muchas de esas personas habían llegado a ofrecer dinero, sobre todo aquellos que no sabían que lo habían herido en acto de servicio y que todos sus gastos médicos estaban cubiertos. Pero era obvio que ninguno de los que llamaron, salvo sus cuatro hermanos, sabía que Dante era, junto a estos, una de las personas más ricas del planeta. La pena que mostraba esa gente era auténtica, lo que hizo pensar a Sarah que Dante debía de haber sido un hombre excepcional antes de resultar herido.

Detuvo el vehículo en la verja que daba acceso a la península y esperó a que se abriera para acceder a la propiedad de los Sinclair. La enorme extensión de tierra que se veía al otro lado pertenecía a la familia. Era una finca excepcional. Sarah siempre había tenido muchas ganas de explorarla, pero no había tenido ninguna excusa para entrar en la propiedad... hasta ahora. Emily vivía en una casa cerca del extremo de la península con Grady, pero Sarah y ella siempre quedaban en la ciudad porque resultaba más cómodo.

Sarah se sobresaltó al oír el estruendo de un trueno y dirigió la mirada a los nubarrones que avanzaban hacia el lugar donde se encontraba. Cuando se abrió la verja, tomó el primer camino a la derecha. Mientras se acercaba a la casa, tuvo que contener un grito ahogado de exclamación. Aparcó el todoterreno distraídamente sin reparar siquiera en que la carretera privada que conducía a la residencia de Dante Sinclair se había ensanchado hasta convertirse en un espacio capaz de albergar una gran flota de vehículos.

La casa era enorme, de estilo Cabo Cod, al igual que su casita, situada a las afueras de la ciudad. Pero esta no era una casita pequeña y acogedora como la suya. Debía de ser diez veces más grande.

—¿Quién puede tener una casa tan grande y no usarla nunca? —murmuró para sí. Su campo de visión se redujo cuando las gotas de lluvia empezaron a caer con fuerza sobre el parabrisas.

Sarah agarró el bolso, abrió la puerta del coche y salió corriendo en dirección a la entrada. Tocó el timbre, algo nerviosa. En su consulta se sentía a gusto con los pacientes, pero en situaciones no profesionales se apoderaba de ella una sensación de incomodidad, seguramente debido a los cursos que se había saltado en la escuela en su acelerado currículo. Nunca había tenido amigos de verdad hasta su llegada a Amesport; la mayoría de compañeros de facultad o la consideraban una obsesa de los estudios, algo que era cierto, o eran demasiado mayores para entablar amistad porque no tenían nada en común.

Cuando trataba con otras personas socialmente, solía decir las cosas tal y como le pasaban por la cabeza. La mayoría de sus comentarios debían de resultar sumamente aburridos para gran parte de los habitantes del planeta, a menos que les interesara conocer hasta el último detalle científico del universo. O cualquiera de los millones de datos que almacenaba en su cabeza, por mucho tiempo que hiciera que los había estudiado o leído. Era capaz de conservar la información como un ordenador con una capacidad de almacenamiento ilimitada.

Quizá se había acostumbrado a conversaciones más triviales desde su llegada a Amesport, pero todavía le costaba hablar con gente a la que no conocía muy bien.

«Es un paciente. Solo voy a pasarle consulta en su casa. Un paciente es un paciente, no importa dónde lo vea. Hablaremos de su estado médico, de lo que puede hacer para acelerar la recuperación y ya está. Está herido. Seguro que no espera ni le apetece mantener una charla de circunstancias».

Sarah se frotó los brazos, preguntándose cuándo iban a abrirle la puerta. El porche tenía un toldo, pero el viento soplaba con tanta fuerza que se estaba quedando empapada.

Dante tenía que estar en casa. Ella había llegado a la hora exacta a la que le habían pedido que acudiera para realizar el examen inicial, y su paciente no se encontraba como para salir de paseo. Agarró la elaborada manija de la puerta y comprobó que no estaba cerrada con llave. Ejerció un poco de presión y de pronto se encontró en el enorme vestíbulo de la casa.

«¡No puedo entrar como si tal cosa!».

Sin embargo, al parecer sí podía, en realidad lo había hecho. Quizá no era lo más correcto, pero ¿y si estaba herido y necesitaba ayuda?

—Señor Sinclair —lo llamó con un deje de duda.

Su voz resonó en la enorme estancia en la que se encontraba. Insistió de nuevo, elevando el tono. Dejó las sandalias mojadas en la puerta y avanzó por la casa. El temor por el estado de salud de su paciente se impuso a sus recelos por haber entrado de aquel modo en la casa. Poco después, tras haber registrado todo el edificio, llegó a la conclusión de que su paciente no estaba allí.

Estaba a punto de rendirse y llamar a Grady Sinclair cuando oyó un estruendo cerca de la cocina. Encontró una puerta cerrada, que hasta entonces había creído que era de un armario, y la abrió. Conducía al sótano. Bajó las escaleras corriendo y se detuvo en seco al llegar al final. Allí vio a un hombre enorme que levantaba algo parecido a un par de mancuernas, muy pesadas, por encima de la cabeza, como si estuviera haciendo prensas de hombros.

No tuvo ninguna duda de que se encontraba ante Dante Sinclair.

No la había oído porque llevaba auriculares y tenía la música, heavy metal, a un volumen tan alto que hasta ella la oía desde las escaleras.

Una prueba más de que se trataba de Dante Sinclair era el corte de la cara y los hematomas que le cubrían un pecho y un torso esculturales, que de no ser por ello habrían rozado la perfección. Llevaba únicamente unos pantalones de deporte con la goma aferrada a las caderas como una amante, dejando ver una sombra de vello desde el ombligo que desaparecía, por desgracia, bajo la cinturilla de la prenda.

Sarah lo miró de inmediato a la cara y vio las gotas de sudor que le corrían por la frente y los pómulos, cayendo sobre el pecho. Llevaba el pelo muy corto, casi al estilo militar, y lo tenía empapado en sudor. Mostraba una mueca de dolor y Sarah sabía que no se debía al ejercicio. En condiciones normales, un cuerpo tan musculado como el que tenía ante sí no sudaba tanto a menos que se sometiera a un esfuerzo mucho mayor. Pero Sarah había visto a hombres hechos y derechos que habían sufrido el mismo tipo de lesiones incapaces de contener las lágrimas al realizar un mal gesto o simplemente respirar. Las costillas fracturadas provocaban un gran dolor y el ejercicio que Dante estaba realizando en ese momento no tenía ningún sentido.

«¿En qué demonios estará pensando?».

Sarah se acercó a él, le tomó una de las pesas y la dejó caer al suelo. Antes de que Dante pudiera reaccionar ante su presencia, ella le arrancó la otra de las manos y la dejó caer también. Era el mismo ruido que había oído en la entrada. Era obvio que se le había caído.

—¿Quién demonios es usted? —gruñó él con voz grave, pero sin alzarla. Se quitó los auriculares y la música dejó de sonar. Los dejó en una silla que tenía al lado y se volvió hacia ella con el ceño fruncido.

Sarah, bastante molesta, no le hizo caso.

—¿Es que quiere empeorar aún más el estado de sus lesiones? —Puso los brazos en jarras y lo miró. Era una mujer alta, medía más de un metro setenta, pero aun así tuvo que inclinar la cabeza hacia atrás para mirarlo a la cara. Debía de medir un metro noventa como mínimo. Francamente, no comprendía cómo Dante Sinclair era capaz de tenerse en pie y menos aún cómo podía estar haciendo pesas en su estado—. Si tiene dolores, no haga nada mientras se está recuperando. ¿Es usted masoquista o solo ignorante?

Era una pregunta razonable después de lo que había visto. Evidentemente, las notas sobre su comportamiento autodestructivo eran correctas. La pregunta que asaltó a Sarah fue... ¿por qué lo hacía? Teniendo en cuenta los disparos que había recibido, podía considerarse un hombre afortunado. ¿Por qué diablos quería empeorar aún más su delicado estado de salud?

Sarah lo observó, fascinada: Dante tenía la respiración agitada y sus ojos color avellana le lanzaron una mirada de hostilidad. No parecía que estuviera sufriendo un gran dolor, físico al menos. Era la mirada de alguien que quería estrangularla, a ella o a todo aquel que le impidiera hacer lo que se hubiera propuesto.

«¿Este es el tipo al que todo el mundo quiere que ayude porque se preocupan por él?».

En cierto modo, no asociaba al individuo que tenía ante ella con el hombre que todo el mundo quería que se recuperara. Tenía un aspecto desaliñado, barba de varios días, y lo único que quería era que lo dejaran en paz.

—¿Masoquista *e* ignorante? —murmuró Sarah en voz alta, preguntándose si iba a abrir la boca en algún momento.

—Es usted quien ha forzado la puerta mi casa. Y ya le dije a Grady que no necesitaba una maldita niñera —replicó Dante con voz grave y áspera—. Váyase.

Sarah se cruzó de brazos.

—No me envía Grady. Y no he forzado la puerta. No estaba cerrada con llave.

—Me da igual quién la envía. Salga de mi casa de inmediato.

—No puedo. No soy una niñera —respondió Sarah con calma—. He venido para cuidar de usted.

—En tal caso... quítese la ropa y túmbese —le soltó él, con cara de póquer—. Hace tiempo que no me acuesto con nadie, y en estos momentos es el único tipo de ayuda que necesito.

«No lo dice en serio. Intenta asustarme para que me vaya».

—El sexo es otra actividad a la que debería renunciar durante unas semanas —replicó Sarah, que no quería darle la satisfacción de hacerse la ofendida con sus comentarios obscenos—. Tiene que permanecer activo, pero sin cansarse. —Estaba acostumbrada a los comentarios lascivos de los pacientes masculinos, pero los hombres que solían lanzarlos habían superado los ochenta y sufrían demencia—. ¿Necesita ayuda para subir?

Sarah guardó silencio mientras observaba cómo la expresión de su paciente pasaba de hostil y furiosa a confusa e irritada. No era gran cosa, pero al menos le permitió confirmar lo que necesitaba saber. Empezaba a darse cuenta de que ese Dante, el hombre furioso que tenía ante ella, era una fachada. Había perdido a su mejor amigo, su compañero, y había estado a punto de morir él también. Una parte de sí mismo preferiría haber muerto en lugar de su compañero, y ahora quería sufrir por el mero hecho de seguir con vida, a pesar de que lo ocurrido no era culpa suya. El trabajo de Sarah consistía en asegurarse de que Dante fuera capaz de superar esta fase de la recuperación sin hacerse daño. Ya había pasado por una experiencia muy traumática, y la indignación de Sarah desapareció para dar paso a un sentimiento de compasión. Estaba enfadada con él por haber hecho algo tan estúpido, pero, en el fondo, comprendía los motivos que lo habían impulsado a ello.

—No necesito la ayuda de nadie —le espetó él, malhumorado, y echó a andar cojeando para subir lentamente las escaleras.

Sarah lo siguió y no pudo pasar por alto aquella espalda tan musculosa, que cualquier mujer tendría que haber hecho un auténtico esfuerzo para no acariciar. Se reprendió a sí misma por quedarse embobada admirando sus increíbles glúteos mientras él subía las escaleras, presa del dolor. Se tambaleó un par de veces, pero logró llegar arriba sin problemas.

Cuando estuvieron en la cocina se volvió hacia ella.

—Tiene que irse. No necesito a nadie.

«Quiere lamerse las heridas en privado». Sarah lo comprendía, pero no pensaba dar su brazo a torcer. Ella tenía que cumplir con su trabajo, y él tenía unas heridas que requerían atención.

—Necesita una ducha. No solo apesta, sino que tiene que limpiarse las heridas —le soltó ella.

—¿Piensa ayudarme? —le preguntó de forma inexpresiva, sin malicia.

—No. Si ha podido subir las escaleras, imagino que también será capaz de asearse.

—Pero si ya está mojada —replicó Dante con brusquedad y estiró una mano para enroscar un dedo en uno de sus rizos empapados—. Dadas las circunstancias, podría echarme una mano.

Sarah lo apartó con un manotazo.

—Por si no se había dado cuenta, llueve a cántaros, por eso he entrado sin llamar. Además, tal y como le he dicho, la puerta no estaba cerrada con llave. Mire, si de verdad necesita ayuda, puedo hacerlo. Si quiere lo examino al mismo tiempo. —No era una idea descabellada. Dante aún no era capaz de tenerse en pie perfectamente y, además, tenía que observar la herida del muslo tras la intervención.

«Soy doctora, por el amor de Dios. Estoy cansada de ver a hombres desnudos».

Aunque debía admitir que a buen seguro nunca había visto a un hombre desnudo con un cuerpo hercúleo como el de Dante Sinclair. Pero no por ello debía dejar de lado su profesionalidad. Todo ese tema de las visitas a domicilio la estaba descentrando. Su consulta era un lugar más seguro, donde las líneas de sus obligaciones estaban más claras. En la casa de su paciente se sentía fuera de lugar. Con todo el dinero que tenía la familia Sinclair, estaba convencida de que tendría algún tipo de ayuda. Pero era obvio que la había rechazado.

—¿Examinarme? —Dante la miró con recelo—. ¿Quién diablos la ha enviado?

Sarah respiró hondo antes de contestar.

—El doctor Blair de Los Ángeles. Me ha hecho responsable de sus cuidados. Me han seleccionado y seré su doctora en Amesport. La consulta del doctor Blair me ha mandado todo su historial médico y he hablado con él por teléfono para que me ponga al día sobre su estado.

—¿Me toma el pelo? Pero si usted no debe de tener siquiera la edad legal para beber —se mofó Dante—. El doctor Blair me dijo que me pondría en contacto con un médico de Amesport. Necesito el alta para volver al trabajo. No es que me muera de ganas de tratar con más médicos, pero es un requisito del departamento.

—Tengo veintisiete años, detective Sinclair. Me llamo Sarah Baxter, doctora Sarah Baxter, y soy su médica.

Él la miró fijamente con sus ojos de color avellana y Sarah sintió una punzada de vergüenza. Sin maquillar y con el pelo empapado, debía de aparentar menos edad de la que tenía. Aun así, era muy joven para ser doctora.

Al final, Dante negó con la cabeza y una leve sonrisa se dibujó en sus labios.

—Pues vaya, tiene más pinta de niñera.

Sin decir nada más, se volvió y se dirigió cojeando hacia la entrada de la cocina, mientras Sarah, incapaz de apartar la mirada de aquel trasero perfecto que se alejaba de ella, se preguntaba si de verdad la había creído.

—Soy especialista en medicina interna y no trato a niños. Pero ahora que tengo que atenderlo, sí que me siento como una niñera —murmuró, contrariada, mientras lo acompañaba al piso de arriba.

Capítulo 3

Dante estaba sentado en la cocina, observando fascinado a la mujer rubia y ágil mientras ella iba de un lado a otro de la cocina con movimientos fluidos y eficientes. Al final no se había atrevido a pedirle que lo ayudara a ducharse, aunque no le habría importado lo más mínimo que lo hubiera acompañado; hacía tiempo que no se daba un buen revolcón. Sin embargo, la hizo esperar en el dormitorio hasta que acabó, y luego le permitió que le examinara las heridas, pero con las partes nobles convenientemente tapadas. Se le escapó una sonrisa al preguntarse si la doctora habría notado la tienda de campaña que formaba la toalla, sobre todo cuando le examinó la herida del muslo. Joder, si es que hasta el olor que desprendía esa chica se la ponía dura. Olía a lluvia y a vainilla, un aroma que le resultaba embriagador.

—¿De verdad es doctora? Veintisiete años son muy pocos para ejercer la medicina. —Aunque acabara de salir de la facultad, era demasiado joven.

«Pero es muy mandona». Cuando supo que él no había probado bocado en todo el día, se había hecho dueña y señora de la cocina y había preparado algo de comer para los dos.

—Soy doctora, sí. Empecé la carrera a los doce años. A los dieciséis tenía un grado en Biología y otro en Música. Me gradué en la facultad de Medicina cuando tenía veintiuno y acabé la residencia de medicina interna en Chicago a los veinticuatro. Ejercí un año en Chicago antes de trasladarme aquí, y ya llevo casi un año en Amesport. Cumplí los veintisiete la semana pasada.

—Una niña prodigio —comentó Dante, observando cómo Sarah acababa de preparar dos sándwiches.

Ella se encogió de hombros.

—No me gusta esa expresión. Simplemente aceleré los estudios.

«Aceleró los estudios... Y una mierda. Es un maldito genio».

Era algo que había deducido al oírla hablar, aunque lo cierto era que en esos momentos no prestaba demasiada atención a su intelecto.

Dante pasó revista a su trasero perfecto y redondo, a sus piernas largas, y se las imaginó en torno a su cintura mientras él la embestía sin piedad. Bella y superdotada era una descripción más adecuada de Sarah Baxter, pero no se lo dijo. Hacía solo unos minutos había cometido el error de aludir a sus ojos deslumbrantes y teñidos de una sombra violeta. Fue entonces cuando ella le soltó una charla sobre la tonalidad de sus iris, que en realidad eran azul oscuro, ya que el violeta no existía en la escala Martin-nosequé sobre el color de los ojos, excepto en casos de albinismo. Luego le explicó que el hecho de llevar ropa de cierto color, en combinación con el nivel de luz, puede conferir un matiz especial a los ojos. Dante no prestó demasiada atención a los detalles porque mientras ella hablaba estaba ensimismado observando esos ojos increíbles, preguntándose exactamente de qué color se tornaban cuando la embargaba el deseo. Pero en ese momento se apartó de él. En lugar de quitarle las ganas, su inteligencia lo excitaba aún más. No se parecía a ninguna mujer que hubiera conocido. Tenía la sensación de que nada podía sorprenderla o enfurecerla, salvo su estúpido comportamiento en el sótano, por lo que decidió dejar de intentar sacarla de quicio y empezó a hacerle preguntas.

—¿CI de genio? —preguntó.

Se fijó en que ya tenía el pelo seco. Era de un rubio más claro de lo que parecía estando húmedo y unos preciosos rizos le adornaban las puntas.

—Ciento setenta la última vez que hice las pruebas, hace ya un tiempo —admitió, algo contrariada.

—Nivel de Einstein —añadió él como de pasada.

Sarah le puso un sándwich de jamón delante y con un gesto le indicó que comiera.

—En realidad, Einstein nunca hizo las pruebas de coeficiente intelectual —puntualizó—. Tan solo existe un cálculo aproximado de que su CI debía de rondar entre ciento sesenta y ciento ochenta. Pero nadie lo sabe a ciencia cierta.

—Nivel de Einstein —confirmó Dante, que parecía estar pasándoselo en grande con el torrente de información que le proporcionaba la doctora. ¿Sería capaz de mantener una conversación normal? Tomó el sándwich y empezó a comer, sorprendido de tener hambre por primera vez desde que le habían disparado. Por desgracia, al cabo de unos minutos perdió el apetito en cuanto Sarah le dio los analgésicos y un zumo—. No quiero las pastillas. Me las he tomado hace poco. —Imaginó que sería más fácil hacerle creer que las había tomado. Lo último que quería era otro maldito sermón sobre las bondades de aquellos medicamentos.

—No es verdad. —Sarah dejó las pastillas y el zumo junto al plato, llevó su sándwich y un vaso de leche a la mesa y se sentó frente a él.

Dante frunció el ceño al ver la expresión de enfado de Sarah. Ella tenía razón, no se había tomado las pastillas, pero por lo general se le daba muy bien engañar a la gente. Era un talento que había desarrollado debido a su trabajo.

—¿Cómo lo sabe?

Sarah lo fulminó con una mirada que le llegó a lo más hondo, una mirada que le dijo que sabía que estaba mintiendo y que eso la decepcionaba. Le dio un mordisco al sándwich y se puso a masticar pensativamente antes de responder.

—Gracias a las pruebas y a mis dotes deductivas, detective Sinclair. Debería saberlo mejor que nadie. Le recetaron sesenta pastillas, que son exactamente las que hay en el frasco, lo que me ha permitido alcanzar una conclusión obvia: no ha tomado ninguna.

«Mierda. ¡Me ha pillado! ¡Quizá no me guste tanto que sea tan lista! Ha contado las pastillas. ¿Qué médico hace eso?».

Sarah tomó un sorbo de leche antes de proseguir.

—Le falta el aliento y la respiración es superficial. Estoy segura de que su médico le habrá recalcado la importancia de que respire hondo y tosa para prevenir una posible neumonía debido a la fractura de costillas. Ha de tomar los medicamentos durante un tiempo para soportar el dolor que le provocará la tos y la respiración profunda. Las demás heridas están cicatrizando bien.

—Quiero sentir el dolor —admitió Dante, algo molesto.

—¿Por qué?

Dante miró fijamente a Sarah. No lo estaba juzgando ni intentaba calmarlo, como el psicólogo del departamento. Simplemente mostraba... curiosidad. Para la mente lógica de la doctora, ese comportamiento no era razonable.

—Patrick está muerto. Yo estoy vivo. Él tenía mujer y un hijo que lo adoraban. —Mierda. ¿Cómo podía explicarle lo que sentía a Sarah cuando ni siquiera él mismo lo entendía? Lo único que sabía era que debería haber muerto en lugar de su compañero. ¿Qué tenía él? Unos hermanos que se preocupaban por su estado, lo sabía. Pero no era la misma vida que tenía Patrick con Karen y Ben. Ellos habían formado una familia. Patrick era padre. Y ahora el hijo quedaba huérfano y la esposa, viuda.

Dante nunca había tenido una relación tan estrecha con una mujer. Sí, le gustaban las aventuras ocasionales, pero sin buscar nada serio. Ser detective del Departamento de Homicidios era un trabajo que lo absorbía veinticuatro horas al día, siete días a la semana. Él era el trabajo. Comía, respiraba y dormía para el trabajo. Y le gustaba que así fuera.

—Comprendo que ha perdido a su mejor amigo y compañero, pero ¿eso qué tiene que ver con el hecho de cuidarse? ¿Cambiará algo si toma los medicamentos? —preguntó Sarah, confundida.

—Yo debería haber recibido el disparo, así no habría dejado a un hijo huérfano y a una esposa destrozada. A Patrick aún le quedaba mucho por vivir. Desde que empecé, yo conocía los riesgos de mi trabajo, estaba dispuesto a morir para quitar a asesinos de las calles.

—¿Y cree que Patrick no lo sabía también?

«Murió haciendo lo que quería. Le encantaba ser detective y tu socio. Lo que ha sucedido no es culpa tuya. Ambos conocíamos los riesgos. Y yo los acepté cuando me casé con él». El fornido cuerpo de Dante se estremeció cuando las palabras de Karen resonaron en su cabeza.

—Quizá lo sabía desde un punto de vista racional, pero creo que no asumía que pudiera sucederle a él —dijo al final, a regañadientes.

—Cada persona se enfrenta a un trabajo arriesgado de forma distinta. Estoy segura de que él lo sabía, pero no le daba muchas vueltas al asunto —replicó Sarah con sensatez—. Y a juzgar por la cantidad de mensajes de gente preocupada por usted que he tenido que escuchar en mi contestador, diría que su muerte también habría dejado a muchas personas desconsoladas. Tómese las pastillas, detective Sinclair. Y considérese afortunado por tener a tanta gente que se preocupa por usted.

Sarah lo miró fijamente, se levantó y llevó el plato vacío al fregadero.

Frustrado, Dante intentó dar un manotazo a las pastillas, pero falló y golpeó el vaso de zumo, que salió disparado en dirección a Sarah. Se rompió cerca del fregadero, justo al lado de donde se encontraba ella. Cuando retrocedió asustada por el ruido, pisó los fragmentos de cristal con los pies descalzos.

—¡Ay! —Se apartó confundida, pero también pisó un trozo de cristal con el otro pie. Esta vez no se mordió la lengua—: ¡Mierda! —Se quedó inmóvil para evaluar la situación, examinó el suelo y retrocedió para apartarse del estropicio de zumo y cristales, con un puñado de papel de cocina en la mano. Se sentó en la silla y fulminó a Dante con la mirada—. ¿Es que intentaba darme? En ese caso, tiene muy mala puntería.

Horrorizado, Dante observó el charco de sangre que empezaba a formarse en el suelo, en el lugar donde había pisado la doctora. Se desplazó alrededor de la mesa tan rápido como pudo y se arrodilló sin hacer caso de la punzada de dolor. Podría haberle dicho que era un consumado tirador, uno de los mejores de la policía, y que donde ponía el ojo, ponía la bala.

—¡Mierda! No quería hacerle daño. Ha sido un accidente. —Observó a la doctora mientras ella se extraía los fragmentos de cristal de los pies y los ponía en el papel de cocina que había dejado en la mesa. A continuación, intentó contener la hemorragia del pie derecho, el que había salido peor parado—. ¿Qué puedo hacer? La llevo al hospital.

—¡No! —exclamó Sarah, alzando la voz más de lo que habría querido—. Soy médica y esto no son más que cortes superficiales. Puedo encargarme yo. —Señaló la entrada de la cocina—. Necesito las vendas que le he aplicado en el brazo y la pierna.

Dante se movía como si huyera de un incendio, a pesar de las heridas. Se sentía impotente y muy culpable. Regresó al cabo de unos segundos con las vendas. Cuando se arrodilló de nuevo frente a ella, se estaba examinando el pie.

—Rasguños superficiales —murmuró ella mirándose el pie izquierdo. Los rizos rubios le ocultaron la cara cuando se inclinó hacia delante para observar los cortes con detenimiento. Se aplicó rápidamente una venda y volvió a centrar la atención en el pie derecho.

Dante se quedó sin aliento cuando vio cómo sangraba la herida. ¡Mierda! Era un estúpido y se le cayó el alma a los pies al ver que había hecho daño a Sarah por culpa de su desafortunada reacción.

—Quizá necesite puntos. —No había estudiado medicina, pero tenía conocimientos básicos de asistencia médica.

Sarah lo miró mientras respondía.

—Solo hay que limpiar bien la herida. Yo me ocupo.

Se vendó el pie después de aplicarse varias capas de gasas en el corte.

Dante contuvo una exclamación de sorpresa mientras la doctora se levantaba y se ponía a limpiar la sangre y recoger los trozos más grandes de cristal.

—¡Déjelo! —le ordenó con voz grave y peligrosa. Se puso en pie, la agarró de la cintura y la levantó en volandas. Sin embargo, no pudo contener un gruñido de dolor cuando tuvo que sostener todo el peso de la joven y el cuerpo de ella chocó con el suyo al apartarla de los cristales. Cuando volvió a dejarla en el suelo tenía la respiración entrecortada, pero no apartó el brazo de su cintura—. Lo siento. No quería hacerle daño. Solo pretendía apartar las pastillas. No quería tirar el vaso. No quería romperlo.

Mierda, estaba balbuceando como si fuera idiota, pero, por algún motivo, quería que ella supiera que no lo había hecho a propósito.

Sarah se apartó de él.

—Seguro que no —murmuró, aunque no parecía muy convencida.

Dante la siguió y la doctora fue a buscar el bolso de la sala de estar y se puso las sandalias que había dejado junto a la entrada. Abrió la puerta y lo miró de nuevo.

—Mire, sé que ha perdido a su compañero y lo siento. Pero piense en Patrick, detective Sinclair. ¿Cree que querría que se comportara así? Si hubiera muerto usted, ¿querría que él reaccionara de esta forma? No está ayudando en nada a su compañero.

—No quería que se cortara —insistió Dante, que seguía preocupado por la sangre que había visto en la herida.

Sarah lo miró fijamente.

—Si tanto lo siente, tómese las malditas pastillas. —Y se fue sin decir nada más, cerrando la puerta tras ella.

Incrédulo ante la reacción de Sarah, por irse con el pie maltrecho, Dante abrió la puerta justo a tiempo de ver que subía a su todoterreno y tomaba el camino de salida.

—Qué tozuda es, maldita sea —murmuró, enfadado, incapaz de desprenderse de la sensación de culpa por lo que le había hecho sin querer.

¿Querría Patrick que se comportara como un idiota? Claro que no. Su compañero le habría regañado por perder el control de esa forma y lo habría obligado a poner fin a ese comportamiento estúpido y autodestructivo. En sus primeros tiempos como compañeros, Patrick había impedido en más de una ocasión que Dante se dejara arrastrar por las emociones. Y él había aprendido la lección rápidamente. Con el paso de los años, había logrado contener sus arrebatos de ira, consciente de que un paso en falso podía dar al traste con toda una investigación.

Regresó a la cocina para barrer los cristales del suelo y sintió una punzada de dolor al limpiar las gotas de sangre. Cuando acabó tenía la respiración entrecortada.

«Le falta el aliento y la respiración es superficial».

Enfadado porque no era capaz de olvidar las palabras de Sarah Baxter, respiró hondo y tosió con fuerza, agarrándose al armario para no perder el equilibrio al sentir en el pecho una punzada tan atroz e insoportable que estuvo a punto de perder el conocimiento. Estaba viendo las estrellas.

«Soy idiota. ¡Si quería torturarme no tenía más que toser!».

Podría haberse ahorrado el esfuerzo de bajar al sótano y hacer pesas con un recurso tan simple como respirar hondo y toser. El dolor que sentía era el mismo, o peor. No sabía en qué demonios pensaba cuando decidió ponerse a hacer ejercicio. Aunque lo cierto era que no había pensado. Se había limitado a reaccionar. Quizá albergaba la esperanza de que el dolor lo mantuviera aturdido y no le permitiera pensar en los últimos instantes de vida de Patrick.

«¿Cree que querría que se comportara así?».

Las últimas palabras de Sarah lo perseguían mientras tomaba una cerveza de la nevera, la abría y se sentaba a la mesa de la cocina. En los últimos cinco años, los dos amigos se habían apoyado mutuamente. Cuando trabajaban en un caso importante, llegaban a pasar doce o quince horas al día juntos. Dante lo sabía casi todo sobre Patrick. Se habían dicho auténticas barbaridades a la cara, pero sabía exactamente cómo habría reaccionado su compañero ante su comportamiento.

«Me habrías hecho espabilar», dijo Dante para sus adentros antes de tomar un sorbo de cerveza y dejarla en la mesa.

Se frotó la cara con las manos con cuidado de no tocarse las heridas de la mejilla. No se estaba comportando así por Patrick, sino por sí mismo. Su compañero habría querido que Dante cuidara de su familia, que procurara que Ben y Karen estuvieran bien. Sí, se había asegurado de que no fueran a tener problemas económicos, pero había sido incapaz de llamarlos desde que habían ido a visitarlo al hospital. El mero hecho de verlos le recordaba a Patrick y que él seguía con vida mientras su compañero había muerto. Karen y Ben tenían más familia en California, pero no importaba. Su mujer y su hijo eran lo más importante para Patrick, y sin duda habría querido que Dante cuidara de que no sufrieran ningún problema físico ni psicológico.

«Karen y Ben no me culpan. Estaban tan preocupados por mí que fueron a verme al hospital. Soy un cretino. Me he alejado de ellos porque me sentía culpable. Yo. Yo. Yo. Todo esto es por mí, no por ellos».

Dante se puso en pie con una mueca de dolor y tomó las pastillas, que estaban en la mesa.

—Basta de autocompasión, Sinclair —se dijo Dante con un susurro indignado, usando la expresión a la que siempre recurría Patrick cuando quería hacer que reaccionara.

Se había comportado como un cretino desde el momento en que se despertó de la operación y supo que Patrick había muerto. Siempre había mantenido una relación distante con sus hermanos, aunque todos habían ido a verlo en cuanto supieron que lo habían herido. Evan, de hecho, había tomado un avión en el otro extremo del mundo. Y en cambio él ni siquiera se había molestado en hablar con Karen y Ben desde que habían ido a verlo al hospital.

Además, le había hecho daño a Sarah Baxter, una mujer que se había desplazado hasta su casa solo para ayudarlo y hacer bien su trabajo, maldita sea.

«Todo esto es porque estoy llorando la pérdida que he sufrido». Sarah tenía razón. Su actitud no iba a permitirle recuperar a su compañero.

Dante sabía que tenía que salir del hoyo. Eso es lo que Patrick habría querido. Cuando se enteró de que había muerto, había quedado sumido en un estado de aturdimiento y había sepultado todo el dolor en lo más profundo de su ser; solo quería sentir el dolor físico porque era mejor que el sentimiento de culpa que lo embargaba al saber que él estaba vivo y Patrick, muerto. Quizá ese aturdimiento era producto de su negación. Por extraño que pareciera, cuando por fin se atrevió a enfrentarse al dolor emocional, el dolor físico de las heridas cobró vida de forma descarnada sin que tuviera que hacer nada más.

Tomó la cerveza de la mesa, cruzó la cocina cojeando y la echó por el fregadero. «Nada de tonterías hasta que esté curado». Abrió el armario, alcanzó un vaso y lo llenó de agua.

¡Maldita sea! El mero hecho de levantar el brazo le provocaba una aguda punzada de dolor. Una sensación de ardor se apoderó de todas sus heridas, pero el dolor del pecho y las costillas era el más insoportable.

«Si tanto lo siente, tómese las malditas pastillas».

Los labios de Dante dibujaron una pequeña y sincera sonrisa. Sarah Baxter debía de ser una de las mujeres más peculiares y francas que había conocido, pero eso era algo que le gustaba. A decir verdad, aquella mujer era un misterio, y su yo policía tomó nota de ello... además de cierta parte de su anatomía que no podía controlar cuando la miraba.

¡Maldición! Se arrepentía mucho de haberle hecho daño. Era policía y su primera reacción siempre era proteger a los demás. Ahora se odiaba a sí mismo por no haber sido capaz de proteger a Sarah. Aún más, la había herido, lo que no hacía sino aumentar su enfado. No podía negar que quería acostarse con ella, una necesidad imperiosa que se había adueñado de su cuerpo desde el momento en que la había visto, lo cual no dejaba de ser un dato interesante, ya que en ese momento su estado físico ni siquiera le permitía pensar en acostarse con alguien. Sin embargo, estaba pensando en ello, y en ella. Y había algo en Sarah Baxter que lo fascinaba, y no solo en lo físico. Tenía una mente capaz de procesarlo todo para hallar la respuesta más lógica y, sin embargo, irradiaba inocencia y compasión. Era una combinación extraña y fascinante.

Echó la cabeza hacia atrás, se tomó las «malditas pastillas», se las tragó con ayuda del vaso de agua que tenía en la mano y lo apuró antes de dejarlo en el fregadero.

Dante salió de la cocina con una misión. Hizo varias llamadas, la primera y la más larga a Karen y Ben.

Capítulo 4

Sarah esbozó una mueca de dolor cuando acabó de vendarse el pie. En cuanto llegó a casa, se aseguró de que no quedaban fragmentos de cristal. Casi todos los cortes eran superficiales y los había desinfectado con una crema antibiótica antes de aplicarse el vendaje. La herida más grande no era profunda, aunque había sangrado mucho y durante un tiempo le dolería un poco al andar. Pero sabía que sobreviviría.

Se levantó del sofá y empezó a guardar el botiquín, seguida de su perrita Coco. Sarah no había podido resistirse a adoptarla cuando su dueña, una paciente mayor, murió. Fue uno de los actos más impulsivos que había hecho nunca, pero no se arrepentía en lo más mínimo. El animalito solo tenía seis meses cuando lo adoptó y Coco había demostrado ser una perra inteligente, fácil de adiestrar; además la había ayudado a sobrellevar mejor parte de la soledad a la que había tenido que enfrentarse durante casi toda su vida. Quizá no hubiera sido una decisión muy sensata, pero el hecho de saber que siempre había alguien esperándola al llegar a casa le hacía la vida más llevadera. Ahora Coco era su compañera inseparable cuando no trabajaba, y los chicos del centro juvenil la adoraban.

Grady Sinclair había donado varios instrumentos musicales al CJA, Centro Juvenil de Amesport, y Sarah se ofreció voluntaria para enseñar nociones básicas de piano a los niños que quisieran aprender. Aunque creía que el piano Steinway era un poco demasiado para enseñar música a un grupo de chicos, le encantaba el sonido precioso de aquel instrumento. Solo daba clase una vez a la semana, pero acudía más a menudo al CJA solo para practicar y utilizar el maravilloso piano. Su casita era demasiado pequeña para tener uno. Quizá un día podría permitirse una más grande y un piano, pero de momento el centro juvenil satisfacía dos objetivos: la ayudaba a mejorar su vida social y le permitía tocar.

«Gracias, Grady».

***

Beatrice y Elsie no se cansaban de hablar de lo mucho que había cambiado todo desde que Grady Sinclair se había casado con Emily. El CJA disponía de todo lo imaginable para la población de Amesport y los pueblos de alrededor. Grady había cambiado el centro de arriba abajo: había dejado de ser un punto de reunión para celebrar acontecimientos locales que a duras penas salían adelante debido al escaso presupuesto para convertirse casi en un club de campo gratuito para todo el mundo. Emily había podido ampliar los programas para los niños que utilizaban el centro, transformado en el corazón de la ciudad y donde se celebraban las principales actividades: desde conciertos a bailes o bingos para la gente mayor.

Los labios de Sarah dibujaron una sonrisa mientras llenaba los platos de Coco con agua y comida, pensando en el amor y la devoción que Grady profesaba a su esposa. Ambos estaban enamoradísimos y no podrían ser más felices. Emily decía que su marido la mimaba demasiado, pero Sarah sabía que ella también lo hacía feliz. Su amiga tenía un corazón inmenso y, aunque parecieran una pareja algo atípica, habían nacido para estar juntos. El multimillonario brusco y la rubia llena de vida formaban una pareja perfecta.

Sarah se preguntó qué se sentiría al compartir la vida con alguien como Grady, que amaba con locura a Emily. Nunca había vivido una experiencia amorosa similar y no sabía si una relación así la asfixiaría o si por el contrario la haría sentirse segura y cómoda, como les ocurría a ellos. Sarah estaba acostumbrada a estar sola.

«Pero estoy sola y me siento sola. Creo que podría gustarme una relación como la suya, aunque no acabo de entenderla».

Estaba satisfecha con su vida en Amesport y, por primera vez en la vida, tenía amigos. Estaba aprendiendo a hablar de cosas normales que eran importantes para el resto de gente de la comunidad, en lugar de ceñirse únicamente a grandes debates científicos. Y, para su sorpresa, hablar con gente normal le resultaba de lo más fascinante y satisfactorio. A veces era mucho más interesante hablar de emociones que de teorías científicas. No cabía duda de que era más instructivo, porque los únicos estados mentales que conocía eran los de la soledad y la pena que veía a diario en la consulta. En esos momentos, su incapacidad para comprender era muy frustrante, porque hacía que le resultara aún más difícil entender qué pasaba por la cabeza del atractivo detective Sinclair.

En cierto modo, había creído que Dante compartiría algunas características con Grady, pero tras su breve y acalorado encuentro seguía ignorando cuáles eran sus puntos en común. Tenían el mismo cabello oscuro, se parecían en algunos rasgos faciales y ambos eran fuertes y fornidos. Pero mientras que Grady era un experto informático, apacible y brillante, y con un corazón muy generoso, Dante era hosco y agresivo. Era cierto que había sufrido una experiencia traumática, pero tenía una faceta beligerante y pertinaz que Sarah atribuía a su personalidad. Quizá en el pasado, en tiempos mejores, no había sido tan desagradable, pero estaba convencida de que era un hombre obstinado e inflexible, incluso cuando no estaba en tensión.

«Es un detective de homicidios de Los Ángeles, en el distrito con el índice más elevado de asesinatos. Quizá es esa terquedad la que lo mantiene con vida».

Tenía sentido. Era obvio que Dante y Grady llevaban vidas muy distintas. Era normal que tuvieran personalidades diferentes, diversas formas de enfrentarse a los problemas.

Sarah había creído a Dante cuando este le había dicho que no quería hacerle daño. Un fugaz destello de remordimiento se había reflejado en sus atractivos ojos avellana cuando ella empezó a recoger sus cosas para irse. Dante Sinclair estaba enfadado con el mundo por haberle arrebatado a su compañero y amigo. Y ella había tenido la mala suerte de estar cerca de él cuando estalló.

Sarah lanzó un suspiro y deseó haber podido hacer algo más para ayudar a Dante. Era su paciente, el cuñado de Emily y el hermano de Grady. Ojalá su familia pudiera ayudarlo más que ella en el plano emocional.

Se dio un largo baño, con cuidado de proteger bien el pie vendado, y acabó de leer una novela romántica que Emily le había recomendado. En los últimos tiempos las novelas románticas se habían convertido en una obsesión, con toda su dosis de emoción... y de sexo. Leía las historias de amor y deseo con una fascinación que nunca le habían despertado otros libros. Eran ficción, claro, pero se preguntaba si era posible sentir algo tan intenso por un hombre. ¿Y el sexo? No era muy realista, a juzgar por su experiencia, que era tan escasa que casi podía describirse como inexistente. Sin embargo, por algún motivo desconocido, se había convertido en una adicta a historias sobre relaciones que le parecían inverosímiles. Como médica, podía admitir que algunas partes de una relación sexual podían resultar placenteras; seguramente más para un hombre que para una mujer debido a las evidentes diferencias anatómicas. No obstante, suponía que las mujeres podían hallar cierto placer si daban con un amante experto.

«Me acosté con un estudiante de Medicina. Creía que él sabría cómo hacerlo, pero no resultó agradable. Tal vez no sea una persona sexual».

El timbre de la puerta sonó cuando ya había salido del dormitorio y estaba a punto de meter la cena en el microondas. Volvió a guardar el plato bajo en calorías en el congelador por si se trataba de una emergencia médica, se secó las manos húmedas en los pantalones y fue a abrir la puerta seguida de Coco.

Sarah soltó un grito ahogado cuando vio a Dante Sinclair ante ella, con una bolsa blanca grande en la mano y una sonrisa tímida en la cara. A pesar de que iba vestido de manera informal, con pantalones y una camiseta oscura, seguía pareciendo enorme y peligroso.

—Es una oferta de paz —le dijo con voz ronca, mostrándole la bolsa—. Sándwiches de langosta.

Empezaba ponerse el sol y aún caía una fina lluvia. Dante estaba mojado, al igual que la bolsa. Sarah se la quitó de las manos y lo hizo entrar.

—Aún no puede salir. ¿Está loco? —Dante Sinclair tenía que descansar cómodamente en su casa. Acababa de salir del hospital.

El detective se encogió de hombros.

—Me han dicho cosas peores. Quería saber si estaba usted bien. Y decirle que las pastillas funcionan. Pero me siento un poco raro. —Cerró la puerta antes de preguntar con el ceño fruncido—: ¿Cree que le conviene caminar mucho con los cortes que tiene en los pies?

Sarah parpadeó, intentando averiguar por qué su paciente había decidido salir.

—Son cortes superficiales. Y usted, detective, tiene que hacer reposo. Las pastillas le han provocado una sensación extraña porque se supone que debería estar en casa, durmiendo después de tomarlas.

—Estaba preocupado —confesó con un deje de duda.

Sarah lo miró con recelo, contenta de que hubiera tomado las pastillas, pero preguntándose si no le había afectado más de la cuenta la medicación.

—Creo que está bajo los efectos de las pastillas, detective Sinclair. —Llevó la bolsa a la cocina—. Siéntese —le ordenó sin volverse. Tenía una casa pequeña y lo vio desde la barra de desayuno mientras dejaba el preciado cargamento en la encimera—. ¿Cómo sabe que me gustan los sándwiches de langosta?

—Llámame Dante. Y no me ha resultado muy difícil averiguar qué te gusta. He llamado a Grady y Emily. —Se acercó a la barra, tomó asiento en uno de los taburetes y apoyó los codos en la encimera, mirándola de un modo desconcertante.

La perra se acercó tranquilamente y se sentó a sus pies.

—Le caes bien a Coco. —Sarah empezaba a pensar que quizá también le caía bien a ella, teniendo en cuenta que se había presentado con una oferta de paz y que se había tomado la molestia de averiguar qué le gustaba. Pero era un tipo muy vehemente, aunque debía tener en cuenta que era más que probable que estuviera sufriendo los efectos de los analgésicos—. Dime que no has conducido.

—No he conducido —respondió Dante—. Mi hermano Jared acaba de llegar a la ciudad. Me ha llevado a comprar los sándwiches y me ha traído aquí.

Oh, Dios. Otro hermano Sinclair en Amesport era demasiado.

—Hagas lo que hagas, no le digas a Elsie y Beatrice que hay otro Sinclair en la ciudad.

Después de sacar dos platos del armario, puso dos sándwiches en uno de ellos y lo deslizó por la barra que los separaba, junto con una servilleta.

Dante negó con la cabeza.

—Son para ti. ¿Y quién son Elsie y Beatrice?

Sarah puso los ojos en blanco.

—No puedo comerme seis sándwiches de langosta. Ayúdame.

—¿Elsie y Beatrice? —La miró con curiosidad mientras tomaba uno de los bocadillos del plato.

Había algo distinto en él. Ya no tenía aquella actitud hosca, taciturna y dominada por la ira.

Dante no vivía todo el año en la ciudad, por lo que Sarah supuso que no había conocido a la peligrosa pareja.

—Son las casamenteras oficiales de por aquí. Ambas tienen más de ochenta años y son unas mujeres entrañables. Pero dan miedo cuando empiezan a planear matrimonios. Me sorprende que no supieran que tu otro hermano iba a llegar a Amesport, porque estaban muy bien informadas acerca de tu llegada.

Observó a Dante, que dio el primer mordisco y cerró un momento los ojos mientras masticaba. No estaba del todo segura, pero le pareció que su expresión reflejaba el mismo placer que mostró ella la primera vez que probó la deliciosa langosta de Maine en Amesport. Mezclada con mayonesa, zumo de limón y especias, era una combinación deliciosa con el panecillo caliente, untado con mantequilla.

—¿No habías probado los sándwiches de langosta? Aquí los venden en todas partes. —Se acercó a la nevera, sacó dos latas de refresco y le ofreció una.

Dante la abrió y tomó un sorbo antes de contestar.

—Solo he estado dos veces aquí y nunca me he quedado más de un par de días. Si hubiera sabido que hacían estos sándwiches, los habría devorado —dijo antes de dar otro mordisco.

Sarah hizo lo propio con el suyo y los dos comieron en silencio durante un rato antes de que ella volviera al ataque.

—¿Por qué te dejas ver tan poco? Todos los Sinclair han tenido casa en la península durante años.

—Fue idea de Jared. Decidió que todos teníamos que construirnos una casa porque éramos los dueños de los terrenos. Nadie se opuso y él encargó su construcción. Lo hizo después de que Grady levantara la suya en el extremo de la península. De hecho, las únicas dos veces que vi mi casa fue cuando Emily y Grady se prometieron y cuando se casaron. Y tampoco pude quedarme muchos días. —La miró fijamente con un gesto de preocupación y preguntó—: ¿De verdad que puedes apoyar el pie?

La mirada seria de Dante reconfortó a Sarah, que tomó ambos platos, los aclaró y los puso en el lavaplatos.

—¿Hiciste los planos de la casa? —preguntó sin volver la cabeza.

—Ni hablar. Es demasiado grande, tanto que no encuentro nada. En Los Ángeles tengo un apartamento de una sola habitación, y no necesito más. Le dije a Jared que quería un pequeño gimnasio y un par de cosas más. Él se encargó del resto. —Dante miró al suelo, donde se encontraba Coco—. ¿Se supone que eso es un perro?

Sarah tomó el último sorbo del refresco antes de tirar la lata a la papelera de reciclaje que tenía debajo del fregadero. Salió de la sala de estar, se sentó en el reposabrazos del sillón y se cruzó de brazos.

—Por supuesto que Coco es una perra. Es una Chi-Poo.

Dante se volvió con una mueca en los labios.

—¿Qué demonios es un Chi-Poo? A mí me parece más una fregona. Pero al menos no ladra más de la cuenta.

Ofendida por la descripción que había hecho de su preciosa perrita, Sarah lo fulminó con la mirada.

—Sabe comportarse y está muy bien adiestrada. Siempre espera un gesto para acercarse a alguien. Y un Chi-Poo es una mezcla de chihuahua y caniche. —Coco parecía más bien un caniche marrón oscuro y, desde luego, tenía el pelo muy largo, pero era una perra adorable, no una fregona—. ¿Y por qué diablos dejaste que tu hermano te construyera la casa? No tiene sentido.

Dante se encogió de hombros.

—¿Es que para ti todo ha de tener sentido? Él quería que todos tuviéramos una casa aquí y a mí me daba absolutamente igual. No me quedaba tiempo para preocuparme de los detalles. Y como él la quería más que yo, dejé que hiciera lo que le diese la gana.

Sarah negó con la cabeza, pero no insistió más. Era obvio que los hermanos Sinclair tenían tanto dinero que no sabían qué hacer con él. Quizá a Dante le parecía muy lógico construir una casa de siete cifras en una bonita península y dejar que se muriera de asco, sin usarla. Pero ella no lo entendía.

—Si hubieras tenido a mi madre, siempre tomarías decisiones sensatas —murmuró Sarah para sí, y se dio unas palmadas en el regazo para que Coco subiera. Le acarició el pelaje y la perrita se arrellanó cómodamente.

—Qué perra tan afortunada —dijo Dante con voz ronca, antes de añadir—: ¿Tu madre qué era, negrera? Ya eras una niña prodigio. ¿Qué más podía querer?

Sarah lanzó un suspiro y acarició la cabeza de Coco con gesto ausente.

—Mi madre es profesora de matemáticas en Chicago y miembro de Mensa, además de tener una larga lista de logros académicos. Para ella solo existe el mundo académico. Es tan competitiva que hace que las madres tigre parezcan gatitas. Como te imaginarás, no se alegró demasiado cuando le dije que me iba de Chicago para ejercer de médico de familia en una ciudad pequeña. Se sintió decepcionada.

—¿Y tu padre?

—Murió poco después de que yo naciera. Pero también era un genio. Ingeniero aeroespacial —respondió ella con un hilo de voz—. ¿Y tú? ¿Por qué te hiciste policía? Un poli multimillonario no parece una combinación muy lógica.

Era la pregunta que se moría de ganas de formularle antes incluso de conocerlo en persona.

—Es lo que siempre he querido ser. Mi padre era un alcohólico que nos maltrataba. Por suerte, murió antes de que yo tuviera edad para decidir mi carrera, de modo que pude elegir. Y elegí ser policía. Al principio fui a la universidad con la esperanza de que eso me permitiera ascender más rápido. Sabía que quería trabajar en Homicidios, pero que antes tendría que patrullar mucho. Al cumplir los veintiséis logré mi objetivo y me asignaron al departamento que soñaba.

—¿Y te gustó?

Dante se encogió de hombros.

—Me di por satisfecho. Creo que el trabajo de policía es vocacional, igual que el de médico. Como detective de Homicidios, me dedicaba a ello veinticuatro horas al día, siete días a la semana. En mi distrito los asesinatos no se cometían a plena luz del día.

Sarah lo entendía.

—Yo también he querido dedicarme a la medicina desde siempre. —Era su sueño de toda la vida, un sueño que empezó a hacer realidad cuando la mayoría de chicas comenzaban a darse cuenta de que existían los chicos.

—Supongo que no tuviste infancia, ¿no? —dijo Dante, como si le hubiera leído el pensamiento.

Sarah esbozó una sonrisa de cansancio.

—Apenas recuerdo cómo fue mi infancia. Cuando mis compañeras soñaban con ser animadoras, yo estudiaba Biología en la universidad. Siempre he sido... distinta. Amesport es el primer lugar en el que me he sentido como en casa. No se me dan muy bien las relaciones sociales, pero aquí a nadie le importa; me hablan de todos modos. Aquí hay una mezcla de personalidades tan distintas que supongo que encajo.

—No eres diferente —gruñó Dante—. Eres especial. Superdotada. No hay nada de malo en ello.

—Sí, pero estoy sola, ¿no? Por el motivo que sea —dijo y lanzó una mirada inquisitiva a Dante, que la observó de un modo extraño: con ojos posesivos e intensos. Tanto que Sarah se sintió incómoda, como si la estuvieran observando con microscopio. Decidió romper el contacto visual, dejó a Coco en el suelo y se puso en pie—. Tienes que descansar. Te llevaré a casa.

Dante la agarró del antebrazo cuando pasó junto a él y la atrajo hacia sí antes de rodearle la cintura con un brazo. A Sarah se le cortó la respiración al notar las caderas pegadas a los muslos de Dante, enfundados en unos pantalones ceñidos. Sentado en el taburete eran casi igual de altos y sus ojos quedaban a la misma altura. La mirada implacable y arrebatadora que le estaba lanzando daba aún más miedo de cerca.

—¿No tienes novio? —le preguntó bruscamente.

Ella negó con la cabeza, incapaz de apartarse de aquellos ojos cautivadores y del fuerte brazo que la sujetaba por la cintura. A decir verdad, Sarah no estaba muy segura de que quisiera hacerlo. Aun estando convaleciente, Dante emanaba un poder descarnado, una sensación de dominio que la atraía de un modo peligroso hacia él.

—¿Has estado con un hombre alguna vez? —preguntó él con voz grave y con un tono que exigía respuesta.

Sarah ni siquiera pensó en fingir que no entendía qué le estaba preguntado.

—Una vez. Cuando estudiaba Medicina. Fue raro y doloroso. Estaba saliendo con un compañero de clase y quería averiguar qué me estaba perdiendo. Me dejó al día siguiente. Supongo que no nos gustó a ninguno de los dos. O quizá no lo hice bien. Tampoco entendí a qué venía tanta historia; no es más que el acto de apareamiento para la especie humana y ya está. Nunca he sabido ver qué otros motivos puede haber para hacerlo. —Estaba diciendo la verdad, pero sí había sentido curiosidad. Por eso lo había probado y había descubierto que no se estaba perdiendo gran cosa.

—¡Dios! ¿Me tomas el pelo? ¿Es posible que una persona que se dedica a la medicina sea tan inocente? —exclamó Dante mientras sus ojos se deslizaban por el rostro de Sarah como si buscaran algo.

El corazón de Sarah latía con fuerza contra el esternón. Miró fijamente a Dante. La cicatriz de la mejilla lo hacía aún más atractivo, más peligroso.

—No soy inocente y no soy virgen. Lo que ocurre es que no me gusta el coito. No disfruto.

Dante deslizó una mano por la melena de Sarah y le acarició la nuca esbozando una sonrisa malvada.

—Creo que acabo de encontrar un tema sobre el que estás mal informada. Hay una cosa que se llama química sexual, de la que nunca se habla en los libros de texto.

Vale. Sí. Algunas personas parecían sentir química sexual y atracción, pero no era su caso. Obviamente, desde un punto de vista médico entendía a la perfección que el sexo podía ser algo muy placentero, pero para ella no era así. Nunca había experimentado el deseo de volver a probarlo de nuevo.

—Lo sé todo sobre la anatomía humana. No hay base para creer en la química sexual. La atracción sexual no es más que dos personas que intentan valorar el potencial reproductivo de posibles parejas —le dijo, pero se lamió los labios en una reacción producto de los nervios.

Sentía el deseo de entregarse al calor que el cuerpo musculoso de Dante desprendía por todos los poros. Tenía los pezones duros, le dolían, y estuvo a punto de lanzar un gemido cuando la mano que le rodeaba la cintura se deslizó por debajo de la falda y empezó a acariciarle la piel de la cintura y la espalda. Dante comenzó a trazar círculos lentamente con la palma y los dedos, excitando la zona con su roce.

—Cuando te miro, lo último en lo que pienso es en si puedes reproducirte o no. Solo pienso en metértela hasta el fondo porque es lo que más me apetece —respondió con voz seductora.

Sarah abrió la boca para decir algo, pero no sabía cómo reaccionar. Era su cuerpo el que había reaccionado por ella, y sin duda no tenía nada que ver con el potencial genético de Dante como posible pareja. Era lujuria... ni más ni menos.

—La química sexual de verdad no existe —replicó Sarah con un hilo de voz, a pesar de que su cuerpo la contradecía.

—No te imaginas lo bien que sienta una buena ración de sexo —le dijo él con un susurro áspero, mientras la mano de la nuca se enroscaba en su pelo y la agarraba de un modo que no dolía, pero que le permitía a él ejercer todo el control—. Bésame —le ordenó con voz ronca, atrayéndola hacia él, sus labios cada vez más cerca.

«Oh, Dios». Sarah empezaba a quedarse sin aliento y a jadear. Tenía que salvar la distancia que separaba sus bocas.

—Dante, no. Estás convaleciente y herido. —Confundida, intentó apartarse, pero él la agarró más estrechamente de la cintura y ella no tuvo la fuerza de voluntad necesaria para insistir. Se sentía atrapada y obligada, de un modo extraño, a devorar al hombre que la mantenía cautiva. Se desmoronó al notar el roce de su cálido aliento en los labios.

—Bésame, maldita sea —le ordenó de nuevo, esta vez con un tono más persuasivo.

—No puedo, no quiero hacerte daño —gimió, desesperada por conectar con él, sentir su boca en la suya—. Soy tu médica.

Renunció a seguir negando el tema de la química sexual. Daba igual que fuera una cuestión de lujuria o de química sexual. Era algo que no había experimentado nunca y estaba anonadada.

—A la mierda con tu juramento hipocrático. Necesito más esto que las atenciones médicas —replicó Dante con un gruñido, mientras acercaba su ávida boca a la de Sarah.

Ella intentó recordar que aún se estaba curando de las heridas y que no podía agarrarlo. En lugar de ello, se aferró al respaldo del sillón como si le fuera la vida en ello mientras Dante le devoraba la boca con una actitud posesiva irrefrenable. El beso le dejó la mente en blanco, pero la deliciosa emoción que se apoderó de ella al sentir que la lengua de Dante irrumpía entre sus labios sellados para conquistarla los fundió en un abrazo que sacudió los cimientos del mundo de Sarah. Notó un sofoco cuando la mano de Dante le agarró una nalga y la estrechó contra sí para que sintiera su gloriosa erección. Ella lanzó un gemido cuando sus pubis entraron en contacto y maldijo los pantalones que la separaban de su miembro erecto.

Sarah se dejó arrastrar por el beso sensual y lujurioso, restregándose contra Dante mientras él le mordisqueaba el labio inferior y luego se lo acariciaba lentamente con la lengua para provocarla aún más.

—Te deseo, Sarah. Quiero ser el hombre que te demuestre lo que es la pasión y lo bien que te sentirás después de una sesión de sexo que te dejará temblando —insistió con su voz de barítono.

«Sí. Sí. Sí».

El cuerpo de Sarah anhelaba la promesa de Dante, deseaba ser poseído por aquel potente macho, el primer hombre que le hacía sentir todo aquello. Era un sentimiento excitante y aterrador al mismo tiempo.

—Siento interrumpir este bonito momento de intimidad, pero es hora de volver a casa, Dante —dijo una voz masculina, con picardía y cierta indiferencia, desde la puerta.

Acalorada, Sarah bajó de un salto de entre las piernas de Dante y, sonrojada, se volvió hacia el hombre increíblemente atractivo que acababa de entrar en su casa. Tenía que ser Jared, el hermano de su paciente.

—Podría haber llamado —murmuró ella, avergonzada.

—Lo he hecho. Varias veces. Pero supongo que estabais muy ocupados —replicó como quien no quiere la cosa—. La puerta no estaba cerrada con llave y he decidido entrar.

«Oh, Dios». Sarah deseó que se la tragara la tierra. Ya era bastante vergonzoso que no hubiera oído la puerta debido al beso de Dante, pero es que para colmo era su paciente. Dante Sinclair estaba convaleciente, tenía una serie de heridas que habrían postrado de dolor en la cama a cualquier otro hombre, por muchos analgésicos que hubiera tomado. Sin embargo, ella le había dado una buena paliza y le pedía aún más.

—Lo siento —dijo, avergonzada—. Es cierto que debería estar en la cama, en su casa.

Jared enarcó una ceja, como si le hubiera hecho gracia su comentario.

—Solo —se apresuró a añadir Sarah—. Durmiendo.

—No te disculpes con él —le dijo Dante, molesto—. Ha entrado en tu casa sin pedir permiso.

Jared esbozó una mueca.

—¿No me has oído llamar? Eres policía.

—Te he oído. Solo esperaba que mostraras un poco de sensatez y te largaras. Pero está claro que me he equivocado. —Dante miró fijamente a su hermano.

Sarah los observó a ambos: uno molesto y el otro divertido. No conocía a Jared Sinclair, pero era un hombre poderoso y atractivo, igual que sus hermanos. Dante y él compartían algunos rasgos físicos, pero mientras Dante tenía una faceta más brusca, Jared era... refinado. Su cabello, por ejemplo, era castaño rojizo, en lugar de castaño oscuro. Lo llevaba un poco más largo que Dante y, a juzgar por el brillo de sus rizos, saltaba a la vista que iba a menudo al peluquero. Sus ojos eran de un verde jade, y las pestañas que los rodeaban eran tan espesas que bien podrían ser la envidia de cualquier mujer. Quizá un par de centímetros más bajo que Dante, tenía la misma complexión musculosa que su hermano, oculta bajo unos pantalones de *sport*, una camisa que parecía de seda y unos zapatos de cuero que debían de ser carísimos.

—Lleve a Dante a casa, señor Sinclair. Dele sus medicinas y no permita que salga a la calle durante una semana. Tiene que hacer reposo para recuperarse cuanto antes. Si siente dolor, que deje lo que esté haciendo —le ordenó Sarah, casi sin aliento, avergonzada por haberse dejado llevar de aquella manera.

—Llámame Jared, por favor —indicó, lanzándole una sonrisa maliciosa—. Y siento haber entrado de esta manera. Empezaba a preocuparme. Estaba esperando fuera, pero ya había pasado la hora que habíamos acordado Dante y yo. Sabía que no le convenía pasar tanto tiempo fuera de casa.

—Lo entiendo —le aseguró Sarah—. Debería haberlo llevado yo misma en cuanto se presentó aquí. ¿Podrás asegurarte de que hace reposo durante unos días? Se recuperará antes.

—No.

—Sí.

Ambos respondieron a la vez, Jared afirmativamente y Dante con la negativa. A Sarah se le escapó una sonrisa.

Jared abrió la puerta y salió de la casa.

—Vámonos, princesa —le dijo a su hermano en tono burlón—. Es probablemente la única vez que podré darte órdenes, así que pienso aprovechar el momento.

—Solo en tus sueños, hermanito. —Dante hizo hincapié en el diminutivo sin apartar los ojos de la espalda de Jared, pero se dirigió a la puerta. Antes de salir, se detuvo y la miró en silencio.

A Sarah se le aceleró el corazón cuando él le susurró:

—Esto queda pendiente. Y no te disculpes por lo que ha pasado. No me ha dolido nada.

—No debería haber ocurrido —susurró ella, nerviosa—. Soy tu doctora. —Su sentido de la ética no la dejaba pensar en otra cosa.

—Ha ocurrido y volverá a ocurrir. Puedes estar segura —le advirtió Dante en tono amenazador. La besó en la frente y siguió a su hermano—. Y no apoyes el pie —le dijo sin volverse mientras se dirigía al vehículo de su hermano.

Sarah cerró la puerta y se apoyó en ella, preguntándose qué demonios había ocurrido.

Intentó encontrar la lógica que explicara su fugaz escarceo con Dante Sinclair, pero fracasó estrepitosamente. Pensó que quizá debía consultar los últimos estudios sobre química sexual.

Capítulo 5

Al cabo de una semana, Dante estaba inquieto y hecho una furia. Su hermano Jared, fiel a su palabra y con la ocasional connivencia de Grady, que en algún momento lo sustituyó como carcelero, lo había tenido encerrado en casa. Solo había visto a Sarah durante las breves visitas médicas y era obvio que ella se sentía incómoda. Se mostraba tan profesional y práctica que Dante no lo soportaba. Estaba desesperado por volver a sentir a aquella mujer apasionada que había descubierto la semana anterior.

«Que no existe la química sexual, decía... Los dos estábamos más cachondos... Y eso que no llegué a follármela».

Dante apretó la mandíbula, impaciente; más que listo para darle a su adorable genio unas cuantas clases sobre el placer carnal. El tiempo que había pasado solo en el hospital había sido un suplicio. Pero el hecho de estar encerrado en casa lo estaba volviendo loco. Era cierto que se alegraba de haber estrechado vínculos con Jared y Grady, ya que los tres hermanos no se habían visto mucho desde que eran adultos. Pero no soportaba pasarse el día entre cuatro paredes. No estaba acostumbrado a tener un momento libre para hacer lo que quisiera. Su trabajo siempre consumía toda su vida y apenas le dejaba tiempo para pensar y hacer otras cosas.

«Lo único en lo que puedo pensar es en llevar a Sarah al orgasmo». Aquella necesidad rozaba la obsesión y no hacía sino empeorar a diario.

El cuerpo de Dante se estaba recuperando y había dejado de tomar los analgésicos porque ya no los necesitaba. Aún le dolía mucho cuando tosía, pero estaba recobrando las fuerzas y tenía ganas de salir a la calle.

«Me estoy engañando a mí mismo. Lo que de verdad quiero es tirarme a mi preciosa doctora y demostrarle que en ocasiones se puede hacer algo solo por placer».

—Esta semana es la última. No os necesito a los dos constantemente a mi lado. Puedo ir a la consulta para que me vea un médico cuando sea necesario. —Dante miró a Jared, que estaba sentado en una silla ante su escritorio, trabajando en el ordenador—. ¿Qué haces?

—Analizando un posible proyecto —respondió Jared, algo distraído.

Jared era promotor inmobiliario y arquitecto. Dante sabía que su hermano había hecho el primer boceto de los planos y había participado personalmente en la construcción de todas las casas de la península, salvo en la de Grady. Sin embargo, ya no acostumbraba a implicarse tanto en sus proyectos, a menos que fueran personales, lo cual no era el caso. Jared compraba, construía y vendía propiedades para ganar dinero, aunque no lo necesitara.

—Voy a la ciudad —le informó Dante, y se levantó de la silla que llevaba demasiado tiempo calentando—. Puedes irte a casa. O quedarte aquí y acabar el trabajo. Pero no es necesario que Grady y tú sigáis haciendo de guardianes.

Jared lo miró con una expresión rara, como si estuviera dolido.

—Mira, sé que no te gusta, pero no habríamos venido si no estuviéramos preocupados.

Dante era consciente de ello.

—Os agradezco que os preocupéis por mí. —Se metió las manos en los bolsillos de los pantalones. Le costaba encontrar las palabras para expresar lo que quería decir. A veces sus hermanos eran muy pesados, pero siempre habían estado a su lado cuando creían que los necesitaba—. Pero es que me puede la presión de pasarme todo el día encerrado en casa. Tengo que salir. Ya me encuentro mejor.

«¡Y necesito tener sexo! Y, por desgracia, solo deseo a una mujer».

Jared lo miró fijamente en silencio durante un rato antes de lanzar un suspiro típicamente masculino.

—Me voy a mi casa. ¿Me llamarás si necesitas algo?

—Sí.

«Solo si es cuestión de vida o muerte». Dante necesitaba un poco de espacio, tiempo para pensar. Había pasado la última semana en compañía constante de sus hermanos. No era que no quisiera pasar más tiempo con ellos, simplemente no le gustaba que hicieran de enfermeros para él... O de carceleros. Sabía que Jared quería alargar un poco más la visita, seguramente hasta que Dante estuviera listo para regresar a Los Ángeles.

Jared se levantó y apagó el ordenador.

—Esta noche hay bingo en el centro juvenil. Había pensado en pasarme por ahí.

Dante soltó una carcajada estridente.

—¿Tú? ¿Desde cuándo juegas al bingo?

—No juego, es para abuelos. Pero he oído que Sarah va a tocar el piano antes de que empezaran las partidas. Por lo que dice Grady, es mejor que la mayoría de concertistas. Se me había ocurrido pasar por el centro y comprobarlo.

Dante sacó las manos de los bolsillos y lanzó una mirada de recelo a su hermano.

—¿Por qué te interesa tanto Sarah?

Jared era un hombre muy rico, de gran éxito, e incapaz de mantenerse alejado de la mirada del público. Era célebre por no dejarse ver más de dos veces seguidas con la misma mujer. A Dante no le importaba lo más mínimo que Jared cambiara de pareja a diario, pero no iba a dejar que Sarah fuera una de sus conquistas.

—Mi único interés es oírla tocar. Tiene una pequeña consulta en la ciudad, es amiga de Emily y es una mujer «prohibida» para mí. Igual que debería serlo para ti, Dante. No es de ese tipo de chicas con las que acostumbras a jugar. Tarde o temprano regresarás a Los Ángeles. No empieces algo que pueda hacerle daño. Es una buena chica.

Aliviado de que su hermano no quisiera ligar con Sarah, contestó:

—No quiero jugar con ella. De hecho, me gusta. No puedo quitármela de la cabeza. —Prefirió no mencionar las fantasías sexuales que lo asaltaban, y las ganas locas que tenía de tirársela.

—Como le hagas daño, harás enfadar a Emily y Grady te matará. Ya sabes lo importante que es para él cualquier cosa que tenga que ver con Em —le advirtió Jared—. Se pone muy agresivo aunque solo se rompa una uña.

Sí. Dante sabía de sobra lo protector que era Grady con su mujer, pero también sabía que ello no le impediría intentar ligarse a Sarah, estar más cerca de ella. Tenía la sensación de que había caído presa de un sentimiento mucho más intenso que la simple lujuria. Quería follar con ella, pero había algo... más.

—Quizá podríamos ser solo amigos. Aún tienen que pasar unas cuantas semanas para que me recupere del todo. Podríamos salir juntos. —Sí, era una de las mentiras más penosas que había dicho en los últimos tiempos. Pero quería actuar con indiferencia ante su hermano.

Jared soltó una carcajada estruendosa.

—¿A quién diablos quieres engañar? He visto cómo la desnudas con la mirada. Y he visto que ella te envía las mismas señales.

—¿Ah, sí?

Dante lanzó una mirada de esperanza a Jared. A decir verdad, en las últimas semanas solo había visto, oído y percibido el lado más práctico y lógico de Sarah, que lo volvía igualmente loco después de haber catado la pasión que era capaz de transmitir. Tenía ganas de matar al hombre que la había iniciado en el mundo del placer carnal. Por otra parte, había una parte primaria de su ser que se deleitaba con el hecho de que Sarah solo hubiera estado con un hombre, y que la experiencia no hubiera sido del todo agradable. Quería ser él quien la hiciera gritar de placer, el único que la hiciera llegar al orgasmo mientras pronunciaba su nombre como si fuera lo único en lo que podía pensar. La cicatriz de su cara estaba casi curada, pero no llegaría a desaparecer del todo, y el resto de su cuerpo no destacaba por su aspecto especialmente atractivo en esos momentos. Sabía que no había sido el único que había sentido la atracción entre Sarah y él, pero aun así decidió preguntárselo a su hermano:

—¿Crees que se siente atraída por mí?

Jared negó con la cabeza.

—Das pena. ¿Sabes qué? Sí. Siente algo por ti. Pero, aun así, sigue siendo una mujer con la que no puedes jugar.

«Siente algo por mí». Dante no hizo caso del resto del sermón de su hermano.

—Me voy. Nos vemos luego.

Dante quería llegar al centro juvenil antes de que Sarah empezara a tocar.

—Dante —lo llamó Jared.

—Dime. —Se volvió hacia su hermano con un gesto de impaciencia.

—Aquí tienes la llave de tu furgoneta.

Dante las cazó al vuelo.

—Gracias —murmuró con sinceridad, feliz por recuperar las llaves de su vehículo. Una de las artimañas que había usado su hermano para tenerlo encerrado en casa había sido quitarle las llaves en cuanto su furgoneta había llegado a Amesport.

Se detuvo al pisar la calle y se tomó un momento para impregnarse del aroma y el sonido del océano. Había una pequeña cala detrás de la casa y le encantaba el sonido de las olas al romper en la orilla. El gesto de abrir la ventana todas las noches se había convertido en una rutina: le gustaba quedarse dormido con el arrullo del océano. Por extraño que pareciera, desde su apasionado encuentro con Sarah no había tenido ni una pesadilla con Patrick.

Tomó asiento al volante y se apoderó de él una sensación de paz al poder hacer de nuevo algo normal. Evan había pedido que le llevaran la furgoneta a Amesport, una decisión que a Dante le pareció del todo innecesaria en un primer momento. A fin de cuentas, tarde o temprano acabaría volviendo a Los Ángeles y podría haber alquilado un vehículo durante su estancia en Amesport. En ese momento le dio las gracias en silencio a su hermano mayor. La sensación de familiaridad que lo impregnó al encontrarse en el interior y el olor del cuero le hicieron sentir que estaba a punto de recuperar el equilibrio de su vida.

—Te debo una, hermano —susurró Dante para sí, sonriendo al notar que el motor cobraba vida.

Evan, que tenía treinta y tres años, se había ocupado de detalles como el transporte de la furgoneta de Dante a Amesport. Siempre sabía lo que necesitaban sus hermanos menores. Grady acababa de cumplir treinta y dos. Dante tenía treinta y uno, y Jared era el más joven de la familia, a punto de llegar a la treintena. Su hermana pequeña, Hope, que ya no era tan pequeña, había cumplido los veintisiete y se había casado con Jason Sutherland, un amigo de la infancia de Grady. De hecho, Jason era amigo de la familia porque había crecido cerca de su hogar de la infancia en Boston, pero los hermanos Sinclair habían estado a punto de darle una paliza después de que cometiera la temeridad de pedir a Hope en matrimonio. Al final no llegó la sangre al río porque Jason gestionaba la cartera de Dante y la de Grady, y se aseguraba de que ambos hermanos fuesen cada vez más ricos. No obstante, Dante no mostraba una gran preocupación por el dinero. Vivía principalmente de su sueldo como detective y apenas tocaba la herencia que le había dejado su padre. De hecho, se llevó una buena sorpresa cuando les dio a Karen y Ben una bonita suma. Era la primera vez que consultaba el saldo desde hacía años. Ya era muy rico cuando puso a Jason al frente de sus finanzas, pero ahora la cantidad de dinero que tenía rozaba lo indecente.

El dinero que había dado a Karen y Ben no había hecho siquiera mella en su fortuna. Por supuesto, Dante sabía que esa cantidad era muy importante para el futuro de la mujer y el hijo de su compañero fallecido, pero también era consciente de que las llamadas de teléfono diarias lo eran aún más. Y también para él. Hablar de Patrick, recordar las mejores cosas de él, los estaba ayudando en el proceso de duelo. Quizá no habían llegado al punto de aceptarlo, pero cada día resultaba menos doloroso.

Pisó el acelerador, dejó atrás el camino de la casa y dobló a la izquierda para llegar a la verja que había a la salida de la península. Dante había estado en el centro juvenil en las visitas anteriores. El hecho de saber que esa noche vería a Sarah le hizo sentir algo poco habitual. Aceleró aún más.

***

—¿Qué tal ha ido la clase? —le preguntó Emily Sinclair a Sarah con curiosidad, sentada en el banco del piano, junto a ella.

—Creo que van bien —respondió Sarah, feliz de ver a Emily. Había acabado de dar clase de piano de nivel básico a tres niños de primaria, y aunque le encantaba hacerlo, tenía ganas de hablar con adultos—. Empezamos con diez alumnos y vamos a acabar con solo tres, pero se esfuerzan mucho. —Sarah solo les enseñaba los conceptos más simples para despertar su interés—. Creo que los que quedan seguirán con las clases, así que no está mal.

—Es fantástico —respondió Emily con entusiasmo—. Es maravilloso que te hayas ofrecido como voluntaria.

—Solo intento hacer algo a cambio de que me dejen usar este increíble piano. —Sarah deslizó los dedos con cariño por el instrumento.

—Está aquí para que lo use la gente —le dijo Emily—. Cuando Grady lo compró, me alegré mucho de que hubiera alguien que supiera tocarlo.

Sarah rio, pensando en lo disparatado que era que Grady hubiera comprado un piano como ese sin preocuparse de si había alguien en Amesport capaz de tocarlo. De hecho, había unos cuantos buenos pianistas adultos, pero la mayoría tenía su propio instrumento.

—Jared le ha dicho a Grady que os vio a Dante y a ti muy acaramelados. ¿Estáis juntos? —preguntó Emily en voz baja.

«¡Maldita sea! Lo único que no quería que se supiera, ya se sabe».

—No digas nada, por favor. —Sarah miró a su amiga rubia con la esperanza de que el rumor de que se había aprovechado de un hombre herido bajo los efectos de la medicación no hubiera ido mucho más allá de la familia Sinclair. Aún no comprendía cómo había perdido el juicio esa noche, pero no había logrado deshacerse del sentimiento de culpa.

—No lo sabe nadie —le aseguró Emily en voz baja, casi con un susurro—. Jared y Grady no se lo contarían a nadie de fuera de la familia, pero a Grady no le ha hecho mucha gracia que Dante se lo estuviera montando contigo. Tiene miedo de que se haya aprovechado. ¿Qué ocurrió? Me han dicho que te hiciste daño en su casa y Grady quiere saber qué puede regalarte para pedirte disculpas. Hace días que tenía ganas de hablar contigo, pero las dos hemos estado tan ocupadas toda la semana...

Sarah lanzó un suspiro, preguntándose si debía contarle a su amiga que se había dado el lote con Dante cuando estaba bajo los efectos de la medicación.

—Nuestro primer encuentro no fue muy bien. Él se comportó como un cretino en plena fase autodestructiva y rompió un vaso sin querer. Me hice un corte que tampoco fue nada del otro mundo, pero lo reñí. Esa misma noche se presentó en mi casa con bocadillos de langosta y una disculpa. Estaba bajo los efectos de los analgésicos. Me besó. Pero no fue nada serio, Emily. Fue por culpa de los medicamentos que le habían recetado. Estoy segura de que no es algo que haga habitualmente. Desde entonces nuestra relación ha sido muy profesional. Todo va bien.

«Salvo por el hecho de que siento un deseo irrefrenable por él cada vez que lo veo». Dante había prendido una llama en ella que era incapaz de apagar.

Emily lanzó una mirada de recelo a su amiga.

—No creo que la causa de su comportamiento fueran unas cuantas pastillas. Tiene que haber química sexual.

«Oh, Dios. Ya estamos a vueltas con lo mismo. ¿Lujuria? ¿Atracción sexual? ¿Química sexual? ¿De verdad importa? El hecho es que... siento algo».

No podía negarlo.

—Para mí la hubo —admitió Sarah a regañadientes—. Pero no puede volver a ocurrir. Es mi paciente y lo que sucedió no fue profesional.

La risa de Emily flotó por la sala de música del centro juvenil.

—Fui a ver a Grady por una cuestión de negocios, para pedirle un donativo. Y acabé besándolo, aunque había ido allí por temas profesionales. A veces es imposible negar algunas atracciones. Te conozco. Si lo besaste es que te gusta mucho.

«Ya lo creo que me gusta. Dante es como una llama blanca, la más caliente que hay».

—Me dejé llevar por el momento. Eso fue todo —dijo Sarah nerviosa, sin querer admitir que Dante Sinclair no solo le resultaba atractivo. Lo deseaba, anhelaba sentirlo con tal desesperación que su mente había dejado a un lado todo pensamiento racional y no había podido concentrarse en nada que no fuera su roce.

Durante unos instantes sintió un estrecho vínculo con él y se olvidó de su soledad. El hecho de experimentar algo como aquello había sido un potente afrodisíaco.

—Va a empezar el bingo para la gente de la tercera edad. ¿Quedamos un día en el lago para tomar un café? —Emily se levantó y lanzó una mirada inquisitiva a Sarah.

La doctora observó la sala mientras la gente iba ocupando las sillas. Había varias filas libres que no tardarían en llenarse. Tocar antes de la sesión de bingo se había convertido en una costumbre, de hecho le encantaba interpretar para todo aquel al que le gustara la música. Había estudiado solfeo desde niña y había dado más recitales de piano de los que recordaba. El ritual había empezado unos meses antes por casualidad, un día que estaba tocando por placer después de la clase para los niños. Los abuelos llegaron antes de tiempo y empezaron a entrar para escucharla. A partir de entonces comenzó a hacerlo cada semana y la gente mayor llegaba con media hora de antelación para disfrutar del improvisado concierto antes de ir al gimnasio, donde se celebraba el bingo.

—¿Quedamos el viernes en el Brew Magic? —sugirió Sarah—. ¿Después del trabajo? —Le gustaban sus charlas de chicas con Emily, pero tenía la sensación de que esa semana tal vez haría bien en saltársela. Su amiga podía ser tan mala como Elsie cuando quería información.

—Ahí nos veremos. Quiero que me lo cuentes todo —le advirtió Emily guiñándole un ojo antes de salir de la sala para atender sus deberes como directora del centro juvenil.

—No hay nada que contar —susurró Sarah para sí.

Todo había sido un gran error, un desliz que no debería haberse producido. Se sentía culpable porque sabía que debería haber enviado a Dante de vuelta a casa en cuanto llamó a su puerta. Y no fue por los bocadillos de langosta o por su intento de disculpa. Fue simplemente por él. Había algo en Dante Sinclair que la fascinaba, por eso quería llegar a conocerlo a fondo para averiguar cómo funcionaba su mente. Quizá eso le daría alguna pista sobre por qué se sentía tan atraída por él.

Sarah necesitaba una distracción, de modo que empezó a tocar. Podía prescindir de la partitura. Era capaz de interpretar casi cualquier pieza de memoria, ya que había tocado la mayoría de clásicos para piano cientos de veces.

Empezó con el *Preludio en sol menor* de Rajmáninov. Era una de sus piezas clásicas preferidas porque el compositor había dejado una gran parte de los arreglos abiertos a la consideración del intérprete. Absorta en las melódicas líneas de bajo, Sarah daba rienda suelta a su pasión a través de la música, deslizando los dedos por las teclas a medida que vertía en ellas todas las emociones que la habían dominado durante la semana. Esa era su vía de escape emocional, la única actividad en la que se sentía segura dejando a un lado el intelecto y la razón para entregarse al... sentimiento. Todas las emociones quedaban entretejidas en la música: la pena, la dicha, la confusión, la decepción, la culpabilidad y el dolor. Cuando acabó la pieza y recibió los aplausos del reducido público, Sarah atacó con otra de inmediato: *La Campanella* de Franz Liszt. Era una composición más alegre y que siempre la animaba. Acabó con entusiasmo, jadeando al tocar el último acorde. Cuando se puso de pie para dar las gracias a su público entrado en años, se sorprendió al ver a Dante y Jared Sinclair entre los presentes.

Era difícil no fijarse en ellos. Eran los más jóvenes de la sala y su pelo oscuro destacaba en un mar de mujeres de melena plateada. Su mirada se cruzó con la de Dante, que lucía una expresión tan fiera y voraz que parecía un depredador que por fin hubiera encontrado a su presa. Era una mirada tan intensa que Sarah no pudo desviar los ojos. Ni siquiera sabía cuánto tiempo llevaba así, paralizada, embelesada ante aquellas pupilas, antes de que los asistentes empezaran a hacer peticiones. Al final, Sarah logró apartar los ojos y asintió cuando alguien le pidió que tocara una melodía en concreto. Se sentó de nuevo y tocó durante quince minutos, esperando a la siguiente petición antes de empezar de nuevo, manteniendo la concentración en la madera reluciente del piano.

«Noto sus ojos sobre mí, la tensión que nos une».

A Sarah le temblaban las manos cuando acabó la última pieza y los asistentes que llenaban la sala estallaron en aplausos, todos sonriendo y felicitándola por lo bien que había tocado, antes de irse.

—Eres increíble. Nunca había escuchado una interpretación de Rajmáninov como esa. Ha sido muy bonita y elocuente —le dijo Jared Sinclair mientras se acercaba—. Ha sido la media hora más agradable que he pasado en mucho tiempo.

Sarah le ofreció una sonrisa a pesar de que había revelado su secreto. Su comentario parecía sincero, al igual que el halago. No había nada más satisfactorio que saber que le había alegrado el día a alguien con su música.

—Gracias. ¿Te gusta la música clásica?

—Sí —admitió Jared—. He escuchado a algunos de los mejores pianistas del mundo, pero tu interpretación es asombrosa. Me sorprende que no decidieras seguir con tu carrera musical.

Sarah se levantó y acercó con cuidado el banco al piano.

—Creo que no disfrutaría tanto de la música si se convirtiera en mi trabajo. —No se imaginaba ganándose la vida tocando el piano, convirtiendo la música en un deber sometido a un horario. No sería lo mismo.

—Gracias por compartir tu talento —dijo Jared, con un tono sincero acompañado de una sonrisa antes de abandonar la sala.

—De nada —respondió ella mientras bajaba del escenario donde se encontraba el piano y recuperaba el bolso que había dejado en el suelo.

Volvió la cabeza a la derecha al darse cuenta de que la sala no estaba del todo vacía. Dante Sinclair no se había movido de la silla y mantenía la misma expresión de concentración de hacía unos instantes.

—Tengo que cerrar la sala —le dijo Sarah con toda la calma posible, antes de que su corazón empezara a latir desbocado cuando Dante se puso en pie.

—Tenemos que hablar —replicó él con voz grave y autoritaria.

Parecía un hombre que no estaba dispuesto a aceptar un no por respuesta.

Capítulo 6

«¡Mía!».

El cuerpo de Dante estaba en tensión, sus instintos le decían que agarrara a Sarah y se la llevara a algún lugar para saciarla hasta que el placer le hiciera perder el mundo de vista. Llevaba unos pantalones cortos a rayas azules y amarillas y una blusa azul de manga corta a juego. Los pantalones le llegaban casi a las rodillas y no eran provocativos ni mucho menos, pero a ella la convertían en una auténtica diosa. Hasta el inocente esmalte rosa de las uñas de los pies que asomaba bajo unas sandalias normales se la ponía dura.

No se había limitado a escucharla tocar el piano; la había sentido. Bajo su fachada lógica y analítica se ocultaba una mujer fogosa y apasionada. Sí. Eso ya lo sabía, pero hasta entonces no se había dado cuenta de lo descarnados que eran sus sentimientos. No había apartado los ojos de su cara ni un segundo mientras escuchaba cómo se entregaba en cuerpo y alma a la música, y acabó totalmente destruido. Percibía la necesidad de Sarah como si fuera la suya, una sensación que no lo abandonó cuando dejó de sonar la música. Dante aún sentía ese anhelo, y sabía que él lo irradiaba con la misma intensidad. La tensión inundó el espacio que los separaba como si se tratara de una corriente eléctrica, y eso lo había excitado tanto que apenas podía reprimir la necesidad de tocarla, de hacerla suya. El mero hecho de ver la sonrisa que le había dedicado a su hermano le había resultado insoportable. No quería que ningún otro hombre estuviera cerca de ella, sobre todo teniendo en cuenta lo vulnerable que era. ¿Era el único que se daba cuenta de que Sarah tenía los sentimientos a flor de piel cuando tocaba?

—Vamos a dar un paseo —sugirió Dante, que tuvo que apretar los dientes para no proponerle lo que de verdad deseaba: ir a casa y follar hasta perder el conocimiento. Se acercó más a ella, la agarró de la mano y la guio fuera de la sala.

—Espera, tengo que cerrarla con llave e ir a buscar a Coco —le dijo ella, hecha un manojo de nervios.

Dante esperó con impaciencia mientras Sarah cerraba la sala de música, la siguió cuando dejó la llave en una caja que había cerca de la entrada principal y se acercaron un momento al gimnasio para echar un vistazo al bingo.

—Debe de estar con Randi —murmuró Sarah, que se dirigió a otra sala y entreabrió la puerta.

Dante lanzó un suspiro de alivio cuando Sarah abrió la puerta del todo y vio que solo había una mujer de pelo oscuro, menudita, y un par de niños. Randi era una mujer, no un hombre.

—Hola, Randi. He venido a buscar a Coco —dijo Sarah, mirando a la perra que tenía la mujer en el regazo.

—No molesta. Ya sabes que me encanta que me la dejes. De hecho, te la robaría si supiera que no me ibas a descubrir. —La mujer se levantó y dejó a Coco en el suelo—. Y a los niños también les gusta jugar con ella. Me ha costado un poco lograr que se pusieran a hacer los deberes de la escuela. —Se acercó a Sarah y le susurró al oído—: ¿Quién es ese?

—Dante Sinclair, te presento a Miranda Tyler. Es maestra y buena amiga de Emily —le dijo Sarah, que se apartó de Randi para que su paciente pudiera verla.

Dante le ofreció una sonrisa y le tendió la mano.

—Creo que ya nos conocemos. Fuiste dama de honor de Emily en su boda. Me alegro de verte de nuevo.

—Lo mismo digo —replicó Randi, que le estrechó la mano antes de añadir—: Siento lo de tu compañero. Y lamento que te hirieran. Me alegré al saber que te estabas recuperando.

—Gracias —respondió él con serenidad, aunque incómodo porque no estaba acostumbrado a hablar de la muerte de Patrick. No conocía muy bien a Randi, pero a juzgar por lo que había visto en la boda de su hermano, le parecía una mujer agradable.

Sarah sacó una correa del bolso y se la puso a Coco.

—Emily y yo hemos quedado en el Brew Magic el viernes, después de trabajar. Lo digo por si te apetece venir.

A Randi se le iluminó la cara.

—No me lo perdería por nada. Tengo que ponerme al día de muchas cosas. —Miró a Sarah con curiosidad y luego a Dante—. No sabía que estabais... juntos.

Dante dirigió una mirada a Sarah, que se sonrojó y balbuceó:

—Ah, no... No lo estamos... No... Es mi paciente.

Dante le guiñó el ojo a Randi.

—Sí que estamos juntos. Y acabo de cambiar de médico para evitar problemas en ese sentido.

«Porque estoy tan desesperado por tirármela que no puede ser mi médica». Dante estaba harto de que Sarah intentara fingir que no existía atracción entre ambos.

—¿Divergencia de opiniones? —preguntó Randi con maldad.

—Quizá de momento. Pero la convenceré —le aseguró Dante con rotundidad. Acto seguido agarró a Sarah de la mano, salieron de la sala y cerró la puerta con cuidado.

—No me puedo creer lo que acabas de decir —susurró Sarah con voz áspera mientras se dirigían a la salida—. Le has mentido. Soy tu médica. No podemos tener ningún otro tipo de relación.

—Ese es uno de los temas que tenemos pendientes —replicó Dante, que le agarró la mano con más fuerza cuando ella intentó soltarse—. Y vamos a zanjar la cuestión ahora.

—No hay nada que zanjar —replicó ella, enfadada—. Confío en Randi, pero si no me sueltas la mano toda la ciudad creerá que estamos... juntos.

Cuando salieron a la calle ya había oscurecido y Dante se dirigió al paseo marítimo. Quizá todavía quedaba alguien dando una vuelta, pero era un lugar más tranquilo.

—No puedo seguir fingiendo que solo eres mi médica, que no siento la imperiosa necesidad de arrancarte la ropa y follarte hasta caer exhaustos.

—Lo que pasó en mi casa no debería haber ocurrido. Estabas bajo los efectos de los medicamentos. Y yo no debería haberme dejado llevar. Tendría que haberte llevado a casa. Soy tu médica y no estuvo bien que me aprovechara de la situación. Lo siento —dijo con la respiración entrecortada.

Dante se detuvo bajo una de las farolas del paseo marítimo para ver bien su cara. No. No le estaba tomando el pelo. Vio la expresión de remordimiento y arrepentimiento en su rostro.

«Mierda. ¿De verdad es tan inocente? No hay otra explicación. Ese gesto de culpabilidad es real».

Pero esa reacción solo logró ponerlo aún más cachondo.

—¿Me estás diciendo que crees que te aprovechaste de mí? ¿Que yo no era consciente de todo lo que estaba pasando? —Dante no pudo disimular el tono de incredulidad.

—A mí no me hace ninguna gracia. —Sarah lo miró fijamente—. Quizá no intenté seducirte, pero sí que contribuí a lo que sucedió. No lo evité. Es más, lo fomenté.

—Eso es lo que pasa cuando dos personas se ponen cachondas y tienen tantas ganas de follar que no recuerdan ni su nombre —le dijo con voz gutural, incapaz de pensar en otra cosa que no fuera en llevar a Sarah al orgasmo. En realidad, no podía afirmar que tuviera una gran experiencia en este tipo de situaciones. Era la primera vez que sentía algo así por una mujer.

—Habla por ti —se quejó Sarah.

Dante nunca se había enfrentado a un desafío tan grande como el que planteaba Sarah. Quizá ella no lo veía de ese modo, pero él estaba dispuesto a demostrarle que se equivocaba.

—Querías lo mismo que yo. Admítelo. —No podía reprimir su necesidad de oírle pronunciar las palabras. Su instinto de posesión se había apoderado de él y sabía que el dolor que le atenazaba las entrañas no desaparecería hasta que ella admitiera que lo deseaba con la misma pasión que él a ella.

—No importa lo que yo quisiera. Habías perdido el juicio y yo soy tu médica. —Se apartó de Dante para dirigir la mirada al océano.

El policía estuvo a punto de echarse a reír, pero se contuvo. Era obvio que Sarah estaba disgustada y preocupada, y aunque no entendía esa forma de comportarse, sin duda para ella tenía una gran importancia. Se sentía culpable por lo que había ocurrido. A él le resultaba gracioso que ella creyese que lo había forzado de algún modo. Ojalá. Era una fantasía que lo ponía cachondísimo.

—No estaba bajo los efectos de la medicación —intentó asegurarle con aplomo—. Ya se me habían pasado, y no tomé nada hasta que llegué a mi casa. Cuando te dije que me sentía extraño me refería a que no me veía capaz de ponerme al volante mientras los estuviera tomando, y hablaba en pasado. —La tomó de la mano y bajaron hasta la playa, iluminada únicamente por el claro de luna. Cuando llegaron, soltó a Coco y se dejó caer en la arena—. No creo que vaya muy lejos.

—Yo tampoco —admitió Sarah, algo nerviosa.

Dante le sujetó la mano de nuevo y se la llevó a la entrepierna.

—Estoy así desde que te vi. Cuando estás cerca, siempre la tengo así de dura. Siempre. Esto no es un efecto de la medicación y ya me gustaría entender a mí por qué me pasa. Pero tampoco puedo ignorarlo y estoy en un momento de mi vida en que no me importan una mierda los motivos.

Dante no estaba de humor para razonar. La necesitaba y quería hacer algo al respecto. Era un hombre de acción. Nunca había estado tan obsesionado por una mujer. Jamás. Lo único que quería hacer en esos momentos era aplacar su deseo y saciar a Sarah.

Dante emitió un gruñido cuando los dedos de Sarah se deslizaron, recorriendo el perfil de su erección. A pesar de los pantalones, el roce de ella lo excitaba más de lo que ninguna mujer hubiera conseguido, y eso que aún no se había quitado los pantalones.

—No lo entiendo. —Sarah siguió acariciándolo por encima de la ropa—. Apenas nos conocemos. No sé cuál es tu color favorito, ni qué música te gusta. No sé cuál es tu plato o tu libro preferido. Eres uno de los hombres más ricos del planeta y yo soy una médica que pudo estudiar gracias a las becas y a los préstamos para estudiantes. Mi padre era ingeniero aeroespacial, pero no tenía un gran talento para el dinero y no dejó gran cosa a mi madre cuando murió. No tenemos casi nada en común.

Dante percibió la incertidumbre y la confusión en su tono de voz. A pesar de su inteligencia, Sarah era muy inocente. Su excepcional cerebro intentaba comprender a qué se debía esa atracción mutua. A decir verdad, no tenía ningún sentido. Simplemente era algo que sucedía. Y punto. Por el amor de Dios, él era un detective de homicidios que se acostaba con todas las mujeres que podía, pero no llegaba a establecer relaciones serias por culpa de su trabajo y nunca sentía celos. Nunca. Sin embargo, en ese momento se sentía muy posesivo, y lo único que había hecho era besar a Sarah. No era un comportamiento normal y la maldita situación lo tenía absolutamente desconcertado. Lo malo era que no podía ignorar su instinto.

Y la vulnerabilidad que percibió en la voz de Sarah hizo que su prioridad pasara a ser consolarla.

Le agarró la mano que lo estaba manoseando por encima de los pantalones y la atrajo hacia sí, rodeándola por la cintura. Acercó el rostro a su pelo para impregnarse de su aroma y que este se apoderara de todos sus sentidos.

—Me gusta el azul oscuro, tan intenso que sea casi morado. Me gusta casi todo tipo de música, depende de mi estado de ánimo. Creo que los sándwiches de langosta son mi nueva comida favorita y no tengo mucho tiempo para leer porque no paso suficiente tiempo sentado para acabar un libro. —Deslizó las manos hasta sus nalgas y la estrechó aún más para que notara su portentosa erección—. Y me importa muy poco el dinero que tengo. Nunca me ha importado. Vivo en un apartamento de una habitación en Los Ángeles, y mi sueldo cubre todas mis necesidades a menos que quiera algo especial. Un amigo de la familia se encarga de gestionar mi fortuna e invertir por mí. El trabajo siempre ha sido mi vida, por lo que no me queda tiempo para gastar el dinero. No tengo un avión privado, aunque debo admitir que el de Grady no está nada mal. No pienso que soy multimillonario. Vivo igual que tú: vivo para mi trabajo.

Sarah se retorció, intentando apartarse de Dante.

—Tus costillas...

—Estaría mucho mejor si dejaras de moverte —le dijo Dante.

Sarah se quedó inmóvil.

—Lo siento. ¿Te he hecho daño?

«Maldita sea». El simple calor que desprendía Sarah y el roce de su cuerpo suave en contacto con el suyo intensificó aún más la erección que amenazaba con rasgarle los pantalones.

—Daría lo que fuera por tenerte desnuda —gruñó, mientras el corazón le latía desbocado.

—Te llevarías una gran decepción —replicó ella con cautela.

No, no se llevaría ninguna decepción, y Dante no entendía por qué Sarah pensaba así. Recorrería hasta el último centímetro de su piel suave, perfumada y desnuda hasta que le suplicara que la poseyera. Incapaz de seguir esperando, le sujetó la cara con ambas manos. Imaginó que ya sabía todo lo necesario sobre él y que, si quería profundizar en algún aspecto, podía preguntárselo más tarde.

«A la mierda todo».

Dante le cubrió la boca con sus labios, saboreando el dulzor del momento mientras la devoraba. Entrelazando los dedos en sus suaves rizos, se dejó arrastrar por el suave tacto de su cuerpo y por la certeza de que por fin iba a poseerla.

«Mía. Es mía».

Dante no intentó reprimir más sus necesidades. Tenía que hacerle saber que era suya, tenía que dominarla y protegerla, y sucumbió a esos enrevesados deseos mientras su lengua se perdía en la boca de Sarah para conquistarla. Cuando ella le rodeó el cuello con los brazos y lo besó con aún más pasión, Dante estuvo a punto de volverse loco de placer ante su sumisión.

«Necesito tocarla antes de perder el sentido».

Apartó una mano del pelo y la deslizó entre ambos cuerpos para tirar del cordón de los pantalones de Sarah.

«Solo un roce. Estamos solos. Y a oscuras».

Cuando deslizó la mano bajo los pantalones y las braguitas, supo que no le bastaría con solo un roce. Sus dedos se abrieron paso hasta un calor húmedo y aterciopelado. Estaba empapada. Dante estuvo a punto de soltar un gruñido mientras acariciaba los labios y encontraba el clítoris.

Logró contener el gemido que soltó Sarah. El sonido de su excitación le hizo olvidarse de todo, salvo de su único objetivo: llevarla al orgasmo. Ella lo necesitaba y él quería dárselo.

Apartó los labios de los de ella.

—Acaba, Sarah —le pidió—. Hazlo por mí. Necesito que te corras. —Sus ansias de saciarla era irrefrenables. A pesar del deseo imperioso de penetrar en su calor, no podía sucumbir a la pasión. La playa estaba desierta y solo los iluminaba la luz de la luna, pero era egoísta y no quería que nadie la viera vulnerable. Solo él.

—No puedo —dijo ella entre jadeos—. Yo...

—Sí que puedes —replicó él bruscamente, con la respiración entrecortada. La agarró del pelo y le inclinó la cabeza hacia atrás para saborear la dulce piel de su cuello. Siguió excitando de forma implacable las terminaciones nerviosas de su clítoris, sintiendo cómo se humedecía cada vez más—. Qué caliente estás.

—No puedo parar, Dante...

—No pares —le exigió él, notando que empezaba a estremecerse—. Acaba para mí.

Sarah emitió unos dulces jadeos que le provocaron la mayor satisfacción que había sentido jamás. Él le mordió el cuello con suavidad, un gesto que la hizo enloquecer aún más. Sarah se retorcía de placer, pero a Dante no le importaba lo más mínimo el dolor que sentía en las costillas. La excitación de Sarah alimentaba la suya a medida que aumentaba el ritmo de las caricias del clítoris.

—Dante, Dante —gimió ella, clavándole las uñas en la espalda a través de la camiseta.

—Acaba para mí, Sarah —gruñó él, que se volvió loco de placer al oír su nombre en boca de ella cuando estaba al borde del orgasmo. Quería notar cómo alcanzaba el clímax.

—¡Sí! —exclamó ella, fuera de sí.

Dante le tapó la boca de nuevo, esta vez para ahogar sus gritos mientras su cuerpo se estremecía al llegar al momento de máximo placer. Prolongó su éxtasis tanto tiempo como le fue posible, sin apartar la mano de la entrepierna, hasta que ella formó casi un ovillo, agotada.

«Mía».

La abrazó por la cintura y apoyó la cabeza de Sarah en su hombro, acariciándole el pelo mientras disfrutaba de la excitación que fluía por su cuerpo. La satisfacción que se había apoderado de él era mejor que el sexo más salvaje que había tenido en su vida.

—Esto es lo que tenemos en común, Sarah —dijo él con voz ronca, sin dejar de acariciarle el pelo.

—¿La lujuria? —preguntó ella, intentando recuperar el aliento—. No puedo creerme lo que acaba de pasar.

Por algún motivo, a Dante no le gustó la descripción que había hecho ella de lo que acababa de suceder entre ellos. En el pasado él había sentido lujuria, pero lo que había entre Sarah y él era distinto. Aun así, respondió:

—Sí. ¿Qué tiene de malo la lujuria?

—No creía que fuera así —admitió, con un hilo de voz impregnado de incertidumbre—. Ha sido... abrumador.

A Dante le dieron ganas de golpearse el pecho. «Abrumador» era una buena definición. Quería hacer añicos la imagen que pudiera tener Sarah sobre lo que era una pasión sensata y lógica. Ella había echado a perder su promiscua vida sexual. Dante lo sabía y quería que Sarah sintiera el mismo asombro que él.

—Oh, Dios. Lo siento. Te estoy aplastando —exclamó Sarah, mortificada—. No deberías aguantar mi peso. ¡Maldita sea! ¿Por qué haces que me olvide de mi lado racional?

Dante sonrió en la oscuridad y la agarró con más fuerza.

—No me duele y no puedes concentrarte porque acabas de tener un orgasmo alucinante. Ojalá estuvieras siempre encima de mí.

—No me hace gracia. —Sarah se apartó de él y tomó la correa de Coco, que estaba tumbada en la arena, a pocos metros de ellos. Se acercó hasta la perra, le ató el collar y se volvió hacia Dante—. Tenemos que parar.

—Yo no puedo —contestó él con voz seria, plenamente consciente de que estaba diciendo la pura verdad. Lo que acababa de ocurrir era tan novedoso para él como para ella, pero Dante no tenía miedo. Le daba más miedo perder la oportunidad de disfrutar de la intensidad de las emociones que le provocaba Sarah. Desde la muerte de Patrick había vivido sumido en la oscuridad. A decir verdad, el vacío que sentía en su interior lo acompañaba desde hacía un tiempo, incluso antes de la desaparición de su compañero—. Tú me haces sentir vivo —confesó con brusquedad.

Dante le agarró la mano y la condujo al paseo marítimo, donde había más luz, y echaron a andar lentamente en dirección al centro juvenil.

—Sé que estas últimas semanas han sido difíciles para ti. Tal vez solo necesitas una distracción, pero no puedo hacerlo —dijo Sarah con voz inexpresiva.

—¿Crees que eres eso? ¿Una distracción? Para mí una distracción es ver una película o un partido de fútbol. Una distracción es ir de pesca o salir a tomar una cerveza. Una distracción no es en absoluto perder el juicio por culpa de una mujer. —Dante hizo una pausa cuando estaban a punto de llegar a la furgoneta y sujetó a Sarah del brazo para detenerla—. Cena conmigo.

Ella lo miró con incertidumbre y con los ojos húmedos por las lágrimas. Cuando Dante vio la tristeza que se apoderaba de ella sintió una punzada de dolor insoportable en las entrañas.

—¿Qué ocurre? —preguntó preocupado, casi seguro de que era una faceta que Sarah no acostumbraba a compartir con nadie. La acercó suavemente contra la furgoneta y la rodeó, apoyando una mano a cada lado. No pensaba dejarla marchar hasta que volviera a sonreír.

—Tú también me haces sentir viva —le aseguró ella con solemnidad, como si fuera algo horrible y que podía dar un vuelco a su vida—. No sé cómo asimilarlo. No sé cómo... hacerlo. —Se señaló a sí misma y luego a él.

Dante le sonrió.

—Cielo, yo sí sé hacerlo. Y me encantaría enseñarte.

Sarah frunció el ceño.

—No me refería a eso. Conozco la parte anatómica. —Hizo una pausa antes de confesarle con un susurro—: Tengo miedo. Nunca me había sentido así y mi cuerpo no suele reaccionar de este modo. Mi vida se guía por la lógica, por la razón, pero cuando estoy contigo noto que mandan los sentimientos y no logro entender lo que sucede entre nosotros. Manda mi cuerpo, no mi cerebro. Y eso nunca me había pasado, Dante.

Él se preguntó si era la primera vez que pronunciaba esas palabras. De nuevo se vio asaltado por el deseo de protegerla al ver que era vulnerable.

—No tengas miedo. —La abrazó con fuerza y notó que el corazón se le aceleraba mientras intentaba rodearla con todo su cuerpo para que no volviera a sentir ese pánico—. Ven a cenar conmigo. Podemos ir al Tony's Fish House. Jared me ha dicho que se come muy bien.

Sarah se sorbió la nariz, irguió la cabeza y lo miró a los ojos.

—Es un sitio para turistas y demasiado caro. Nunca se me ha ocurrido ir.

—Creo que puedo permitírmelo. Acompáñame. Algo tendremos que comer, ¿no? No me gusta cenar solo.

Sarah le lanzó una mirada de recelo y Dante contuvo la respiración hasta que ella murmuró:

—Soy tu médica. No pueden vernos juntos en público.

—Ya no lo eres —replicó algo molesto—. Lo que le dije a Randi es verdad. He pedido que me lleve el doctor Samuels. Para que no haya malentendidos. Mañana recibirás por fax la solicitud de mi historial médico.

Sabía que si no cambiaba de facultativo ella seguiría manteniendo las distancias. De este modo, al menos, no podría recurrir a esta excusa. Y al ver el sentimiento de culpabilidad que se había apoderado de Sarah, se alegraba mucho de haber hecho el cambio. La idea de que ella se hubiera aprovechado de él era absurda, pero ese era su nivel de ética profesional.

—Ya no tenemos una relación profesional.

—¿En serio? —preguntó ella, asombrada.

—Sí.

—¿Por qué?

—Porque sabía que si no cambiaba esta situación seguirías tratándome como a un paciente —respondió de forma algo brusca—. Y eso es lo último que deseo.

—Me lo pensaré —añadió ella con prudencia—. Llámame.

Por supuesto que pensaba hacerlo. Al día siguiente. O esa misma noche. Tenía que lograr que accediera. Quería explorar lo que estaba ocurriendo entre ellos. E iba a asegurarse de que acabara sucumbiendo a él.

La soltó y esperó a que se dirigiera a su todoterreno. Pero no fue así. Sarah echó a andar hacia Main Street.

—¿Dónde diablos has aparcado?

—He venido a pie. Me gusta pasear.

Dante calculó la distancia que había hasta su casa y se dio cuenta de que tendría que pasar por zonas algo aisladas.

—Sube a la furgoneta. —El mero hecho de pensar que fuera andando hasta su casa, en plena noche, le produjo escalofríos—. No es seguro que una mujer vaya caminando por ahí sola.

Sarah se detuvo y se volvió.

—Esto es Amesport, no Los Ángeles o Chicago.

—Me importa una mierda. Hay demasiados lugares donde podría ocurrirte algo. En esta ciudad hay muchos turistas. No toda la gente es de aquí. —Y aunque lo fueran, en todas partes había locos—. Sube a la furgoneta.

Sarah frunció el ceño, molesta.

—Hace un año que tengo la costumbre de ir a pie. Necesito hacer ejercicio.

—Hay formas mucho más agradables de hacer ejercicio —le dijo en un tono inquietante al tiempo que abría la puerta del acompañante—. Sube —le ordenó. No iba a permitir que se fuera andando de noche.

Sarah se acercó lentamente y se detuvo ante él.

—¿Ese es tu tono de agente de policía? Eres muy mandón.

—Cielo, no te imaginas lo cretino que puedo llegar a ser. Deberías alegrarte de no ser un criminal —le advirtió.

—Eso hace que me den ganas de huir y cometer un delito. No está nada mal ese papel de dictador que interpretas —añadió ella con naturalidad—. No vayas a pensar que obedecería todas tus órdenes, pero ese personaje tuyo de hombre de las cavernas tiene su atractivo. Desde un punto de vista sexual. —Hizo una pausa antes de añadir—: Creo que podría gustarme.

«¡Será posible! ¡Me está volviendo loco! A mí sí que gustaría darle lo suyo como un hombre de las cavernas».

Su erección no había perdido vigorosidad en todo el rato, pero en esos momentos creía que estaba a punto de estallar. Ayudó a Sarah a subir al asiento del acompañante. Le quitó la correa de las manos y puso a Coco en el asiento trasero. Después de ajustarle el cinturón a Sarah, le dijo:

—Más vale que te acostumbres, porque creo que me vas a llevar de golpe a la Edad de Piedra. —Y cerró la puerta antes de que ella pudiera responder. Si volvía a decir una sola palabra más sobre sus gustos por la dominación sexual, explotaría ahí mismo.

Curiosamente, para ella no había sido más que un simple comentario ya que estaba empezando a descubrir su sexualidad. Sarah no se estaba insinuando, pero daba igual. Él se daba por satisfecho disfrutando de su voz analítica, desconcertada y sensual.

Dante rodeó el vehículo rápidamente y se sentó al volante.

—Se acabó eso de ir andando por ahí de noche. Además, ese chucho no puede protegerte de gran cosa.

—Sí, detective Sinclair —se apresuró a añadir ella, esbozando una sonrisa.

Dante la miró, preguntándose si hablaba con sarcasmo.

—¿Te parece divertido? Tu seguridad no es ninguna broma. Es peligroso que una mujer camine sola de noche.

—Es verdad, no tiene nada de divertido. Supongo que es la primera vez que alguien se preocupa por mi bienestar. Y eso me resulta... raro.

—Pues ya era hora de que alguien te cuidase —dijo él con voz grave y áspera, sorprendido de que fuera el primero que intentaba protegerla. Sin embargo, Sarah le había hablado de su madre, una mujer que solo parecía interesada por los éxitos académicos de su hija, y le había dicho que no tenía hermanos.

Era más que probable que todo el mundo hubiera dado por supuesto que, siendo una mujer tan superdotada, tan especial, no iba a necesitar ningún tipo de ayuda. Menuda estupidez. Precisamente, debido a su situación lo que necesitaba era alguien que la defendiera, un protector. Sarah se enfrentaba a cualquier circunstancia de forma racional y lógica. Por desgracia, los locos del mundo no analizaban la vida del mismo modo que ella.

«¡Mía!».

Estaba más que dispuesto a ser el hombre que cuidara de ella. Quizá Sarah era más inteligente que él desde un punto de vista académico, pero él era un alumno aventajado en la escuela de la vida, y eso era lo que ella necesitaba.

Arrancó el motor, salió del aparcamiento y tomó el camino que llevaba a casa de Sarah. Apenas hablaron, pero cada vez que Dante se volvía para mirarla, veía una sonrisa dibujada en su cara.

Capítulo 7

«¡Acabo de tener un orgasmo increíble en una playa oscura, como si fuera una adolescente en celo!».

Seguramente en el pasado habría sentido una gran vergüenza, pero en ese momento no era así. Por primera vez, se sentía... normal. Dante acababa de descubrir un rincón de su alma que ella ni siquiera sabía que existía. No le había mentido al admitir que la hacía sentirse viva. Cuando Dante le dijo lo mismo fue como si su cuerpo replicara las mismas emociones, como si una parte de ella hubiera estado hibernando toda la vida y por fin hubiese despertado.

El mundo de Sarah siempre había girado en torno a los estudios. Lo único agradable de los años que había pasado con su madre había sido la música, esos momentos en los que podía expresar su soledad tocando el piano. Por desgracia, nadie había querido protegerla de verdad... hasta Dante. Él la trataba como si fuera especial, pero por primera vez eso no tenía nada que ver con su coeficiente intelectual.

«Me quiere a mí».

En cierto modo, era significativo que la mirase y le gustara la mujer que veía ante él, que la aceptara tan fácilmente. No mantenía las distancias porque se sintiera intimidado. De hecho, no parecía coaccionado en absoluto. Era evidente que no tenía ningún problema en darle órdenes cuando intentaba protegerla, algo de lo que habían tomado buena nota sus hormonas femeninas. Quizá Dante tenía una sobrecarga de testosterona, pero la estaba empujando a conocer sus límites, a tomar conciencia de sí misma como mujer. A pesar de ello, él también era vulnerable, algo que lo convertía en un hombre irresistible para Sarah.

«Una deducción brillante, Einstein. Es tan irresistible que pierdo la capacidad de razonar cada vez que me toca».

El problema era que no quería resistirse a él. Quería que la tocara, que le enseñara todo lo que se había perdido. Su formación era bastante precaria en la asignatura del placer carnal. Si un simple beso, un simple roce, habían sacudido los cimientos de su mundo de tal manera, apenas podía imaginar lo que sentiría al estar desnuda con él.

«No puedo hacerlo. Se llevaría una decepción si me quitara toda la ropa».

—¿Qué pasa? —preguntó Dante con curiosidad, desde el asiento del conductor.

Sarah intentó ordenar sus pensamientos.

—Nada. ¿Por qué?

—Ya no sonríes. No me gusta —respondió con brusquedad.

¿Había sonreído? Quizá sí. En realidad, lo que había hecho era pensar en él y en la agradable sensación que invadía todo su cuerpo tras ese orgasmo asombroso y revelador. También le gustaba que él quisiera protegerla. Si aquello no la había hecho sonreír, nada lo lograría.

—No ha pasado nada.

«Tan solo pensaba en que quiero desnudarme contigo, y en lo triste que es no sentirme capaz de hacerlo. ¿Tal vez a oscuras...?».

—No me has dicho cuál es tu plato o tu color favorito. Cuéntamelo —le pidió él.

El interés de Dante por saber algo más de ella le llegó al corazón. Ningún hombre había mostrado curiosidad por ella como persona.

Incluso el tipo con el que había perdido la virginidad la había utilizado, seguramente para aprobar una asignatura que se le resistía. O eso o había sido una pésima compañera de cama. Nunca había llegado a averiguar por qué la había dejado tras su primer encuentro sexual, pero el tema tampoco la había preocupado en exceso. Lo único que compartían era la facultad de Medicina, y ella le llevaba mucha ventaja académica a pesar de ser más joven que él. Tras esa incómoda experiencia, había decidido que no se estaba perdiendo gran cosa. Sin embargo, ahora estaba segura de que se había equivocado. Solo le había faltado encontrar al hombre adecuado para que la enseñara.

—No sé montar en bicicleta ni bailar. De niña nunca jugué con muñecas; tocaba el piano. De adolescente no tenía amigos porque me habrían quitado tiempo de estudio y porque no eran imprescindibles para desarrollar mi potencial. Siempre me he sentido rara al ser la más joven en un mundo de adultos, pero tampoco recuerdo haber sido una niña. Lo único a lo que podía jugar era al ajedrez, porque era una actividad intelectual, pero solo con alguien que pudiera ganarme, porque mi madre quería que me enfrentara continuamente a retos. —El deseo de Dante por saber más de ella había abierto las compuertas de un torrente de información que Sarah nunca había creído que llegaría a compartir con alguien—. Hasta que llegué a Amesport no tuve amigos de verdad, y me he sentido muy sola durante toda mi vida porque era distinta. Nunca me he considerado normal. —Sarah tomó aire, algo nerviosa, antes de añadir—: Mi color favorito es el rojo, aunque nunca me lo pongo para vestir porque mi madre creía que era poco apropiado para una mujer intelectual, demasiado llamativo. Ya sabes que me gustan los sándwiches de langosta, y me encanta la música clásica, pero también el *country*. A decir verdad, sé apreciar el mérito de cualquier estilo musical. —Dudó unos instantes—: Y estoy segura de que tienes razón: el sexo va mucho más allá del acto que permite la reproducción de la especie humana.

Dante detuvo la furgoneta en el camino que conducía a su casa y apagó el motor antes de volverse hacia ella con expresión de asombro.

—¿Cómo es posible que no sepas montar en bicicleta?

Sarah se encogió de hombros, incómoda.

—Pues mira...

—¿Es que nunca has hecho algo porque sí?

—Pocas veces. Pero aquí he hecho muchas más cosas que en Chicago. Voy andando a los sitios porque puedo. No tiene ninguna lógica y es una pérdida de tiempo, pero lo hago porque me gusta y me encantan las tiendas de Main Street. De vez en cuando quedo con algunas de las amigas que he hecho aquí y soy voluntaria en el centro juvenil. Me gustan los clásicos, pero últimamente he devorado todas las novelas románticas que han caído en mis manos.

Sarah se desabrochó el cinturón y bajó de la furgoneta. Quizá no debería haber dicho nada. Quizá ahora Dante la consideraba un bicho raro. Se puso a buscar las llaves de casa rápidamente, las sacó del bolso y tomó en brazos a Coco, que había saltado en el asiento que Sarah había dejado libre. Cuando la dejó en el suelo, le quitó la correa para que explorara el territorio conocido.

Se dirigió hacia la puerta de casa a toda prisa y no se dio cuenta de que Dante la seguía hasta que este le arrancó las llaves de la mano y quedó atrapada entre la pared y el musculoso cuerpo de él. Lo miró a la cara y vio su expresión indescifrable.

—¿Qué madre es incapaz de comprarle una muñeca a su hija, no la enseña a montar en bicicleta ni deja que se distraiga con los juegos típicos de niños? ¡Será posible! ¡Y yo creía que tuve una infancia horrible por culpa de un padre maltratador y alcohólico! Pero al menos nosotros jugábamos. Y como nos sobraba el dinero, teníamos lo mejor de todo, incluidas las bicicletas. De lo contrario, la imagen de mi padre como miembro de la élite se hubiera visto gravemente afectada. —El ritmo de su respiración agitada aumentó y, por un momento, pareció que le faltaba el aire—. Ninguna otra mujer del planeta podría excitar mi deseo sexual como tú, me da igual que vayas vestida o desnuda, pero el rojo es un color muy sexy. ¿Tienes un vestido rojo?

Sarah asintió, no muy convencida. Tenía uno, pero nunca se lo había puesto. Había sido un capricho que se había permitido un día que salió de compras con Randi y Emily.

—Póntelo cuando vayamos a cenar —le exigió Dante—. Te enseñaré a montar en bicicleta. He visto que en la zona hay algunas rutas fantásticas. Hasta dejaré que me des una paliza al ajedrez. Sé jugar, pero no tengo ninguna duda de que eres mejor.

Sarah lo miró con recelo.

—¿Por qué?

—Porque ha llegado el momento de que disfrutes de la vida. Sé lo que es entregarse en cuerpo y alma al trabajo, que sea tu único mundo, así que no puedo decir que no soy culpable de haber cometido el mismo pecado. Pero hay que encontrar momentos para otras cosas. Momentos para el placer. Los mejores recuerdos que tengo de Patrick son de cuando íbamos a pescar, o cuando salíamos a dar una vuelta en moto fuera de la ciudad. Nunca he sabido llevar una vida muy equilibrada, pero quiero intentarlo. Patrick me decía que la vida era demasiado corta como para no permitirse ciertos caprichos. Creo que tenía razón. Ahora no solo quiero vivir la vida por mí, también lo hago por él. Voy a hacer todo lo que siempre he querido hacer pero no he podido. Creo que a él le habría gustado.

A Sarah se le anegaron los ojos en lágrimas al ver que la expresión de enfado de Dante se transformaba en un gesto de pesar. Aún no había superado la muerte de su compañero, pero estaba dando pasos en la dirección correcta.

—Estoy de acuerdo —dijo Sarah con solemnidad, alargando la mano para acariciarle la mejilla.

—¿Estás preparada para correr algunos riesgos? —En el rostro de Dante se dibujó una lenta sonrisa que fue aumentando—. Soy un maestro entregado.

Dante tenía razón. Debido a la educación que le había dado su madre y a su trayectoria profesional, Sarah no había podido hacer muchas cosas que siempre había deseado. Aunque maduró desde un punto de vista emocional cuando se fue a vivir lejos de su madre, aún no había logrado romper el cascarón de su aislamiento, que la mantenía apartada de los demás desde la infancia y adolescencia.

Quería pasar más tiempo con Dante, explorar nuevas emociones y su sexualidad. Su riguroso sentido de la ética se lo habría impedido si él todavía hubiese sido su paciente, pero ahora que había solucionado ese problema, tenía carta blanca para explorar la nueva situación, fuera cual fuese, con Dante.

—Como ya no eres mi paciente, creo que me gustaría. Aunque el médico que has elegido no es tan competente como yo —dijo ella en tono burlón. A decir verdad, Samuels era un buen profesional con más de veinte años de experiencia, pero no podía dejar pasar la oportunidad de meterse con Dante por haber renunciado a sus servicios.

—Prefiero tener un médico mediocre a oír cómo te quejas y te niegas a estar conmigo —murmuró él con impaciencia.

Sarah abrió la boca para replicar, pero Dante le plantó un beso con un gesto imperioso que la hizo olvidarse de lo que iba a decir. Fue algo breve, pero brusco y dominante. Cuando la dejó respirar de nuevo, su cuerpo pedía más guerra.

—Entra antes de que te posea aquí mismo, contra la pared —le dijo con voz estricta, mientras abría la cerradura y le devolvía las llaves.

—Tu estado físico lo desaconseja —replicó Sarah, que aún intentaba recuperar el aliento cuando vio la expresión adusta de Dante.

—Creo que te sorprenderías.

Sarah cruzó la puerta, aún aturdida por el beso, pero en menos de un segundo pasó de aquel estado de ensoñación a ser presa del horror.

—¡Oh, Dios mío!

Se quedó boquiabierta, incapaz de articular palabra, aterrada al ver el estado en que se encontraba su adorable casita. Parecía como si hubiera explotado una bomba en el interior. Las lámparas y el resto de objetos de cristal habían estallado en pedazos y los fragmentos aparecían diseminados por el suelo. Todos los muebles estaban destrozados, los cuadros de la pared hechos añicos. En el lugar que ocupaban los lienzos que ahora estaban en el suelo, solo quedaba... un mensaje.

El corazón le dio un vuelco cuando leyó las palabras pintadas en rojo en la pared desnuda:

«¡¡Muérete, puta!!».

—¡Joder! Pero ¿qué ha pasado? —gruñó Dante, detrás de ella—. No toques nada. —La agarró de la cintura y la arrastró fuera de la casa. Se quedaron en el porche—. Quédate aquí y llama a la policía —le dijo con voz áspera y furiosa.

Sarah lo miró mientras él se dirigía a la furgoneta y regresaba armado con una pistola. Su mirada era fría y letal como la de un asesino. Había cambiado en un abrir y cerrar de ojos y Sarah tuvo que hacer un esfuerzo para recordar que Dante estaba de su parte. El pánico la dominó cuando lo vio entrar en la casa mientras ella intentaba encontrar el teléfono. No lo perdió de vista mientras explicaba lo que había ocurrido y al otro lado de la línea le aseguraban que la policía ya estaba en camino. Colgó el teléfono y se quedó boquiabierta mientras Dante recorría la casa, manejando la pistola como si fuera una extensión de su cuerpo, con cuidado de no tocar nada.

—Dante —susurró Sarah mientras él desaparecía de su campo de visión y se adentraba en el pasillo, donde estaban los dos dormitorios y el baño. Se oían las sirenas a lo lejos, pero ella solo podía pensar en él.

«¿Y si hay alguien dentro de casa? ¿Y si le hacen daño? Aún no se ha recuperado del todo».

Se recordó a sí misma que era un detective consumado, un agente de policía, pero daba igual. Los policías también morían; Dante acababa de perder a su compañero.

Sarah contuvo la respiración. Estaba temblando de pies a cabeza y aguzó el oído para prestar atención a cualquier ruido que pudiera indicar que Dante estaba en problemas.

Las sirenas se oían cada vez más cerca y ella lanzó un suspiro de alivio cuando Dante apareció de nuevo, guardándose el arma en la cintura de los pantalones.

—El cabrón ya se ha ido —gruñó, y le dio un fuerte abrazo para consolarla—. Lo siento. ¿Quién puede haberte hecho algo así? ¿Y por qué?

«¡Quizá me ha encontrado!».

Intentó silenciar la voz de su cabeza, aferrándose a Dante como si fuera un salvavidas mientras intentaba asimilar lo ocurrido. Era más probable que hubieran sido unos gamberros, quizá unos turistas con ganas de destrozar algo, seguramente borrachos o drogados.

«¡¡Muérete, puta!!».

¿Había sido alguien que la conocía o el asaltante simplemente había adivinado que en esa casa vivía una mujer? La expresión le resultaba inquietantemente conocida.

—¿Cómo estaban las otras habitaciones? —murmuró sin apartar la cabeza del hombro.

—Igual —respondió Dante.

—¿La casa está destrozada? —Se derrumbó al comprender que todas sus posesiones habían quedado hechas añicos.

—Sí. Lo siento mucho, cielo. —Le estrechó la cintura con fuerza y le acarició la espalda con la palma de la mano para intentar calmarla—. Ojalá hubiera atrapado al responsable de esto. Joder. ¿Y si llegas a estar en casa?

Sarah se alegró de que no hubiera encontrado a nadie. El mero hecho de pensar que Dante se hubiera visto involucrado en algún tipo de enfrentamiento, sobre todo cuando aún estaba recuperándose, le provocó náuseas.

Un todoterreno de la policía derrapó al detenerse en el camino, seguido de unos cuantos vehículos de patrulla. Sarah reconoció al jefe de policía, Joe Landon, que se acercó corriendo a la puerta de casa. Era un tipo jovial al que se veía a menudo por la ciudad, hablando y mostrando fotografías de su último nieto o de su mujer, Ruby. Sarah calculaba que debía de rondar los sesenta años. Tenía el pelo oscuro con canas, pero era corpulento y estaba en buena forma para un hombre de su edad.

Dante le informó rápidamente de lo que había ocurrido y de que había buscado al asaltante, sin tocar nada.

—El equipo de la Científica está a punto de llegar —dijo Joe en tono serio—. Creo que no nos conocemos. —Miró la cicatriz de la cara de Dante, que se veía claramente a la luz del porche—. ¿Es usted el héroe de Homicidios del que tanto hemos oído hablar?

Dante asintió con cierta brusquedad.

—Soy Dante Sinclair —afirmó y le tendió la mano.

—Y yo el jefe Landon, pero todo el mundo me llama Joe. —Le estrechó la mano con vigor.

La Policía Científica apareció por el camino y los agentes entraron en la casa para recabar pruebas después de que Joe les hubiese informado de lo ocurrido. Les dijo que apenas tenían información, salvo que alguien había destrozado el interior del domicilio.

—¿Acude usted mismo a las llamadas? —preguntó Dante, perplejo.

—Habitualmente no. Pero mi detective de delitos graves se ha trasladado a Boston porque su mujer ha conseguido trabajo ahí. Así que yo lo sustituyo. En el cuerpo de policía de Amesport no tenemos a nadie con suficiente experiencia para el trabajo. —Miró a Dante con curiosidad—. No estarás buscando trabajo, ¿verdad?

Alarmada, Sarah respondió:

—Tiene que recuperarse de las heridas antes de hacer cualquier esfuerzo físico.

—Soy detective de Homicidios. Es lo que sé hacer —replicó Dante.

—Aquí tenemos más variedad —añadió el jefe, intentando convencerlo—. Si cambias de opinión, ven a verme. Seguramente estás demasiado cualificado para el trabajo, pero quiero jubilarme dentro de un par de años. Amesport necesitará un nuevo jefe de policía.

—Gracias —respondió Dante distraídamente, mirando hacia la puerta mientras los policías recogían pruebas, sin apartar el brazo de la cintura de Sarah.

Joe se acercó hasta él, observando a sus hombres mientras hacían su trabajo. Tras unos segundos de silencio, le dijo a Dante:

—Siento lo de tu compañero, hijo. Nunca es fácil perder a un amigo.

Dante se encogió de hombros.

—Trabajo en un distrito difícil. Hay muchos homicidios, la mayoría relacionados con bandas o tráfico de drogas.

—Me destinaron dos veces a Vietnam y vi caer a mis compañeros uno tras otro, a veces ante mis ojos. En Amesport no hay muchos homicidios, pero sé qué se siente al perder a un amigo en acto de servicio.

Dante lo miró, sorprendido.

—¿Cómo demonios lo superó?

—Día a día —respondió Joe, pensativamente—. Cuando regresé del segundo período de servicio, conocí a Ruby y me cambió la vida. El amor de una buena mujer puede obrar milagros en un hombre. Nunca he olvidado a los amigos que he perdido, pero intento honrar su memoria haciendo el bien. Amesport ha sido un bálsamo para mí.

—¿Nació aquí? —preguntó Dante con curiosidad.

—Nací y me crie aquí. Conocí a Ruby aquí y, cuando volví de Vietnam. ya era toda una mujer —respondió con una sonrisa.

Siguieron observando al equipo que trabajaba en silencio, hasta que Joe miró a Sarah.

—¿Tiene alguna idea de quién puede haberle hecho esto, doctora? Teniendo en cuenta las circunstancias, debemos asumir que podría estar relacionado con lo que le sucedió en Chicago.

Sarah se encogió de hombros.

—Puede haber sido cualquiera. Quizá algún tema de drogas, o de algún joven problemático.

Joe conocía toda su historia porque el caso de Chicago seguía abierto. Ella misma le había contado los detalles de la situación al llegar a Amesport.

—Si lo que querían eran drogas, aquí hay muchas cosas que podrían haber vendido para conseguirlas, pero han preferido destrozarlo. Sarah, sé que es una posibilidad que da miedo, pero debemos estar preparados. Tengo que poner a los chicos en alerta por este tipo. Cuando hayamos reunido todas las pruebas, tendrías que comprobar si te falta algo. Es una posibilidad que no podemos descartar —le dijo Joe con voz firme, pero amable.

—¿De qué demonios estáis hablando? —preguntó Dante—. ¿Qué ocurrió en Chicago?

—Eso debe contártelo Sarah. Si no lo ha hecho es porque prefiere no hacerlo.

Sarah se encogió de hombros. De pronto sintió un escalofrío. No quería siquiera pensar en esa posibilidad. Trasladarse a Amesport había sido su huida. Se suponía que allí estaría a salvo. Sin embargo, la parte más racional de su cerebro tomó las riendas de la situación y supo que debía enfrentarse a los hechos.

—Sí, supongo que es posible.

—Hablaré con la policía de Chicago, a ver si tienen alguna novedad. Les contaré lo que ha ocurrido aquí —dijo Joe con un deje de arrepentimiento.

—¿Podré volver a mi casa? —preguntó Sarah, que sabía que no podría pegar ojo después de lo sucedido.

—No. En estos momentos no. Y no deberías estar sola —añadió Joe con firmeza.

—No lo estará. Se quedará conmigo —le aseguró Dante, inflexible.

—No tengo nada. Ni ropa...

—Iremos a comprar lo que necesites. Ahora no puedes entrar ahí. No sé por qué han allanado tu casa, ni lo que pasó en Chicago, pero es obvio que alguien quiere acabar contigo. Esto tiene toda la pinta de ser una reacción furiosa por no haberte encontrado en casa. —Dante miró a Sarah con un gesto de enfado—. Vas a tener que contarme quién quiere matarte.

—¿Está de acuerdo, doctora? —preguntó Joe, que miró a Sarah en busca de una confirmación.

—De momento sí —admitió ella, consciente de que no podía regresar a su casa hasta que la Científica hubiera acabado de recoger pruebas y se pudiera poner en orden aquel caos.

Dante le lanzó una mirada, dándole a entender que ya hablarían del tema más tarde, cuando se le pasara el susto de ver cómo habían destrozado su casa. En ese momento estaba muy alterada y no podía razonar. Lo único que quería era el consuelo de saber que tenía a Dante cerca.

—¿Va armado, detective Sinclair? —Joe examinó a Dante con sus ojos castaños.

Dante se llevó la mano a la espalda y sacó la pistola de la cintura.

—En Los Ángeles siempre voy armado, pero estando aquí no me pareció que fuera necesario, por eso dejé la Beretta en la furgoneta. —Le mostró el arma a Joe—. A partir de ahora siempre la llevaré encima.

—Así que es un hombre de Beretta —dijo Joe, examinando el arma antes de devolvérsela a Dante.

—En casa también tengo una Glock. Para que lo sepa —le informó Dante.

—No me parece mal que vaya armado, sobre todo ahora que va a cuidar de Sarah. Pero permanezcan atentos y llámenme si ocurre algo fuera de lo normal.

Ambos hombres intercambiaron sus números de teléfono antes de que Dante tomara a Sarah de la mano y la condujera a la furgoneta.

—¡Coco! —exclamó Sarah—. Tengo que llevarla conmigo.

En cuanto la perra oyó su nombre, se lanzó a los pies de su dueña. Dante se agachó y la tomó en una mano.

—Mía.

Sarah se quedó con Coco en cuanto ocupó el asiento del acompañante. La perra se enroscó en su regazo y le apoyó la cabecita en el pecho, como si supiera que estaba angustiada. Ella la abrazó con fuerza, consciente de que necesitaba todo el consuelo del mundo.

Capítulo 8

La ira de Dante fue emergiendo a medida que examinaba los informes policiales del caso de Sarah. Le había bastado con unas cuantas llamadas de teléfono para recibirlos en su ordenador personal. No le importaba lo más mínimo que fuera cuestionable estar leyendo informes mientras se encontraba de baja, estudiando un caso que había tenido lugar muy lejos de su jurisdicción. Pero él era policía veinticuatro horas al día, siete días a la semana, y aquello era un asunto personal.

Sarah había permanecido en silencio durante el trayecto a casa de Dante y solo había abierto la boca para pedirle una camiseta para dormir. Se había duchado y retirado a la habitación de invitados sin apenas decir nada. Por primera vez desde que la conocía, Sarah parecía una mujer frágil y aterrorizada. Y aquello no le gustaba a Dante. Quería verla sonreír de nuevo, ya mismo.

«¡Cabrón!».

Dante dio un puñetazo en el escritorio de su estudio, sobre la fotografía del sospechoso. No sirvió de nada. Necesitaba oír el crujido de los huesos de su cara mientras lo mataba a puñetazos. Era lo que merecía después de lo que le había hecho a Sarah.

Su instinto le decía que ese hombre era el responsable de la destrucción de la casa de Sarah. Todo encajaba: la ira que se ocultaba tras el delito, la destrucción de la propiedad personal y el violento mensaje que había dejado. El cabrón que había estado a punto de matarla quería acabar con su vida.

«No me extraña que no quiera pisar los hospitales».

En una ocasión Sarah le había dicho que solo visitaba a pacientes ambulatorios. Él nunca se había preguntado por qué no aceptaba pacientes ingresados en el hospital de Amesport y los derivaba siempre a un colega. Había supuesto que, dado que acababa de llegar a la zona, quizá no disponía de todos los permisos necesarios para ejercer en ese ámbito.

«Lo que pasa es que no quiere volver a un hospital».

—¿Dante? —lo llamó Sarah con voz indecisa desde la puerta del estudio.

Él levantó la mirada y la vio vestida únicamente con su camiseta. Parecía agotada y tenía una expresión preocupada. Sintió el impulso de sentarla en su regazo y abrazarla hasta que se sintiera segura de nuevo. Ese arrebato irracional le hizo cerrar los puños con fuerza en el escritorio y tuvo que contener las ganas de abalanzarse sobre ella. Sarah se acercó a él y tenía que dejarla hablar.

—Creía que dormías.

Ella negó lentamente con la cabeza.

—No puedo. Creo que debes saber lo que pasó. Me estás ayudando y no quiero que te metas en esto a ciegas. Tienes que saberlo todo. Lo siento. Supongo que no quería aceptar que esto podía estar relacionado con lo que ocurrió en Chicago. Pero eso no es racional. Es más que probable que exista una relación entre ambos hechos. En Amesport no suceden cosas como esta.

«Se está abriendo. Confía en mí».

Aunque no le apetecía hablar sobre lo ocurrido, se lo estaba contando para que él no corriera ningún peligro innecesario por falta de información. Para Dante era muy significativo que ella hubiera dado aquel paso, porque de ese modo no tendría que perseguirla para arrancarle los detalles de la historia. Quería que se la contara, pero sin presionarla.

No le quitó el ojo de encima cuando Sarah entró en la sala y se sentó sobre los talones en el sillón de cuero que estaba delante del escritorio. Entonces respiró hondo.

—Estaba acabando el primer año en Chicago cuando me asignaron un nuevo paciente, un chico de diecinueve años. Había sufrido un accidente de tráfico. El vehículo en el que viajaban su madre y él chocó de frente contra otro. La madre murió en el acto, pero Trey sobrevivió. Tenía las dos piernas rotas y varias lesiones más, pero era joven y fue mejorando lentamente. Estaba en el primer año de universidad y quería estudiar Medicina. Acabé pasando mucho tiempo con él. Contábamos con la ayuda de un especialista en ortopedia, pero yo era su doctora. Poco a poco fui adquiriendo la costumbre de dejar su visita para el final de la ronda, así le echaba una mano con las tareas que tenía de Biología. Acabamos sintiendo un gran cariño mutuo.

—Se enamoró locamente de ti —replicó Dante, sin alzar la voz.

Sarah negó con la cabeza.

—No, nada de eso.

—Cielo, quizá tú no lo vieras así, pero créeme, yo también he tenido diecinueve años y sé lo que pasa por la cabeza de un chico de esa edad. —Dante hizo una pausa antes de añadir—: Eres una mujer hermosa y cariñosa, y tampoco eras mucho mayor que él.

Sarah se encogió de hombros.

—Nunca se comportó de un modo incorrecto. Le gustaba hablar sobre todo de su ambición de ser médico.

Dante podía asegurarle que el muchacho tenía sus fantasías, pero prefirió no insistir.

—¿Qué pasó?

—Una noche, cuando habían pasado unas tres semanas del accidente, le estaba echando una mano con los deberes. Su padre también estaba en la habitación. Trey no tenía una relación muy estrecha con él y me dijo que era un hombre de mal carácter. Siempre se había llevado mejor con su madre y aún no había asimilado su pérdida. Esa noche, mientras lo estaba ayudando con la asignatura de Biología, el chico murió. —A Sarah empezó a temblarle la voz de la emoción, pero siguió hablando—. Intentamos reanimarlo durante una hora, pero fue en vano. La autopsia demostró que había sufrido una embolia pulmonar, a pesar de que habíamos tomado todas las precauciones necesarias ya que era un paciente de riesgo. El caso fue evaluado por especialistas, pero todos los médicos quedamos eximidos de negligencia. Simplemente... sucedió. —Se le quebró la voz.

Dante observó su rostro apesadumbrado y no pudo reprimir un intenso sentimiento de pena por Sarah. Debía de haber sido una experiencia devastadora para ella, tanto por el hecho de que era su primer año ejerciendo la medicina como por la relación personal que mantenía con el paciente. Era demasiado joven.

—Y su padre te culpó de su muerte —añadió Dante en tono inexpresivo.

—Creo que no podía culpar a nadie más. Su mujer había muerto y su hijo, que creía que iba a sobrevivir, también falleció. Yo estaba presente cuando sucedió. Seguí todo el protocolo mientras intentábamos reanimarlo. Pero fue imposible. Tuvimos que sacar al padre de la habitación porque se volvió loco. Esa noche viví uno de los momentos más duros de mi vida cuando tuve que decirle que su hijo había muerto. Se puso hecho una furia.

—Al cabo de dos días intentó matarte. He leído los informes policiales —confesó Dante.

Sarah se retorció en el sillón y asintió. Cambió de postura.

—El padre de Trey sabía que cada noche pasaba por las escaleras de la UCI. Me había visto entrar y salir muchas veces. Dos días más tarde, me sorprendió en las escaleras, en el rellano entre el segundo y el tercer piso. Pero solo tengo un recuerdo borroso de lo que sucedió. Cuando me atacó, me golpeó la cabeza contra la pared. Lo único que recuerdo son sus gritos de que yo había matado a toda su familia y debía morir. Intenté quitármelo de encima, pero no pude. Ya me había derribado y me sentía muy débil debido a la hemorragia que me causaron las puñaladas que me asestó. La nota que ha escrito en la pared de mi casa es lo único que recuerdo que me gritó: «¡Muérete, puta!».

—Veinte veces. Hijo de puta. Es un milagro que sigas con vida —murmuró Dante con voz ronca, intentando controlar los instintos homicidas que se habían apoderado de él. Era cierto que el hombre había perdido a su esposa y su hijo, pero lo había intentado pagar con una mujer inocente que solo había querido ayudar a aquel. Y el muy cabrón había estado a punto de salirse con la suya.

—Si no hubiera aparecido una enfermera en ese instante, habría muerto. John huyó escaleras abajo en cuanto oyó que bajaba alguien. Me cortó una arteria del brazo; si no llego a estar en el hospital, me habría desangrado. Los médicos de urgencias me salvaron la vida.

—La policía no logró detenerlo. —Dante miró a Sarah y solo vio tristeza en sus ojos azul oscuro y las lágrimas que le corrían por las mejillas.

—No —confirmó ella, secándose las lágrimas—. Cuando me recuperé, no fui capaz de volver al hospital. Tras la muerte de Trey, sentía náuseas solo al cruzar la puerta. Y cuando me recuperé de las heridas del ataque, ni siquiera podía entrar. Tenía ataques de pánico.

Incapaz de controlar sus impulsos, Dante se levantó, tomó a Sarah de la mano y la abrazó.

—¿Quién cuidó de ti? —preguntó Dante con voz grave y tranquilizadora, acariciándole la espalda. Joder. Ojalá hubiera podido estar a su lado entonces.

—Mi madre. Yo tenía un apartamento en Chicago, cerca del hospital, pero después del incidente me quedé con ella una temporada. Creo que para ella también fue una época difícil porque quería recuperar a su hija, la doctora independiente que había alcanzado el éxito profesional. Sin embargo, yo era incapaz de contener los ataques de pánico cada vez que intentaba volver al hospital y supe que necesitaba un cambio. Empecé a buscar pequeñas ciudades que necesitaran médicos y así llegué hasta aquí. Siempre me ha gustado el mar, y cuando supe que faltaban facultativos, comprendí que era el destino perfecto. Aún no he podido entrar en un hospital, pero hasta esta noche he sido muy feliz en Amesport. Fue como empezar de nuevo. No creí que viniera hasta aquí en mi busca. Estaba convencida de que me había atacado como consecuencia de la ira y el dolor postraumáticos. Si esto es obra de John, está claro que todavía quiere matarme.

—Ha sido él —murmuró Dante, que estrechó con más fuerza su cuerpo tembloroso. ¡Maldito cabrón! ¿Cómo podía querer hacerle daño a esa mujer? Sus emociones no le permitían pensar en otra cosa que no fuera protegerla. Sarah vivía en su burbuja intelectual y ese desgraciado la había hecho estallar del modo más horrible. Ahora, en lugar de sentirse aislada y solitaria, se sentía sola y asustada, cuando ella solo se había preocupado por hacer el bien a los demás. A Dante no se le daba muy bien dar consuelo, sin duda le faltaba practica para ello, pero era más que capaz de mantenerla a salvo. Se había encomendado la misión de protegerla desde el momento en que su cuerpo suave y delicado se había derrumbado entre sus brazos.

—Sé que es él —admitió Sarah con un suspiro—. Lo presiento. Aquí no hay nadie tan loco ni que me odie tanto como para hacer algo así. Lo supe en cuanto vi el mensaje de la pared. Es lo mismo que me gritó la noche en que me apuñaló.

Dante intentó no pensar en ello. Sabía que perdería los estribos si se imaginaba a un loco apuñalando a Sarah.

—Me convertiré en tu sombra hasta que lo atrapemos —le advirtió Dante.

—Tengo que ir a trabajar, cumplir con mis responsabilidades...

—Muy bien. Pues ahí estaré. Considérame tu guardaespaldas personal. Ese tipo está en algún lado y sabe dónde vives. Es obvio que también sabe dónde trabajas. Amesport es una ciudad pequeña.

—Oh, Dios, mi consulta...

—La consulta está intacta. Cuando te has ido a la cama he llamado a Joe y ya había pasado por allí. No hay ningún problema —le aseguró Dante.

—No quiero que te impliques en el caso. Ya tienes suficientes problemas.

Él se estaba recuperando y cualquier otro asunto le importaba una mierda. En esos momentos, la máxima prioridad de su vida era asegurarse de que nadie hiciera daño a Sarah.

—Ya estoy implicado y pienso seguir así hasta que John Thompson acabe en la cárcel o a dos metros bajo tierra —gruñó, echando la cabeza hacia atrás para mirar fijamente a Sarah—. No harás nada sin mí. No darás ni un paso sin mí. Si sales a la calle, quiero saberlo. No se trata de que te vuelvas paranoica, pero sabemos que ese loco anda cerca y que no tardará en encontrarte. Tenemos que dar con él. No podrás seguir adelante con tu vida hasta que lo consigamos. Prefiero que sigas sana y salva, aunque te enfades conmigo, que la alternativa. —Dante no podía ni concebir que le sucediera algo a Sarah. Si le hacían daño, acabaría volviéndose loco de remate.

—Pero esta situación también te pone en peligro y aún no te has recuperado del todo. No me gusta —insistió Sarah, que se apartó de él y se sentó en el reposabrazos del sillón, con los brazos cruzados.

—Es normal que no te guste —admitió Dante—. Pero tienes que asumirlo. Eres una mujer muy práctica y realista. ¿Qué alternativa se te ocurre? Sabes que necesitas protección y sabes que debemos detener a ese cabrón.

—Puedo irme, mudarme de nuevo. ¡Marcharme a otro lugar y empezar de cero! —exclamó, desesperada—. Seguro que es mejor que correr el riesgo de que alguien resulte herido.

Dante la miró y se dio cuenta de que estaba muy tensa. Parecía tan agotada que no pensaba de forma racional, algo muy raro en ella.

—¿Durante cuánto tiempo? ¿Hasta que dé otra vez contigo? ¿Es así como quieres vivir... en una huida constante? Pues te aseguro que no servirá de nada. Irme de Los Ángeles no mitigó el dolor ni la pena por haber perdido a Patrick. Me alegro de haber venido aquí, pero el único que puede resolver el asunto soy yo. El lugar no importa lo más mínimo.

—Tengo que hacer algo —replicó Sarah, desesperada.

—Ni se te ocurra —le soltó Dante, malhumorado. Se acercó a ella, le rodeó las caderas con las manos y la miró a los ojos—. Vayas donde vayas, te encontraré. Vayas donde vayas, lo averiguaré y te seguiré hasta allí.

—¿Es una amenaza? —preguntó ella a la defensiva.

—No. No es una amenaza, es una promesa. Confía en mí.

«Qué mujer más tozuda».

A pesar de todo, había una parte de ella que era muy vulnerable. Y Dante la veía. Por mucho que se hiciera la valiente, él comprendía que había vivido un auténtico infierno. Por eso quería que pudiera disfrutar de una vida sin miedos, de una vida que no la hiciera sentirse rara o diferente.

—Confío en ti. Pero es que no quiero que te hagan daño —dijo, indecisa.

Dante negó lentamente con la cabeza, incapaz de comprender a esa mujer, que se preocupaba más por él que por sí misma. ¿Es que había olvidado que era policía?

—No me harán daño. Así es como me gano la vida. Y he investigado casos más peligrosos que este. —Sin embargo, en esos momentos nada le parecía tan importante como proteger a Sarah de alguien que quería matarla.

«Tengo que cuidar de ella. Si le ocurriera algo, nunca me lo perdonaría ni lo superaría. Soy responsable de su bienestar».

—Quiero resolver esto. Tienes razón. No puedo huir sin poner en peligro a otras personas allá donde vaya. ¿Qué voy a hacer? —se preguntó, con un deje que aunaba resignación y determinación.

«Está claro que ha vuelto su faceta más racional».

—No huyas. No estoy en forma para andar persiguiéndote, pero da por seguro que lo haré si es necesario.

Sarah adoptó un gesto de preocupación.

—Te lo estoy haciendo pasar muy mal, ¿verdad?

—No. Estaría mal si tuviera que perseguir tu precioso trasero por medio país —le dijo con tono de advertencia.

—Estás loco. Pero eso ya lo sabes, ¿verdad? Apenas me conoces, sin embargo, estás dispuesto a convertirte en mi guardaespaldas personal —dijo Sarah, desconcertada.

—Es la única espalda que quiero guardar, cielo. —La besó en la frente antes de ponerse en pie de nuevo—. Tengo planes para ella.

—Ya te he dicho que te llevarías una decepción si me vieras desnuda —le recordó Sarah con cautela.

—No lo creo —replicó Dante, que aguzó sus ojos de color almendra y le lanzó una mirada desafiante.

—Es mejor que zanjemos el asunto de una vez por todas — murmuró Sarah, exasperada.

Se puso en pie y retrocedió un paso. Dante la observó fascinado mientras ella cruzaba los brazos, agarraba el dobladillo de su camisón improvisado y se quitaba la camiseta con un gesto rápido, como si fuera a cambiar de opinión si no lo hacía en ese momento. No llevaba nada debajo. Se quedó ante él, completamente desnuda, y Dante reaccionó con una erección a la altura del momento.

—Este es el cuerpo que verás —dijo Sarah con voz trémula—. Solo hay cicatrices. El cuchillo no era muy grande, pero me dejó estas marcas, que no son muy atractivas que digamos. Sobreviví a la agresión, pero todos los días veo el recordatorio en el espejo.

Dante se quedó boquiabierto mientras recorría su cuerpo desnudo con la mirada. Tenía muchas cicatrices, pero eso era normal después de lo que le había sucedido. Aparte de eso, era perfecta: desde unos pechos preciosos con pezones rosados y generosos, hasta las piernas largas, que parecían infinitas. Intentó no pensar en esos estilizados muslos rodeándole la cintura mientras él la embestía hasta que ambos caían agotados y exhaustos. El vello del pubis era tan claro como su pelo, y se apoderaron de él unas ganas irrefrenables de hundir la boca entre sus piernas y entregarse al placer. Acariciarla había sido increíble, pero poder saborearla sería una puta maravilla.

«Mía».

La palabra resonó en su cuerpo con tal intensidad que a duras penas lograba contenerse de tomar aquello que ya había sido suyo una vez.

—Vuelve a ponerte la camiseta —le ordenó con voz grave y áspera. El deseo de arrastrarla hasta la cama era irresistible, pero ya habían tenido suficientes emociones por un día. Sarah necesitaba un tipo de consuelo distinto y él quería darle lo que necesitaba—. Debes dormir.

«Maldita sea. Tengo que tapar ese cuerpo de infarto antes de hacer algo de lo que pueda arrepentirme. Aunque nunca podré olvidar cómo es. Quedará marcado a fuego en mi memoria eternamente».

¡Joder! La deseaba tanto que apenas podía respirar. Pero no quería a Sarah de aquel modo. Quería que estuviera excitada, que le suplicara, que se entregara a él porque ardía de deseo. Esa noche no era la idónea para ello y tampoco quería lamentarse posteriormente de lo que pudiera ocurrir. Por muy doloroso que fuera, logró contener sus instintos, aunque le costó lo suyo al verla desnuda ante sí.

«Ahora no es momento para el sexo. ¡Cálmate, muchacho!».

Lo que Sarah precisaba era un amigo, y él estaba dispuesto a ser lo que ella necesitara por mucho que le costase.

—No digas que no te advertí de cómo es mi cuerpo —murmuró ella mientras se ponía de nuevo la camiseta.

Dante la observó, confundido, mientras daba media vuelta y salía de la habitación. Oyó los pasos amortiguados sobre la moqueta y en ese instante entendió lo que había pasado.

«¿Cree que no quiero ver su cuerpo por las cicatrices?».

—¡Mierda! —murmuró Dante, enfadado, pasándose una mano por el pelo corto. ¿Cómo era posible que Sarah no sintiera la tensión sexual que había entre ambos? Al menos sus necesidades eran bastante obvias, y tan intensas que casi lo habían dejado sin respiración.

«Todos los días veo el recordatorio en el espejo ».

Dante pensó en el pequeño debate que habían tenido sobre la química sexual y se preguntó si Sarah creía de verdad todas esas estupideces sobre la propagación de la especie y la atracción por la pareja ideal, un modelo que, a juzgar por sus palabras, descartaba las cicatrices o las imperfecciones. A ojos de Dante, aquellas marcas apenas perceptibles formaban parte de ella, eran símbolos del infierno que había vivido. Para él, Sarah, toda ella, conformaba su ideal.

Apagó el ordenador, tomó la pistola que tenía en el escritorio, comprobó las cerraduras y activó la alarma antes de subir a su dormitorio. Una vez allí, dejó la pistola en la mesita de noche y se quitó la ropa, amontonándola en el suelo.

«Me he equivocado. Sarah no necesita solo un amigo, aunque quiero ser la persona a la que acuda cuando necesite alguien que la escuche. También necesita un amante que la adore y sepa darle placer, y ese voy a ser yo. Tarde o temprano comprenderá que el deseo físico puede ir mucho más allá que la ciencia».

Tuvo que admitir que lo que estaba pasando entre ambos era una situación inédita para él. A decir verdad, nunca había deseado a una mujer como deseaba a Sarah. Pero estaba dispuesto a enfrentarse a aquella situación nueva, a escuchar a sus instintos.

Dante salió de la habitación y entreabrió la puerta del dormitorio de Sarah con el pie, dejando que la luz del pasillo bañara la cama. Estaba ahí, hecha un ovillo en el centro del lecho, en posición fetal. Como no estaba seguro de cuál iba a ser su reacción, la tomó en brazos y la apoyó en su hombro. La punzada de dolor en las costillas fue inmediata cuando la sostuvo por las nalgas para que no se cayera, pero siguió adelante.

—Dante —gritó Sarah—. ¿Qué haces? Bájame. Te vas a hacer daño.

Regresó a su dormitorio con ella en brazos, acariciándole las nalgas desnudas con la mano antes de darle una fuerte palmada.

—Estate quieta. Ya no eres mi médica. Eres una mujer y estoy desesperado por llevarte a la cama. A partir de ahora, voy a tratarte así.

Tuvo que contener una sonrisa al darse cuenta de que ella callaba y permanecía inmóvil. Al entrar en su habitación la dejó lentamente en el suelo y reprimió un gruñido cuando la camiseta estuvo a punto de dejar al descubierto sus senos. Su piel desnuda se deslizó por el pecho y el abdomen musculoso de Dante mientras ella intentaba apoyar los pies en el suelo.

Cuando por fin lo logró, se echó el pelo hacia atrás, lo miró a la cara y luego bajó un poco la mirada. Y luego un poco más hasta detenerse en su miembro erecto. Dante no pudo reprimir una sonrisa de maldad al ver la expresión de asombro de Sarah.

—Estás loco —murmuró en voz baja, sin apartar la mirada de la entrepierna.

Dante abrió el primer cajón de la mesita de noche y sacó las esposas y la llave. Levantó el dobladillo de la camiseta con la otra mano y le tapó la vista antes de arrancársela y dejarla caer al suelo.

—Sarah Baxter, estás detenida. —Le puso las esposas antes de que ella pudiera reaccionar. Se las apretó lo suficiente para que no pudiera quitárselas, pero sin hacerle daño en las muñecas. Habitualmente le gustaba llevar la iniciativa en la cama y, a juzgar por la mirada que había visto en los ojos de Sarah cuando la esposó, a ella también iba a gustarle que lo hiciera. Lo malo era que nunca había sentido aquel deseo tan intenso y primitivo, y sus sentimientos iban más allá de un simple juego de dominación.

Sarah lo miró confundida.

—¿Por qué?

—Por huir de la escena de un crimen —le dijo como si fuera una delincuente. Dante expresó el enfado con su tono de voz—. Ha sido un crimen ocultar esos pechos increíbles.

—Pero me dijiste...

Él negó con la cabeza.

—Da igual. Has cometido un crimen. Y luego has huido.

—¿Y cuál será mi castigo? —preguntó, temblando de pies a cabeza.

Pero no temblaba de miedo, sino de excitación. Sus ojos violeta le suplicaban que no parara. Dante la agarró y la tiró sobre la cama. Antes de que Sarah pudiera reaccionar, se le echó encima. Entonces abrió una de las esposas con la llave y pasó la cadena por entre los barrotes del cabezal de hierro antes de volver a ponérsela con toda la calma. Finalmente guardó la llave en el cajón.

—El castigo será aprender la verdad a través del placer —respondió con firmeza—. ¿De verdad crees que me he fijado en las cicatrices? —preguntó con voz áspera.

Ella lo miró angustiada y asintió con un gesto entrecortado.

Dante se inclinó sobre ella, con su gloriosa erección, se situó entre sus muslos y sus cuerpos entraron en contacto. Verla esposada a su cama satisfacía una parte de sus deseos más primitivos, y ahora estaba saboreando el momento. Era obvio que ella se sentía algo confundida, pero también excitada; tenía los pezones tan duros que notaba el roce contra su pecho.

—Solo he mirado las cicatrices porque no soporto pensar en el dolor que te causó un cabrón y quiero matar a ese hijo de puta. Pero tu cuerpo es perfecto. Has visto lo dura que se me pone cuando te toco o cuando te veo desnuda, ¿verdad? —Le apartó un mechón de pelo de la cara y le acarició una mejilla con el dorso de la mano.

—Sí. Lo he visto —susurró—. Ha sido... confuso.

Dante sabía que estaba enredado en la telaraña que él mismo había tejido, pero no le importaba lo más mínimo; en realidad había quedado atrapado por la mirada de puro deseo y vulnerabilidad que vio en sus ojos. Reconoció su propio deseo reflejado en los ojos de Sarah y, renunciando a todo control sobre sí mismo, bajó la cabeza y la besó.

Capítulo 9

Sarah nunca había conocido a un hombre como Dante, tan sexual, primitivo e indomable. Se inclinó sobre ella, que estaba indefensa bajo él, ardiendo de deseo. Ver su mirada posesiva y lujuriosa la había desinhibido por completo.

«Dios, lo deseo tanto que apenas puedo respirar».

Se abrió a él, dejando que la besara apasionadamente mientras ella se agarraba a la cabecera de la cama. Era la primera vez que un hombre la deseaba de aquel modo y sentir el cuerpo musculoso de Dante en contacto con el suyo le provoco una sensación embriagadora e incontrolable. La besó con una desesperación que nunca había sentido y que la embargó también a ella. Sus lenguas se buscaban en una guerra por la dominación que no hizo sino aumentar su excitación.

No se había equivocado al decirle a Dante que le excitaba mucho el papel del policía autoritario. Era algo con mucho... mérito.

Sarah se había sentido humillada cuando Dante le dijo que se tapara, convencida de que las cicatrices del brutal ataque de Chicago le habían parecido sumamente desagradables. Pero no se lo había pedido porque sintiera rechazo, sino porque pretendía protegerla de sí mismo. Por suerte, a ella le gustaba que fuera así, ¡claro! Sarah era una persona inteligente, pero, por encima de todo, era una mujer, capaz de despertar el más avasallador deseo de Dante. Al parecer, el cerebro de Sarah funcionaba de forma independiente a su cuerpo, que ansiaba ser sometido en la cama. Y a la parte sexual de su mente le gustaban las palabras obscenas y el trato dominante de Dante. Era obvio que le excitaban los policías, o al menos ese en concreto. Cuanto más tirano era su comportamiento, más se mojaba ella. Fuera del dormitorio no soportaba que fuera un dictador, pero en la cama, le encantaba.

—No te hagas daño —le suplicó Sarah entre jadeos—. No estás listo para esto. —En el fondo no quería decírselo, pero su yo más racional sabía que Dante aún no se había recuperado.

—Estoy listo para saborear hasta el último centímetro de tu piel, para degustar el tesoro que se oculta entre tus muslos.

Empezó a deslizar la lengua por las antiguas cicatrices. Comenzó por la del hombro y fue bajando.

Tenía marcas por todo el cuerpo, la mayoría en el vientre y el pecho. Sarah se estremeció cuando sus labios le recorrieron el abdomen y la lengua dejó una estela de fuego a su paso. Gimió cuando las manos de Dante llegaron a sus pechos y le acariciaron los pezones, que se volvieron aún más sensibles. Al notar el roce de los labios en un pezón, duro como un diamante, Sarah arqueó la espalda y levantó las caderas para notar sus pectorales... Necesitaba más.

Ansiaba tocarlo. La necesidad se apoderó de todo su cuerpo cuando él empezó a pellizcarle el otro pecho. La combinación de placer y dolor era casi insoportable. Jadeando, Sarah se agarró con fuerza a los barrotes de la cama mientras la lengua de Dante se abría paso por su estómago, recorriendo todas las cicatrices.

—Por favor —gimió ella, al borde del delirio. En ese momento para ella solo existía el roce de Dante.

—Voy a hacer que te corras con mi lengua. ¿Es eso lo que quieres? —Dante le exigió una respuesta.

¿Era eso lo que quería? Quería, es más, necesitaba algo irremediablemente.

—Nunca... —Su voz trémula se transformó en un gemido cuando abrió las piernas y sintió sus labios—. Oh, Dios. —El roce de la lengua en su sexo fue una sensación exquisita—. Sí, sí. —Eso era lo que quería.

Levantó las caderas suplicándole más, necesitaba que la llevara hasta el clímax. Al notar aquella boca, aquellos labios en su clítoris, sintió una descarga eléctrica que recorrió todo su cuerpo; todas las terminaciones nerviosas que cubrían su monte de Venus se estremecían ante cada acometida de su lengua.

—Dante, por favor —suplicó Sarah, a quien no le importaba pedir clemencia. Dante ejercía un control absoluto sobre su cuerpo y sin duda sabía lo que se hacía: quería volverla loca de gusto, y lo estaba consiguiendo.

Sarah se retorció de placer, anhelaba que Dante fuera más rápido, más fuerte, pero él se lo tomaba con calma, quería explorar hasta el último centímetro de su sexo y gruñía de placer mientras se deleitaba con su excitación. Cuando le metió la lengua hasta el fondo, solo para sacarla y volver a metérsela, Sarah tironeó con fuerza de las esposas que la sujetaban a la cama. Únicamente quería agarrarlo de la cabeza para presionarlo con fuerza contra su sexo y obligarlo a que sus labios la llevaran al éxtasis.

—No lo soporto más. Por favor. —Sarah lanzó un gemido al notar que la penetraba con un dedo y que su lengua se recreaba con el clítoris, que suplicaba desesperadamente toda su atención. Introdujo otro dedo, entreabrió los labios y le dio un delicioso mordisco. Sarah se retorcía en la cama mientras él la follaba con los dedos como si lo estuviera haciendo con su miembro, embistiéndola hasta el fondo, excitando aquella área tan sensible que la hacía gemir con cada arremetida.

—Es deliciosamente estrecho —gruñó Dante sin apartarse.

Al final ejerció la presión necesaria en el clítoris con la lengua, siguiendo el ritmo desbocado de los dedos, y la llevó al punto de no retorno.

Sarah estalló de placer y el remolino que sentía en el vientre bajó hasta su sexo cuando arqueó la espalda y llegó a un clímax tan intenso que todo su cuerpo se estremeció. Sus músculos vaginales se cerraron en torno a los dedos de Dante y soltó un erótico grito de éxtasis.

El orgasmo la dejó agotada, sin aliento, mientras Dante se impregnaba de sus fluidos como si fueran néctar.

Entonces se acercó lo suficiente para besarla, y la mezcla de su propia esencia con la de Dante en el estrecho abrazo fue embriagadora.

Abrió los ojos, aunque ni siquiera era consciente de haberlos cerrado, y vio la mirada lasciva en su rostro, pero se dio cuenta de que sentía dolor. Tenía la frente perlada de sudor y la respiración entrecortada.

—Quítame las esposas —le pidió ella con firmeza.

—Quiero follarte, pero no tengo preservativo —gruñó, frustrado.

Sarah, que todavía intentaba recuperar el aliento, no creyó que fuera el momento ideal para decirle que estaba tomando la píldora para regular el ciclo menstrual y que de todas formas había visto su historial médico: ambos estaban limpios. Y aunque se moría de ganas de sentirlo dentro, sabía que él no estaba preparado para ese tipo de actividad física.

—Quítame las esposas —le dijo de nuevo—. Se me están durmiendo los brazos. —No era verdad, pero sabía que Dante la soltaría de inmediato si creía que estaba incómoda.

Y así fue. Tomó la llave de la mesita y le quitó las esposas tan rápido que sus brazos se desplomaron en la cama antes de que pudiera evitarlo.

—Lo siento. —Dante le frotó los brazos, para que recuperaran la circulación.

—No pasa nada. —Se sentía un poco culpable por haberle mentido, pero no podía permitir que Dante siguiera forzando su cuerpo. La había tomado en brazos como si pesara menos que una pluma, y no era así. Había hecho demasiados esfuerzos. Además, ella había disfrutado de todo el placer y él solo había sufrido dolor.

Lo observó mientras guardaba las esposas y la llave en el cajón antes de volverse hacia ella y abrazarla, intentando recuperar el aliento. Sarah le acarició el pecho, recorriendo con el dedo los moratones que aún se le veían en la parte superior del abdomen.

—Te hace daño.

Él le sonrió y la miró con unos ojos que relucían con destellos dorados.

—Ha valido la pena. Hasta el último segundo. Ahora ya casi no me duele.

Sarah puso los ojos en blanco.

—Eso es porque estás en reposo. —Dirigió la mirada hacia la potente erección—. Bueno, no del todo —se corrigió. Fascinada por el tamaño de su dotación, la rodeó con la mano y le acarició el glande aterciopelado con el pulgar. Estaba ligeramente húmedo, lo secó con el dedo y se lo llevó a la boca, saboreándolo con pequeños lengüetazos.

Dante la miraba fijamente, con los ojos en llamas.

—Quiero devorarte. ¿Me dejas intentarlo? —Nunca se la había chupado a un hombre, pero de pronto la había poseído un apetito voraz por Dante.

—Te garantizo que si acercas esos dulces labios a mi pene, explotaré —gruñó Dante—. Y mucho antes de lo que crees.

Lo único que anhelaba Sarah era devolverle una parte del placer que le había dado él. Era un hombre muy generoso y no pedía nada a cambio. Lo que más deseaba ella en esos momentos era ofrecerle algo de sí misma. Se puso cómoda y le agarró la verga.

—Ayúdame a hacerlo bien —dijo, algo indecisa, antes de lamerle la punta.

Movió la mano lentamente y empezó a chupársela hasta donde pudo. Cuando se apartó succionó con fuerza.

—Cielo, no tengo nada que enseñarte —gruñó Dante, acariciándole el pelo para acompañar el vaivén de su cabeza.

Sarah se dejó arrastrar por el sabor y el olor de Dante, impregnándose de su aroma mientras lo devoraba, cada vez más a fondo. Cada gruñido de placer le provocaba un escalofrío que le erizaba todo el cuerpo.

—Muy bien, Sarah. Sigue así —gimió él—. Joder, cómo la chupas. Nunca había visto nada tan excitante.

Ella clavó los ojos en los de Dante, que había apoyado la cabeza en la almohada para recrearse en el espectáculo mientras ella le daba placer. Sus pupilas se encontraron, pero ella no paró. La intensa mirada de éxtasis le provocó un escalofrío de placer y empezó a moverse más rápido, devorándolo con auténtica devoción, chupando con fruición, con unos labios que no querían despegarse de su miembro.

Dante le agarró el pelo con más fuerza e inclinó la cabeza hacia atrás, rompiendo el contacto visual. Ella rodeó los testículos con la mano y empezó a deslizar la punta de la lengua por el glande cada vez que levantaba la cabeza, gesto que era recibido con un gruñido de placer. Él comenzó a marcar el ritmo para que fuera más rápido.

Sarah sentía el gozo que desbordaba a su amante como si fuera el suyo propio y entendió la satisfacción que le había producido a él llevarla hasta el orgasmo. Sus instintos posesivos se apoderaron de ella y se llevó el pene a la boca como si le perteneciera, reivindicando su propiedad.

—Joder, voy a explotar, Sarah —le dijo él con voz áspera.

«Acaba para mí, Dante».

Quería ser la que colmara su placer. Después de lo que él había hecho para despertar su cuerpo, ella solo anhelaba hacerle lo mismo, estaba desesperada por saborear su esencia.

«Acaba para mí».

Y Dante se corrió con un gruñido, levantó la mano e intentó apartarla. Ella no hizo caso del gesto de advertencia, quería paladear su orgasmo. Su descarga le inundó la garganta y la saboreó con la lengua antes de tragárselo todo, gimiendo de placer mientras el pene erecto palpitaba en su boca. A continuación, deslizó la lengua por el tronco para relajarlo y se recreó en el glande, sin dejar escapar ni una gota. Dante sabía a macho y olía a éxtasis erótico.

Se incorporó, la atrajo hacia sí y la besó.

—Nos hemos impregnado del sabor del otro —le dijo ella, divertida, cuando él liberó sus labios. Apoyando la cabeza en su hombro para no ejercer ningún tipo de presión en el pecho dolorido, Sarah lanzó un largo suspiro de satisfacción.

—Sí. Y ahora me he convertido en un adicto a ti —respondió Dante con voz ronca—. Y cada vez que oigo tu voz o que te veo, solo puedo pensar en follarte. Lo pienso incluso cuando no estamos en la misma habitación.

Sarah se sonrojó de placer.

—Me haces sentir muy mujer. —De hecho, la hacía sentir como una diosa sexual. Era un sentimiento extraño para una persona que nunca había sentido... bueno... nada.

Él le lanzó una sonrisa malévola.

—La última vez que lo comprobé eras una mujer. Y creo que pude examinarte a conciencia.

Sarah le dio un puñetazo en su musculoso antebrazo.

—No me refería a eso.

—Entonces ¿a qué te referías? —preguntó él con curiosidad.

—Siempre me he sentido como una persona dedicada por completo al estudio, como un ser casi asexual.

Nunca había sentido una atracción irrefrenable por ningún hombre, solo por Dante, y esa nueva reacción le provocaba una gran confusión.

Él la apartó con cariño, le apoyó la cabeza en la cama, se incorporó sobre ella y la miró con preocupación.

—Te aseguro que no eres una mujer asexual. Eres hermosa y muy sensible. Eres la mujer más bonita que he visto. No sé por qué no has querido explorar tu sexualidad hasta ahora, pero en este sentido yo soy egoísta y codicioso. Quiero que lo hagas conmigo. Solo conmigo.

«Nunca he querido hacerlo con otra persona».

Después de la primera y lamentable experiencia, no había conocido a un hombre que fuera capaz de llevarla a explorar su faceta sensual. Y cuando sufrió el ataque que le dejó el cuerpo cubierto de cicatrices, desechó la idea por completo.

Dante era un hombre distinto, pero, en su estado, no debería haber realizado tantos esfuerzos.

—Se han acabado las tonterías hasta que te hayas curado. Si he esperado todo este tiempo, puedo esperar un poco más. Tienes que recuperarte del todo —le dijo, consciente de que, si volvía a tocarla, no podría contenerse. Ese hombre era una droga muy adictiva.

—Ya te he dicho que no eres mi doctora —se apresuró a recordarle él.

—Pero sigo ejerciendo la medicina y sabes perfectamente que lo que acabas de hacer podría repercutir negativamente en tu proceso de recuperación —le recriminó ella.

—Te garantizo que no me ha dolido nada. —Esbozó una sonrisa engreída que casi derritió el corazón de Sarah.

«Sé fuerte. Sabes que hace poco aún tenía dolor. Lo has visto. Solo quiere engatusarte para que olvides que aún no está recuperado».

—No es verdad —replicó ella con rotundidad.

Dante se dejó caer en la cama y lanzó un gruñido.

—No lo soportaré.

Sarah tuvo que reprimir una sonrisa. A decir verdad, el desmedido apetito sexual que mostraba por ella era tanto un motivo de halago como de preocupación.

—Has sobrevivido sin mi cuerpo durante treinta y un años —le recordó.

—Sí. Y ha sido horrible —replicó él, enfurruñado.

Sarah se mordió el labio inferior para no sonreír. En esos instantes Dante parecía un niño malcriado.

—Yo también quiero estar contigo, pero no si tengo que andar preguntándome a cada minuto si te estoy haciendo daño. —A decir verdad, era el hombre más terco que había conocido. Debería estar guardando reposo para recuperarse de las heridas, pero se dedicaba a fingir que ya se encontraba bien—. Tienes que parar. —Ya le preocupaba bastante que pudiera resultar herido protegiéndola, por lo que cambió de tema a propósito—. ¿Podré entrar en casa para recuperar algunos de mis objetos personales? ¿Ropa y cosas así?

—No —respondió Dante—. Ya no queda nada. Ha destrozado hasta tu ropa. Lo siento.

Sarah se estremeció.

—Está claro que quiere acabar conmigo como sea.

—Lo atraparemos, cielo. Te lo aseguro.

No dudaba de la palabra de Dante. Nunca había conocido a un hombre tan entregado a la búsqueda de la justicia, algo que lo convertía en un excelente detective. Gracias a su obstinada determinación, Sarah sabía que haría todo lo que estuviera a su alcance para detener a John Thompson.

—Ver morir a Trey fue duro. Por entonces yo acababa de empezar mi trayectoria profesional y establecí un vínculo demasiado estrecho con él. Supongo que en la universidad no te enseñan a enfrentarte a la muerte de un paciente. Fue como perder a un amigo. Imagino que John nunca asimiló la ausencia de su mujer y su único hijo y acabó perdiendo el control. No sé si ya había tenido esos brotes psicóticos antes de que sucediera todo eso, o si fue el accidente lo que desencadenó su comportamiento radical.

Dante la rodeó con un brazo y la estrechó con fuerza.

—Que un ser humano sea capaz de asesinar no es algo que se produzca de un día para otro. Lo que ocurrió no fue más que la excusa que necesitaba para dar rienda suelta a su ira. Esto no es culpa tuya, Sarah.

—Como no lo detuvieron tenía la esperanza de que se marchara, de que fuera capaz de rehacer su vida en otra parte y superar su dolor. Quizá, en el fondo, sabía que podía reaparecer para venir por mí, pero nunca me pareció algo plausible. Estaba convencida de que todo había acabado.

Sarah solo quería empezar de nuevo, olvidar el pasado. Pero el pasado había vuelto y con muchas ganas de saldar deudas.

—Cuando lo encontremos, podrás emprender una nueva vida de verdad. Podrás dejar a un lado esa sombra de duda inquietante que te persigue y no tendrás que soportar el miedo a que te encuentre. A juzgar por el estado en que ha quedado tu casa, su ira ha aumentado durante el último año —dijo Dante con sobriedad.

—Eso parece —admitió Sarah, que se acurrucó junto al cuerpo de Dante, buscando su calor.

—Está en algún lado, no debe de andar muy lejos, pero Joe es un jefe de policía competente y estoy seguro de que dará prioridad a este caso.

—Es un buen hombre. Vive entregado en cuerpo y alma al trabajo y la familia.

—¿Aún sufres ataques de pánico? —Dante le agarró la mano y apoyó los dedos entrelazados en su cintura.

—No, siempre que no me acerque a un hospital. He intentado que no me afecte, pero no puedo aproximarme a la entrada sin sufrir palpitaciones o mareos.

Sarah no soportaba esa reacción. Era una debilidad que no lograba superar.

—A pesar de todo, has seguido ejerciendo la medicina —señaló él, estrechándole los dedos—. Eres muy valiente.

Sin embargo, esa valentía no había sido una constante en su vida. Tan solo era una superviviente.

—Soy doctora en medicina interna. El hecho de no poder atender a pacientes en el hospital para seguir su evolución es un gran contratiempo.

—Te entiendo. Sería como si yo tuviera miedo de las armas. Estaría jodido —añadió con voz ronca—. Pero has sabido sacar el máximo partido a la situación. —Hizo una pausa antes de preguntar—: ¿Hablas a menudo con tu madre? ¿Cuidó bien de ti mientras te recuperabas?

Para Dante era muy importante saber que había estado bien atendida, que alguien se había preocupado por su estado anímico para consolarla. Sarah lanzó un suspiro.

—Lo intentó. Supongo que tendrías que conocerla. Su mundo gira en torno a la educación. Cuando me estaba recuperando de las secuelas y sufría ataques de ansiedad, no acababa de entenderme. Creo que esperaba que volviera a ser la misma hija de antes, pero yo ya no era capaz de estar a la altura. Quería elegirme al hombre perfecto, que me casara con alguien del mundo académico y tuviera hijos inteligentísimos. Aún no ha cejado en su empeño. No hablamos muy a menudo porque siempre está muy ocupada, pero cuando me llama es porque ha encontrado a un candidato con un acervo genético similar.

Dante estiró el brazo y apagó la lámpara de la mesita de noche, sumiendo la habitación en la oscuridad, salvo por la luz de la luna que entraba por la ventana.

—¿Te das cuenta de que te criaron de una forma no muy normal?

—Ahora sí. Cuando era más joven no sabía exactamente lo que era normal. Mi madre era mi único referente y yo tampoco era una niña normal. —Bostezó. Empezaba a sentirse muy relajada y el sueño se apoderaba lentamente de ella.

—Tienes que descansar —le dijo Dante.

—¿Quieres que vuelva a mi habitación? —A lo mejor prefería recuperar su espacio para dormir, pero esperaba que no fuera así. Quería quedarse toda la noche con él.

—Ni hablar. No podría pegar ojo si estuvieras en la habitación de al lado. Quiero que te quedes aquí conmigo.

Le soltó la mano tras estrechársela por última vez, se puso de lado hacia ella y la abrazó por la cintura. Ella también se acurrucó de espaldas a él, los dos muy pegados.

—Me sentiré mejor aquí. Estoy un poco asustada después de lo que ha pasado.

—Es normal. Y quiero que estés en mi cama.

En esos instantes, ese era el lugar donde quería estar. Donde se sentía... segura. Así, entre los brazos de Dante y sintiéndose protegida, se quedó dormida.

Capítulo 10

—No había tenido tanta ropa en toda mi vida. —Sarah miró la inmensa pila de prendas que cubría la cama de la habitación de invitados de Dante—. ¿En qué estaba pensando ese hombre?

—Eh, que te he elegido cosas muy bonitas —se quejó Emily Sinclair, mientras recogía otra percha del montón del suelo. Cortó las etiquetas a unos pantalones nuevos antes de colgarlos en el armario—. Claro que con el presupuesto que tenía no ha sido difícil —le dijo a Sarah en tono jovial.

Randi lanzó un suspiro mientras doblaba una prenda de lencería fina y la guardaba en el cajón.

—Creo que quiero un hermano Sinclair —dijo con voz lastimera, medio en broma.

—Quédate con Jared —le propuso Emily, que tomó otra prenda del montón—. Quizá así siente la cabeza y salga más de una vez con la misma mujer.

Randi frunció la nariz.

—No es mi tipo.

Sarah empezó a probarse zapatos, consternada ante el gran número de marcas de diseñador. A pesar de su profesión, disponía de un presupuesto reducido, porque su prioridad era devolver los préstamos estudiantiles. Randi y Emily habían llegado a casa de Dante acompañadas de varios chicos adolescentes, todos cargados con bolsas y cajas. Después de cancelar su cita en el Brew Magic, Emily y Randi decidieron trasladar el lugar del encuentro a la nueva casa de Sarah y llevar consigo todo el vestuario que Dante le había pedido a Emily que comprara, además de los cafés. Sarah tenía ganas de ver a Randi y Emily, pero Dante se lo había prohibido. De forma tajante. Aunque no tenían pruebas de que John siguiera en la zona, quería ser precavido.

—¿Puedo saber a cuánto ascendía el presupuesto para la ropa? —preguntó Sarah, sin gran convencimiento. Quería devolverle el dinero a Dante. El día después de que allanaran su domicilio, fueron a una tienda de ropa barata, uno de los pocos lugares a los que él le permitió ir, y eligió lo mínimo imprescindible para salir del paso antes de que la llevara de nuevo a casa. Le había dicho que Emily se ocuparía de conseguirle algo de ropa, pero aquello era absurdo. Parecía que su amiga había comprado varias tiendas enteras.

—Creo que no —respondió Emily con una sonrisa malvada—. No tiene ni idea y me ha dado la misma cantidad que me habría dado Grady. De hecho, me pregunto si no lo habrán hablado entre ellos.

A Sarah empezó a darle vueltas la cabeza, consciente de lo generoso que podía ser Grady Sinclair. Si Emily quería algo, como un par de zapatos nuevos, sin ir más lejos, su marido podía darle una pequeña fortuna para que se los comprara.

—¿Era mucho? —insistió Sarah, que no sabía si su amiga estaba borracha o tenía una sobredosis de café. ¿Cuánto podían costar unas cuantas prendas de ropa nueva? Le flojearon las rodillas y tuvo que sentarse en la silla junto al tocador—. Dime que no te has gastado todo lo que te dio. Me costará mucho devolvérselo todo.

—Ni se te ocurra hacer eso. Dante no quiere que te diga todo lo que ha gastado. Es un regalo. Y créeme, está forrado. Su cuenta bancaria no se habrá ni inmutado —aseguró Emily en tono de complicidad.

—Oh, Dios —gimió Sarah—. Dime que no te lo has gastado todo.

—No, tranquila.

Sarah lanzó un suspiro de alivio.

—Ha sobrado lo suficiente para comprar los cafés. Nos ha invitado Dante —añadió Randi en son de burla.

—¿Te has gastado una pequeña fortuna en ropa? —Sarah tenía palpitaciones. No entendía cómo podía haber gente capaz de derrochar tanto dinero para cubrirse el cuerpo.

—Ya te he dicho que es ropa muy bonita —respondió Emily con una sonrisa cada vez más ancha—. No te agobies por eso, Sarah. Dante y sus hermanos son muy ricos. Yo tampoco vivía en ese mundo, pero me estoy acostumbrando. No soy de las que se compran lo primero que ven, pero después de lo que te ha pasado, te lo mereces. —Emily puso los brazos en jarras y miró fijamente a Sarah—. Ha insistido en que me gaste hasta el último centavo y eso he hecho. También me dio otra instrucción: que te comprara al menos un vestido rojo bonito. No lo entiendo, pero le he hecho caso y por eso hay tanta ropa de ese color. Sé que te gusta y te quedará de fábula.

—Él también sabe que el rojo es mi favorito —dijo Sarah con voz temblorosa—. Dios, me está volviendo loca. Supongo que no os habéis fijado en el piano.

Emily y Randi negaron con la cabeza en silencio.

—Decidió que algún día podría querer aprender a tocarlo, así que se ha comprado uno de los pianos de cola más caros que existen. Está en un rincón de la sala de estar. Y puedo tocarlo cuando quiera, claro. —Sarah lanzó un suspiro de frustración—. Estoy segura de que no tiene la menor intención de aprender a tocar ni una tecla. Solo lo ha comprado para que lo toque yo. Es una excusa para que no eche menos la música.

—Oh... qué encanto —exclamó Randi.

—Qué caro, querrás decir —replicó Sarah, aunque en el fondo también le parecía un gesto encantador. Por desgracia, esa no era la cuestión—. Es absurdo. ¿Qué hará con el piano cuando yo vuelva a mi casa? Creo que está intentando compensar de algún modo mi atípica infancia. Y ahora esto... —Sarah señaló el montón de ropa y complementos—. Tiene que parar. No podré devolverle semejante cantidad de dinero.

Sarah se sentía bastante agobiada. Por un lado, le estaba muy agradecida a Dante por su amabilidad. Pero por otro, ella era una mujer independiente que no estaba acostumbrada a recibir regalos de ningún tipo. Quería devolverle el dinero, por muy alta que fuera la cifra total. Al ver toda la ropa le entraban mareos. ¿Cuánto dinero había gastado y cuántas décadas tardaría en devolvérselo todo?

—No quiere que se lo devuelvas —respondió Emily con voz dulce—. Los hermanos Sinclair se criaron en este entorno de riqueza. Sé que Dante apenas ha gastado dinero porque solo vivía para el trabajo, pero tiene tanto como sus hermanos. Creo que forma parte de su ADN hacer regalos. Grady es igual.

Emily rodeó el montón de ropa y se arrodilló a los pies de Sarah.

—No lo riñas, Sarah. Dante solo intenta enmendar algo que considera una injusticia. Todos los hermanos Sinclair son igual, hasta Jared. Es uno de los maravillosos rasgos que comparten. Son muy protectores y generosos con la gente que les preocupa.

—Es que resulta... abrumador —respondió Sarah con sinceridad—. Nadie había hecho algo así por mí, nunca.

—Te entiendo —dijo Emily—. Grady me regaló una furgoneta nueva cuando apenas me conocía. Y tampoco me preguntó nada. Yo estaba que me subía por las paredes cuando cambió mi viejo automóvil sin consultármelo antes.

—¿Y qué hiciste? —preguntó Sarah con curiosidad.

—Acabé cediendo porque era un regalo que nacía del amor. Lo hizo porque estaba preocupado por el estado de mi vehículo y Grady puede ser... muy persuasivo —le confió Emily.

—¿Quieres decir autoritario? —preguntó Sarah.

Emily asintió con un gesto de la cabeza.

—A veces es un poco así. Pero sé que no lo hace con mala intención, es porque quiere que esté bien y sea feliz. Además, no tengo ningún problema en hacerle saber cuándo se pasa de la raya.

—¿Y no crees que Dante se ha pasado de la raya? No es mi marido, ni siquiera mi novio.

«Solo me ha provocado un par de orgasmos espectaculares».

—No es ningún secreto que siente algo por ti. Los Sinclair pueden mostrarse muy posesivos cuando conocen a la mujer adecuada.

—Eso no es lo que le ha pasado conmigo, Emily. Además, no se quedará en Amesport mucho tiempo más.

—Ya veremos —replicó Emily con picardía y se levantó para ordenar la ropa—. Reconozco esa mirada y ese comportamiento.

—Entonces ¿crees que debería tomarme todo esto con calma? No sé si podré. Tengo la sensación de que me estoy aprovechando de él. Dante ya ha hecho demasiado por mí. —Sarah también se levantó y empezó a ordenar los zapatos—. El simple hecho de que me acoja en su casa, poniéndose en riesgo a sí mismo, ya significa mucho para mí.

—Toma —terció Randi, que le lanzó una prenda resplandeciente—. Ponte esto y considerará que no podría haber invertido mejor su dinero.

Sarah atrapó el *body* rojo al vuelo. La parte superior se sujetaba con dos tirantes muy finos. Era muy ceñida, para resaltar el pecho, de color negro y rojo jaspeado. La parte inferior era de encaje rojo y tan corta que apenas llegaba al muslo. Acarició la suave tela de la escueta prenda con gesto ausente.

—No... lo hemos hecho. —Bueno, técnicamente no lo habían hecho. Después de esposarla a la cama y hacerla gritar de éxtasis, Dante solo la había tocado para abrazarla todas las noches o besarla. Era obvio que había seguido al pie de la letra sus indicaciones para recuperarse antes.

—Pues deberíais empezar —dijo Randi en tono burlón—. Dante está macizo y su única obsesión es protegerte.

—Aún está convaleciente.

—Pues ya tienes planes para cuando se haya recuperado —replicó Emily, guiñándole un ojo—. Admítelo. Te atrae mucho.

Sarah no tenía ningún problema en admitirlo. Era la verdad.

—Sí.

—Pues ve por él. Tuviste una infancia bastante triste. Casi te mata un loco por intentar cumplir con tu trabajo y nunca haces nada por diversión o porque te apetezca. Si te gusta, adelante. Seguro que no se te resiste —dijo Emily—. No analices ni racionalices la atracción. No podrás encontrarle sentido, créeme.

Sarah deseaba a Dante, de eso no tenía ninguna duda, pero ese deseo le resultaba ilógico.

—Es un buen hombre, pero venimos de dos mundos muy distintos.

—¿Qué importa eso si te gusta de verdad? —preguntó Emily con seriedad.

¿Importaba? Era la misma pregunta que se hacía Sarah. Cuanto más conocía a Dante, menos relevante parecía que fueran tan distintos. Las únicas ocasiones en que era consciente de la riqueza y posición social de Dante era cuando cometía una locura, como gastarse una fortuna en ropa.

—Lo lleva bastante bien cuando le gano al ajedrez —dijo Sarah medio en broma, pero, a decir verdad, su generosidad y el poco ego que tenía era algo que le llegaba al alma. Cuando jugaban nunca quería que se dejara ganar, de modo que ella le daba una paliza tras otra. Él se justificaba diciendo que así se obligaba a pensar, a mejorar. No se sentía intimidado por ella y su ego masculino no sufría lo más mínimo al ser derrotado por una mujer en un juego intelectual. Y esa actitud lo hacía aún más irresistible. Dante, por su parte, le ganaba siempre a los videojuegos, una afición que le había pegado él. Y se pavoneaba después de cada victoria, algo que solo servía para que ella quisiera jugar mejor.

Qué raro. Quizá sí que tramaba algo.

Aun así, Dante no dejaba de sorprenderla. Para ser un hombre que rebosaba testosterona por todos los poros de la piel, no mostraba un resquicio de duda sobre su masculinidad. Incluso cuando ella le ganaba, él la miraba con orgullo más que con enfado.

—Hay que valorar a un hombre que es lo bastante seguro de sí mismo para no importarle que seas mejor que él en algo —añadió Randi con inocencia.

—Valoro muchas cosas de él —admitió Sarah. De hecho, Dante le resultaba fascinante.

—Pues dale un respiro y pruébate algo de todo esto. No echará de menos el dinero y se pondrá muy contento si sabe que te ha hecho feliz. —Emily le lanzó varias prendas y Sarah las atrapó, sin dejar de pensar en ello.

Al final se rindió y dejó de buscar la lógica en todo lo que guardara relación con sus sentimientos hacia Dante. Era un buen hombre y eso era lo único que importaba. También representaba un enigma, por lo que iba a tener que fiarse de sus instintos femeninos, unos instintos que no sabía ni que tenía hasta que lo conoció. Lo último que quería era hacerle daño y sabía que si rechazaba el regalo él se sentiría defraudado.

Lanzó un suspiro de resignación, cogió un conjunto de color coral y se lo probó.

***

En el piso de abajo, Dante tenía ciertas dificultades para controlar su frustración.

—Joe y yo no hemos averiguado nada importante. Es como si ese cabrón se hubiera esfumado —expuso a Jared y Grady mientras los tres tomaban una copa en la sala de estar.

No se sentía muy cómodo al no tener a Sarah al alcance de la vista, pero quería que disfrutara de cierta intimidad con sus amigas. Sabía que se estaba volviendo loca y que se había llevado un buen chasco cuando no la había dejado reunirse con Emily y Randi en el Brew Magic. No quería inmiscuirse en un proceso que había empezado antes de que se conocieran, pero tampoco estaba dispuesto a que ella fuera el objetivo de un loco.

—Aparecerá —dijo Jared, que tomó un trago de cerveza antes de dejarla en la mesa—. Está claro que no va a desaparecer como si tal cosa.

Tenía razón. Dante sabía que alguien que albergaba una ira tan grande en su interior no iba a marcharse así como así. Tarde o temprano daría señales de vida. La cuestión era... ¿cuándo y dónde?

—¿Cómo lleva Sarah toda la situación? —preguntó Grady.

—No soporta no poder salir a pasear y estar fuera. Por lo demás, lo lleva muy bien. —Sabía que estaba asustada, pero que intentaba disimularlo haciendo todo lo necesario para no correr riesgos. Teniendo en cuenta su inteligencia, Dante sabía que habría meditado sobre la situación y habría llegado a la conclusión de que no le quedaba más remedio que resignarse hasta que detuvieran al agresor.

—¿Te la estás tirando? —preguntó de repente Grady.

Dante fulminó a su hermano con la mirada.

—Eso no es asunto tuyo.

—Sí que lo es. Es una amiga —replicó Grady con toda la calma—. No quiero que sufra.

—¿Ella? ¿Y yo? —Ninguno de sus hermanos había reparado en el hecho de que se estaba volviendo loco con los problemas de seguridad de Sarah.

—Sé que quieres protegerla y eres el más indicado para hacerlo, pero Sarah es... diferente —dijo Grady.

—¡Joder! ¿Crees que no lo sé? Ha llevado una vida que la mayoría de gente no entiende. No tuvo infancia; fue un bicho raro sometido a examen por la comunidad científica. A nadie le ha importado que sea una mujer cariñosa y buena que quiere lo mismo que las demás mujeres. La gente oye sus palabras, el modo en que intenta razonarlo todo. O la oyen hablar de algo que los sobrepasa y no pueden seguir su ritmo, de modo que acaban ignorándola. Nadie ha hecho el esfuerzo de conocerla de verdad. Todos se muestran inseguros y se sienten demasiado intimidados para trabar amistad con ella. —Grady enarcó una ceja y Dante añadió—: Aquí ha hecho amigos y sé que Emily y Randi se preocupan por ella. Pero para Sarah es una novedad. Es feliz aquí. Quizá sea un genio, pero en muchos sentidos también es muy ingenua. Nunca ha tenido la posibilidad de aprender cosas normales. Sin embargo, bajo esa apariencia hay una mujer que solo desea que alguien se preocupe por ella. Y lo merece, joder.

—Te las estás tirando —afirmó Grady con una sonrisita—. Ya veo que estás interesado en ella.

—Claro que lo estoy. No podría protegerla si no fuera así. Y por culpa de mi estado físico no estoy a la altura de la situación. De modo que tengo que recuperarme por completo para protegerla si se diera el caso. ¿Que si quiero hacerlo? Claro que sí. La deseo como no he deseado a ninguna otra mujer. —Dante estaba muy tenso y miró fijamente a Grady—. Soy tan posesivo y tengo un instinto protector tan exacerbado que no me soporto ni a mí mismo. Sarah me vuelve loco, pero también me hace sentir que puedo hacer cosas excepcionales. ¿No te parece absurdo?

Jared negó con la cabeza.

—Lo pasarás mal. Creo que no hay mujer en el mundo que merezca tantas preocupaciones.

Dante observó fijamente a Jared, pero su hermano menor no se atrevió a sostenerle la mirada. ¿Qué le había pasado? De pequeños Jared siempre había sido el hermano sensible y con aficiones artísticas, pero con los años se había convertido un hombre que parecía aburrido de la vida. Quizá no aburrido, pero sí muy cínico. Dante se preguntó si bajo esa actitud de don juan se ocultaba algo más que una simple apatía. Parecía un resentido y nunca había sido así.

Desde el sillón, Dante vio que Coco lo esperaba pacientemente a sus pies. Había hecho buenas migas con el chucho. No sabía por qué, pero sospechaba que tenía algo que ver con el hecho de que algunas veces, cuando Sarah no miraba, le daba comida de humanos. Era una perrita que daba un poco de pena y Dante no soportaba su constante mirada de expectación. Se dio un golpecito en la pierna y Coco subió a su regazo de un salto. Dio dos vueltas y se tumbó, apoyando la cabeza en el muslo con un suspiro de satisfacción.

—Maldito chucho —murmuró, aunque sin demasiada convicción. Le acarició la cabeza y miró a Grady.

—Estoy de acuerdo contigo. Lo tienes crudo. Pero no estoy de acuerdo en que ninguna mujer valga la pena —afirmó con rotundidad Grady—. Emily valió la pena. Me cambió la vida y me aceptó como era. Me di cuenta de que el mundo no me había dejado de lado, sino al contrario. Hasta que la conocí no entendí que había vida más allá del trabajo y que no todos eran como nuestro padre.

En ese momento Dante se arrepintió de no haber mantenido una relación más estrecha con sus hermanos y su hermana Hope. No sabía qué le había pasado a Jared y no se había dado cuenta de que Grady se había encerrado tanto en sí mismo.

—¿Qué nos pasó? —preguntó Dante con un susurro áspero—. De pequeños teníamos una relación muy estrecha. ¿Qué pasó? Puedo contar con los dedos de una mano las veces que hemos estado juntos desde que nos separamos para ir a la universidad.

—¿Que hemos sido unos idiotas egoístas? —sugirió Jared—. Bueno... Excepto Hope.

—Todos estábamos enfrascados en nuestras carreras, pero aun así podríamos habernos apoyado mucho más —dijo Dante, enfadado.

—Estamos aquí ahora —replicó Grady sin alterarse—. Creo que el hecho de que estuvieran a punto de matarte ha sido como una bofetada para todos. Hope y Evan me llaman casi a diario.

—A mí también —añadió Dante.

—Y Jared no tendría por qué seguir en Amesport, pero aquí está —añadió Grady, que miró a su hermano y levantó una mano para acallar sus posibles quejas—. Y no me vengas con esas estupideces de que no tienes nada que hacer. Debes dirigir tu negocio. Pero estabas preocupado y aún lo estás.

Jared se encogió de hombros.

—No tengo nada que requiera mi atención inmediata. Ahora que Dante vuelve a jugar a hacerse el héroe, solo quiero asegurarme de que no se mate.

Dante no pudo reprimir la sonrisa. Sabía que su hermano no hablaba en serio.

—Creo que podré cuidar de mí mismo si tienes que irte.

—Me quedaré —gruñó Jared, que tomó un gran trago de cerveza.

—Podría decirte que no juegues con Sarah, pero no creo que tu cabezota pueda entenderlo en estos momentos —le dijo Grady a Dante—. Me parece que ya es demasiado tarde.

—¿A qué te refieres? —Dante frunció el ceño.

—¿Cómo te sentirías si Sarah tuviera una cita con otro hombre? —preguntó Grady.

—Mataría a ese cabrón. Es mía —gruñó Dante—. ¿De quién se trata?

Grady sonrió.

—Era una pregunta hipotética. No la he visto salir con nadie desde que llegó a Amesport. Pero acabas de responder a mi pregunta.

Dante se había puesto muy tenso y Coco lo miró alarmada, como si hubiera notado su enfado. Al cabo de poco se relajó, pero miró a Grady.

—Pues no me ha hecho ninguna gracia.

—En cambio a mí muchísima —replicó Jared.

—Ya veo —espetó Dante.

—Bueno, ¿qué está haciendo Joe para atrapar al agresor de Sarah? —preguntó Grady, cambiando de tema.

—Todo lo que ha podido —explicó Dante—, pero nadie lo ha visto. —Se había asegurado de que la policía destinaba todos los recursos necesarios, pero no podían dar con un sospechoso que no salía de su escondite—. Habrá que esperar. No creo que se haya ido de Amesport. Está aguardando a que surja el momento ideal.

—Quizá tengas que crear ese momento, de lo contrario nunca lo atraparéis —dijo Jared pensativamente.

—No —replicó Jared de inmediato—. No voy a usar a Sarah de cebo.

No soportaba la idea de que corriera ningún peligro. Joe había propuesto lo mismo y la reacción de Dante había sido idéntica.

—¿Es eso lo que tenemos que hacer? Pues adelante. —La voz de Sarah sonó cerca—. Prefiero correr un riesgo a vivir siempre con miedo.

Dante volvió bruscamente la cabeza a la derecha y la vio al pie de las escaleras.

—Ni hablar —insistió él, devorándola con la mirada. Casi se le desencajó la mandíbula al ver el escueto vestido que llevaba. Era a rayas blancas y azul marino, con cuello *halter*, y le quedaba ajustado como un guante. Sus piernas largas y estilizadas quedaban desnudas hasta el muslo—. ¿Vas de estreno? —preguntó, entornando los párpados al darse cuenta de que no llevaba sujetador. Con ese vestido era imposible.

—Sí —respondió Sarah, que le lanzó una sonrisa y giró sobre sí misma para que pudiera verlo—. Me encanta. Es muy cómodo.

¡Joder!

—¿Y la parte de atrás? —A Dante casi se le salieron los ojos de las órbitas al ver el escote de la espalda, que llegaba hasta más abajo de la cintura y dejaba al descubierto su piel cremosa.

—Es un vestido de verano. Emily me ha dicho que no se ven las cicatrices. ¿Tú ves alguna? —preguntó, nerviosa.

—No. —No eran sus cicatrices lo que le preocupaba, sino aquel cuerpo espectacular y esbelto que quedaba expuesto para gozo y deleite de los ojos de todos los hombres.

—¿No te parece bonito? —exclamó Emily mientras Randi y ella bajaban las escaleras.

Dante empezó a sudar y se le puso dura en cuanto Sarah entró en la sala de estar. Qué hermosa era. Tuvo que contenerse para no taparla con la manta que había en el sofá, pero lo último que quería era menoscabar su recién descubierta seguridad en sí misma.

—¿Toda la ropa es así? —preguntó Dante, que lanzó una mirada de desesperación a Emily.

Ella le dirigió una sonrisa.

—Casi toda. El estilo de este año le sienta de fábula. Es tan alta y elegante...

—Pues estoy jodido —se le escapó, con un tono de cierta tristeza.

Oyó la risa de Grady cuando cerró los ojos y apoyó la cabeza en el sofá, lanzando un lamento atormentado.

Capítulo 11

—Cielo, Beatrice y yo nos encontramos mucho mejor. Supongo que al final no teníamos una intoxicación alimentaria. —Elsie Renfrew miró a Sarah a los ojos mientras le mentía.

Sarah observó a las dos mujeres de pelo cano que estaban sentadas en su consulta y tuvo que morderse el labio para no reír. Beatrice y Elsie habían pedido una cita de urgencia, aunque la pretendida premura no era más que la curiosidad que las estaba matando.

Se había dado cuenta de que todo era una farsa desde el momento en que entraron en la consulta con cara de culpabilidad. Ambas tenían las mejillas sonrosadas por el calor, pero por lo demás no parecían muy enfermas.

—¿Ya no os duele el estómago? —preguntó Sarah con calma.

Ambas negaron al mismo tiempo.

—¿Ni tenéis náuseas?

Siguieron negando con la cabeza y le ofrecieron sendas sonrisas radiantes.

Ella cerró las carpetas con su historial médico y las dejó en el armario.

—Entonces... ¿qué pregunta tenéis? Sois unas cuentistas. Me he preocupado cuando me han dicho que estabais enfermas. —Intentó reprenderlas con la mirada, pero no era una tarea fácil cuando ambas sonreían de forma tan inocente. Las conocía de sobra, pero era difícil amonestar a dos ancianas.

—Hemos oído lo que ha pasado en tu casa. Estábamos inquietas —confesó Beatrice, arrepentida—. No te hemos visto por la ciudad y tampoco tocaste antes del bingo, como siempre. —La anciana parecía muy alarmada y la miraba con los ojos muy abiertos y tristes.

Sarah se ablandó. Quizá no eran unas santas, pero su preocupación era conmovedora. Ni siquiera Elsie podía fingir la inquietud que se reflejaba en su mirada.

—Me encuentro bien, pero es que he andado muy ocupada con todo lo relacionado con la casa. Ahora estoy pasando unos días en casa de un amigo. —No podía contarles la verdad. Era mejor que nadie supiera que tenía un acosador y se pusiera a propagarlo a los cuatro vientos.

—No entiendo cómo puede haber gente capaz de hacer algo así. Amesport siempre ha sido una ciudad segura —dijo Elsie con voz asustada.

Sarah rodeó con un brazo a la anciana.

—Sigue siendo un lugar seguro. No ha ocurrido nada más. Seguramente solo ha sido un turista borracho.

Lo último que quería era asustarlas. Ambas vivían solas y no pretendía que pasaran miedo en su propia casa. El agresor solo la buscaba a ella.

—No estoy preocupada —se apresuró a decir Beatrice—. Si supiera quién lo ha hecho, le daría un rodillazo en las pelotas, tal y como nos enseñaron en las clases de autodefensa del centro.

—Beatrice, el término correcto es «testículos» —corrigió Elsie a su amiga—. Sarah es una chica muy dulce. No seas tan bruta.

Hacía tiempo que no la llamaban «chica» y le parecía gracioso que Elsie considerara que el término «pelotas» era vulgar. Ella había trabajado en un hospital de una gran ciudad en el que trataban muchos incidentes relacionados con bandas. Seguramente no había ninguna palabra malsonante que no hubiera oído cientos de veces.

—Os agradezco vuestra preocupación, pero ya veis que estoy bien. La próxima vez no os inventéis una historia para verme, pasáis por aquí y ya está.

Sarah abrió la puerta de la consulta y ambas mujeres se levantaron para irse.

—He oído que ya no eres la doctora de Dante Sinclair. Qué lástima. Con lo bueno que está —dijo Beatrice mientras Sarah las acompañaba a la puerta—. Podrías haberte dado una alegría al cuerpo con él.

—Después de casarse, Beatrice —la riñó Elsie.

—Cómo eres, Elsie, tienes que ser más moderna. Hoy en día ya nadie espera a casarse —le informó Beatrice.

Sarah asistió impasible al intercambio entre ambas mujeres y estuvo a punto de estallar en carcajadas.

—Creía que sería tu media naranja —comentó Beatrice, contrariada, ya en el pasillo—. Estaba convencidísima. Pero aún te queda Jared Sinclair, que tampoco está nada mal. Siempre se para a charlar con nosotras cuando nos vemos. Me gusta mucho ese chico.

Sarah se sorprendió al oír eso y se preguntó si Jared se entretenía con las ancianas cuando las veía para no parecer maleducado. ¿Cómo reaccionaría si supiera que lo llamaban «chico»?

—Yo...

—Sarah está conmigo. —La grave voz de Dante resonó desde la puerta de la otra consulta—. Por eso dejó de ser mi doctora.

Sarah lo miró boquiabierta cuando se acercó a las dos ancianas y echó mano de todo su encanto para caerles en gracia.

—Ya entenderán que, estando juntos, no podía seguir siendo mi doctora —les dijo Dante, dedicándoles su sonrisa más carismática.

—Sabía que no me equivocaba —exclamó Beatrice—. Estaba convencida de que acabaríais juntos. Se lo dije a Sarah incluso antes de que llegaras.

—¿Ah, sí? —Dante volvió la cabeza y enarcó una ceja mirando a Sarah.

Ella era consciente de que estaba sonrojada, pero no sabía si eso se debía al enfado o a la confusión. Le había pedido a Dante que se quedara en la otra consulta para no incomodar a sus pacientes. Esa era su rutina de los últimos días: Sarah atendía a los enfermos mientras él se quedaba en la otra consulta, con su pistola y su ordenador para pasar el rato.

Dante ya se había recuperado casi por completo de las heridas superficiales, pero aún debían de dolerle las costillas, aunque nunca se quejaba de ello. Quizá ya no era su doctora, pero, al menos, si le ocurría algo, estaba en un centro médico.

Sarah lanzó un suspiro mientras asistía al intento de Dante de ganarse el corazón de las dos ancianas. Y a juzgar por el modo en que Beatrice y Elsie lo miraban, estaba logrando congraciarse con ellas. Sabía que no era una artimaña. Él se limitaba a ser el Dante acostumbrado a trabajar al servicio de la gente, hablaba con las mujeres con naturalidad y su interés por el trabajo de Elsie en el periódico y por el talento de casamentera de Beatrice parecía genuino.

«¡Otro motivo para que me guste tanto! Malcría a mi perra y se porta bien con las mujeres mayores».

—¿Eres el amigo que ha acogido a Sarah? —preguntó Elsie como quien no quiere la cosa, esperando sacar más tajada.

A Sarah le dieron ganas de reír al ver la falsa mirada de ofensa de Dante.

—Claro que no —respondió, intentado fingir sentirse insultado—. Eso sería del todo inapropiado, y yo respeto a Sarah —añadió con rotundidad.

—Eres todo un caballero —dijo Elsie entre risas.

A Sarah le costó reprimirse. Les había dicho justo lo que querían oír y les había dejado bien claro que se sentiría muy ofendido si insinuaban siquiera que ella estaba durmiendo en su casa. Obviamente, quería que la gente supiera que había alguien que cuidaba de ella, pero no dónde se alojaba.

Las ancianas siguieron hablando con Dante hasta llegar a la recepción, donde las acompañó hasta la calle sin que en ningún momento sintieran que su presencia era poco grata.

Sarah se despidió de las mujeres con la mano mientras doblaban la esquina y Dante cerró la puerta.

—¿Te das cuenta de que acabas de decirle a toda la ciudad que somos pareja? —le reprochó Sarah a Dante.

—¿Y qué? —replicó él con una sonrisa—. Eso es lo que quiero, que se lo cuenten a todo el mundo. Así, todos los hombres de Amesport sabrán que no estás disponible. Y no tendré que darle una paliza a cualquiera que intente tocarte.

¿Que no estaba disponible? Habían pasado diez días desde que la había esposado a su cama y la había vuelto loca de gusto.

—Vaya, te lo tienes muy creído.

—Qué va —respondió Dante con arrogancia—. Soy el hombre que te provocó el primer orgasmo que te dejó temblando, el primer hombre que probó tu...

Sarah le tapó la boca con la mano para que dejara de contar todo aquello.

—Basta.

Estaban en recepción, por el amor de Dios, y su ayudante aún no se había ido. Habían tenido que compartir con ella parte de la información relacionada con el ataque de Sarah y sabía por qué estaba Dante ahí. Pero ignoraba que dormían juntos todas las noches y que ella tenía todo tipo de fantasías despierta y dormida. Cada vez que pensaba en lo que había pasado esa noche de hacía diez días, mojaba las bragas.

«¿A quién quiero engañar? Me derrito cada vez que lo veo u oigo su voz».

Los ojos almendrados de Dante la atravesaban con una mirada malvada, una mirada irresistible para cualquier mujer de la tierra. Por desgracia, Sarah sabía que Dante era perfectamente consciente del efecto que tenían en ella las guarradas que le decía. Le apartó lentamente la mano de la boca y le besó la palma antes de soltársela.

—Eran tus últimas pacientes. Vámonos.

Sarah se acercó al armario para buscar el bolso y colgó la bata y el estetoscopio antes de reunirse con Dante en la puerta. Por una vez no discutió con él para que la dejara ir a dar un paseo. Por la mañana se había puesto un par de zapatos nuevos que le había comprado Emily y tenía los pies destrozados. ¿Tacones de siete centímetros y medio? ¿En qué pensaba su amiga? A Sarah le encantaban la falda y la blusa, pero le dolían los pies después de haberse pasado todo el día plantada con aquellos zapatos tan coquetos, pero incómodos. Por suerte, eran los únicos con un tacón tan alto.

Subió a la furgoneta de Dante y se los quitó con un gemido de alivio.

—¿Qué pasa? —preguntó Dante, que dudó antes de cerrar la puerta del acompañante.

—Estos zapatos me están matando —respondió ella, frunciendo el ceño—. Me duelen los pies.

Dante cerró la puerta con un gesto rápido y se dirigió a su asiento.

—¿No te gustan? —le preguntó con gesto serio mientras arrancaba el motor—. Compraremos otros.

—No —se apresuró a responder Sarah—. Me gustan, pero estos tacones de siete centímetros y medio no son los más adecuados para pasar el día en la consulta. Hay que reservarlos para momentos de placer.

Dante se rio mientras se incorporaban a Main Street y se dirigían a la península.

—¿Por qué ibas a ponerte unos zapatos incómodos cuando se supone que vas a hacer algo agradable?

—Ya me entiendes. —Sarah le dirigió una sonrisa—. Son para salir a cenar o para una boda. Pero no para trabajar todo el día.

Mantuvieron un agradable silencio durante un rato, mientras Sarah se masajeaba los pies para evitar los calambres.

Al final, abordó un tema que sabía que no le iba a gustar, pero del que tenían que hablar.

—¿Dante?

—¿Sí?

—Sabes que no podemos seguir viviendo así para siempre. Tarde o temprano tendré que recuperar mi vida normal. Según Joe, es probable que John no vuelva a hacer acto de presencia hasta que vea que he regresado a mi rutina.

—Ni hablar —le espetó Dante—. No pienso dejarte en una situación vulnerable.

—No vas a quedarte aquí para siempre. Además, he vivido sola casi toda la vida. Te estoy muy agradecida por protegerme, pero debo seguir adelante. Si regresar a mi rutina sirve para que John salga de su escondite, estoy dispuesta a hacerlo.

Al llegar a la verja de la península, Dante pisó el acelerador con tanta fuerza que quemó neumáticos. No volvió a abrir la boca hasta que aparcó la furgoneta en el camino de acceso a su casa. Sarah, como siempre, esperó dentro mientras él comprobaba los alrededores. Entonces le abrió la puerta.

—Sal —le ordenó, desabrochándole el cinturón con un gesto rápido de la mano.

—No estás siendo racional —le dijo ella con toda la calma posible mientras se apeaba. Nunca habían debatido de forma sensata la posibilidad de que ella regresara a su vida normal para atraer a

John, pero tenía que entenderla—. No puedo permanecer oculta eternamente. Tengo que darle una oportunidad para que se deje ver.

—Vas a trabajar a diario —replicó Dante, enfadado.

—Sí... Con un guardaespaldas armado. No te ofendas, pero aunque no sepa que vas armado, tu presencia resulta muy intimidadora.

Dante abrió la puerta de casa y la hizo pasar después de desconectar el sistema de alarma. Cerró la puerta con más fuerza de la necesaria.

—No quiero que corras ningún riesgo —añadió Dante, que le lanzó una mirada furiosa que habría hecho estremecer de miedo al común de los mortales.

Sarah no se dejó intimidar. Conocía sus expresiones faciales, las había visto todas, desde la más alegre a la que ponía cuando quería matar a alguien. Quizá aún no lo entendía del todo, pero sabía que era incapaz de hacerle daño por mucho que se enfadara.

—Eso lo decidiré yo —replicó ella con calma. A continuación, dejó el bolso en la mesa del comedor y subió a la habitación a ducharse.

Se desnudó muy triste y tiró la ropa en la cesta de la colada del baño de invitados. En circunstancias normales le gustaba usar la moderna ducha de Dante, pero esta vez se adentró distraída en la instalación recubierta de baldosas. Empezó a salir agua por los lados y por arriba, y los diversos chorros la relajaron mientras se enjabonaba el pelo.

«No dará el brazo a torcer. Voy a tener que imponer mi criterio».

No le quedaba más remedio que mostrarse en público, pero después de todo lo que Dante había hecho por ella, y sabiendo la firmeza con que se oponía a ese plan, era consciente de que iba a hacerle daño. Y eso era lo último que deseaba. El modo en que se preocupaba por su seguridad y la protegía la conmovían más de lo que estaba dispuesta a admitir. Nadie la había cuidado tanto y tan bien como Dante. En los últimos tiempos había dejado de intentar analizar por qué se comportaba así y por qué existía tan buena conexión entre ambos. Se limitaba a disfrutar de su compañía. Sin embargo, la realidad era innegable: él no iba a quedarse mucho más tiempo en Amesport, ya casi se había recuperado por completo, y ella tendría que enfrentarse a la decisión de cómo poner fin a su aislamiento.

Se aclaró el acondicionador del pelo mientras pensaba en lo doloroso que iba a ser verlo regresar a Los Ángeles, a un trabajo en el que había estado a punto de perder la vida. En su interior, Sarah se rebelaba contra ese pensamiento y, al mismo tiempo, comprendía cómo se sentía él al saber que ella estaba en peligro. A Sarah le ocurría lo mismo.

Entonces lanzó un grito, asustada, cuando vio entrar a Dante en la ducha, totalmente desnudo. Antes de que tuviera tiempo de reaccionar, la empujó contra la pared, rodeándola con su cuerpo musculoso y sujetándola de las muñecas por encima de la cabeza. El deseo fluía por el cuerpo de Sarah como fuego líquido mientras lo miraba a la cara. Dante lucía una expresión salvaje, como un depredador hambriento que hubiera salido de caza. Su fiereza caló en lo más hondo de su ser, como una llamada de apareamiento; los pezones se le habían puesto duros, estaba mojada y el resto de su cuerpo temblaba de deseo.

—En primer lugar, no voy a irme hasta que ese malnacido esté en la cárcel o muerto. ¿Me entiendes? —preguntó él con voz áspera y brusca.

—¿Cómo te atreves...?

—No hables. No intentes razonar conmigo. Ahora mismo no estoy en modo racional. Dime solo que me entiendes —exigió, con la respiración entrecortada y el pecho agitado.

Sarah sabía que estaba realizando un gran esfuerzo para mantener el control, pero quería que diera rienda suelta a sus instintos. Le gustaba cuando se mostraba dominante y la apremiaba. Y aunque no entendía cómo iba a cumplir con su promesa si la situación se prolongaba eternamente, sabía que de un modo u otro lo conseguiría.

Así pues, se limitó a asentir. Había comprobado que cuando Dante hacía una promesa, la cumplía.

—En segundo lugar, no quiero correr el riesgo de que te suceda algo. Cuando perdí a Patrick, quise morirme. Entonces apareciste tú y me devolviste la vida. Eres mía, Sarah. Creo que lo sé desde el primer momento en que te vi. Entiendo que estás dispuesta a correr el riesgo de ponerte en una situación de peligro, pero ¿sabes que si te pierdo me moriré?

Sarah asintió y empezaron a correrle las lágrimas por las mejillas. La intensidad de los sentimientos de Dante se había apoderado de ella y había dado pie a una reacción que guardaba en su interior desde hacía mucho tiempo. Ella no lo había admitido porque tenía miedo de resultar herida, pero sabía que, si lo perdía, su mundo se sumiría en la penumbra. Sus defensas se derrumbaron cuando rompió a llorar. No podía pensar de forma analítica. Dante la trataba como a una mujer y ella había reaccionado de forma impulsiva. Cuando estaba con él era como si su cerebro se desconectara y reaccionara siempre con el corazón.

—En tercer lugar, tengo tantas ganas de follarte que no puedo ni masturbarme porque sé que sería una mala copia de lo que me estoy perdiendo. Meterme todas las noches en la cama contigo y no poder tocarte ha sido una tortura. Ya estoy recuperado de las heridas. El único motivo por el que no nos acostábamos era porque tenía que encontrarme en perfecto estado para protegerte, y debía recuperarme rápido. Además, tampoco quería hacerlo de cualquier manera y no darte todo el placer que mereces. ¿Me entiendes?

Como si eso fuera posible. Dante podía satisfacerla solo acariciándola. Pero Sarah asintió de todos modos, mientras seguía llorando y el agua de la ducha se mezclaba con sus lágrimas.

—¿En cuarto lugar? —preguntó ella tras un breve silencio. La intensa mirada de Dante hacía que se estremeciera de placer. Tenía la sensación de que llevaba toda la vida esperando para estar con ese hombre, y no podía aguantar más.

—No hay cuarto punto —gruñó y la devoró a besos.

Sarah retorció las manos y soltó un grito ahogado al notar su lengua. Dante la tenía hechizada, era ajena a todo lo que sucedía a su alrededor, salvo a la boca que la estaba devorando, a la lengua que la estaba poseyendo. Sentía una necesidad tan imperiosa de tocarlo que gimió de nuevo e intento zafarse de sus férreas manos.

—¿Qué pasa? —preguntó Dante, que se apartó un momento de ella, entre jadeos.

—Tengo que tocarte. Por favor —suplicó. Necesitaba que la soltara para explorar su cuerpo ahora que se había recuperado. Era un deseo tan intenso que casi resultaba doloroso.

—Si empiezas con las caricias no aguantaré más —le advirtió, pero le soltó las manos, deslizó las suyas por la espalda y le agarró las nalgas—. Pero aun así quiero que lo hagas. Tócame, Sarah.

Ella no perdió ni un segundo, le acarició el pelo mojado y se deleitó con el roce del musculoso cuerpo de Dante mientras lo atraía hacia sí para que la besara. Lanzó un gemido de placer cuando él le mordió el labio inferior y, acto seguido, se lo lamió para calmar el dolor. Sarah se estremeció de gusto al deslizar las manos por sus hombros y explorar los músculos esculpidos de la espalda. Sus glúteos rozaban la perfección y cuando los alcanzó con las manos, se los apretó con fuerza.

—Me estás matando, cielo —dijo Dante con voz áspera mientras Sarah le besaba y mordisqueaba el cuello.

—Fóllame, Dante. Te necesito —le suplicó con voz ronca al oído.

El cuerpo del policía se estremeció cuando la atrajo bajo los chorros del agua. Le dio la vuelta a Sarah, que quedó de espaldas a él.

—Enseguida. Antes quiero que te corras —le dijo con voz profunda y autoritaria—. Déjame enseñarte las distintas formas que existen de dar placer a tu cuerpo. ¿Alguna vez te has tocado en la ducha?

Sarah negó con la cabeza. Las preguntas directas de Dante ya no la avergonzaban. Estaba demasiado excitada y desesperada.

—Me encanta verte así —le susurró Dante al oído. Le agarró los pechos y le dio un suave pellizco con la intensidad justa para que ella se estremeciera de gusto—. Excitada y húmeda.

—Sí —gimió ella. El deseo se había apoderado de tal manera de su cuerpo que o bien le proporcionaba el alivio que anhelaba, o moriría de frustración.

Dante deslizó una mano por su abdomen y empezó a acariciarla, penetrándola lentamente con un dedo.

—Tócate los pechos. Haz lo que más te excite —le ordenó, sin dejar de masturbarla, pero no con la intensidad que ella necesitaba.

Sarah se acarició los pechos, se pellizcó los pezones, pero necesitaba más.

—Por favor —imploró, al borde de la autodestrucción.

—Me gusta ver cómo te excitas tú misma, cielo. Eres mía. Disfruta del momento —dijo con voz tranquilizadora mientras sus dedos se adentraban cada vez más en ella—. Qué caliente estás. No te imaginas cómo me siento al saber que soy el único hombre que te ha visto así.

Sarah sabía que estaba empapada, muy caliente, que Dante notaba cómo palpitaba de excitación. Notó también el latido acelerado de su corazón cuando inclinó la cabeza hacia atrás y dejó que él aguantara todo el peso con sus músculos.

—Eres el único —admitió ella con un gemido.

«Necesito más. Necesito más».

Dante le dio entonces lo que necesitaba: separó con los dedos los labios vaginales y expuso su clítoris al chorro de la ducha, moviendo su cuerpo hasta convertirla en prisionera de la fuerza implacable del agua.

—Oh, Dios —gritó Sarah, que se pellizcó los pezones con fuerza cuando empezó a formarse la oleada de placer en su vientre.

Dante la penetró con los dedos, de forma implacable, como si lo estuviera haciendo con su miembro.

—Para. Para —gimió ella, pero él no le dio tregua.

Dante se adentraba en ella a cada embestida, explorando su punto G con los dedos y provocando sensaciones que Sarah no había sentido nunca, sin dejar de acariciarla. Ella apoyó la cabeza en el hombro de su amante mientras arqueaba la espalda hacia atrás, de forma inconsciente, arrastrada por una oleada de placer insoportable.

—No puedo más —suplicó. Las acometidas de sus dedos, las palpitaciones del clítoris y la sensación de sus manos al acariciarse los pechos hacían que se retorciera de placer, desesperada por hallar, al fin, el alivio.

—Acaba para mí —le ordenó él con brusquedad.

Sarah tuvo que obedecer. Se dejó llevar, gritando el nombre de Dante cuando su cuerpo estalló de placer y ella se derrumbó, confiando en que su amante la sujetara.

Capítulo 12

Dante sostenía el cuerpo tembloroso y jadeante de Sarah. El corazón le latía tan rápido que casi se mareó. Cerró el agua y la tomó en brazos para salir de la ducha. Tras sentarla en el mármol, junto al lavamanos, la envolvió con unas toallas muy suaves y empezó a secarle el cuerpo y el pelo con movimientos lentos. Una vez seca, él también se secó rápidamente y, a continuación, le cepilló el pelo mientras ella permanecía aislada en su burbuja de éxtasis.

«Esta es otra de las formas que tiene de cuidarme ».

—Necesito sentirte dentro de mí —le dijo Sarah con voz temblorosa. Su cuerpo y su mente necesitaban, anhelaban, ese vínculo definitivo.

—Lo haré —prometió él con voz ronca. Entonces la tomó en brazos y la llevó al dormitorio—. Pero la primera vez que te folle tiene que ser en mi cama, donde debes estar.

Sarah lo abrazó por el cuello y se empapó de su aroma, extasiada por la combinación de almizcle y masculinidad. Dante rezumaba testosterona, y ella sentía que casi la olía, que podía embriagarse con aquel olor. Al querer poseerla en su cama la primera vez que lo hicieran pretendía reafirmar su autoridad sobre ella del modo más primario. Quizá era una actitud que recordaba a la del hombre primitivo que arrastraba a la mujer hasta su cueva para hacerla suya. Era un gesto posesivo que no hacía sino exacerbar el deseo de Sarah.

Había algo en su interior que respondía al dominio de Dante como cuando una cerilla entra en contacto con la yesca: la hacía arder aún más de deseo cada vez que él le daba una orden o hacía un gesto posesivo, cada vez que pronunciaba una palabra para hacerla suya. La reacción de Sarah era primaria y no podía evitarlo, ni siquiera recurriendo a la lógica.

Dante arrancó las sábanas de la cama, dejó a Sarah en el centro, retrocedió un paso y le lanzó una mirada que la derritió por dentro.

—Te necesito, Dante —admitió Sarah con sinceridad, presa de una excitación que nacía de sus entrañas y se expandía por todo su cuerpo.

Él se tumbó en la cama y la abrazó con fuerza, acercando la cabeza a su hombro.

—Yo también te necesito, cielo. Siempre estaré aquí cuando me necesites.

Un anhelo incontenible recorría el cuerpo de Sarah, a pesar de que sabía que él no estaría siempre ahí. Deseaba a Dante como no había deseado nada en toda su vida, y sabía que no era algo solamente físico.

—Hazme el amor —suplicó Sarah, abrazándolo con fuerza. Las heridas emocionales de Dante tras haber perdido a su mejor amigo aún no habían cicatrizado, y ella quería abrazarlo con fuerza todo el tiempo que él necesitara.

—Sarah —murmuró Dante con voz áspera e intensa, como si ella lo fuera todo para él y todos los anhelos quedaran recogidos en su nombre.

En ese instante, ambos se sentían como si fueran los dos únicos seres de la Tierra, y Sarah comprendió que Dante había calado en ella hasta el fondo de su alma.

Él la puso boca arriba y se apoyó en los codos, mirándola con ojos ardientes.

Ella le acarició el pómulo y la mejilla, áspera y con una barba incipiente, como le pasaba siempre al final del día.

—Preservativo —gruñó él.

—¡No! —exclamó Sarah—. Hace años que tomo la píldora. —Su relación era muy física y descarnada, quería vivirla siempre así.

—No me lo habías dicho. ¿Confías en mí? —preguntó Dante, cuya mirada refulgía con una pasión aún más intensa—. Serás la primera mujer con quien lo hago sin protección. La única con quien he querido hacerlo así.

—Sí. —No era necesario que le recordara que había visto su historial médico. Quería ser la primera—. Yo también estoy limpia.

—Pues lo que vamos a hacer será muy sucio —gruñó Dante.

Sarah se estremeció de placer. Había estado esperando ese momento toda la vida.

—Fóllame, Dante. Sin piedad.

—Sin piedad para ninguno de los dos —gruñó él, que le agarró los pies para que lo rodeara por la cintura con las piernas.

Ella accedió de inmediato y levantó las caderas para sentir su enormidad abriéndose paso dentro de ella.

—Basta de rodeos. —Sus músculos vaginales se contrajeron. Necesitaba sentirlo dentro.

—Sí, basta —asintió él, que le metió solo la punta—. Joder — murmuró—. Qué caliente, estás empapada...

Sarah sintió cómo la penetraba. Era un hombre bien dotado y le hizo un poco de daño, pero el placer de que por fin la estuviera haciendo suya compensaba la incomodidad, que ya estaba desapareciendo. No era un dolor malo; era un acto de posesión que enfatizaba el hecho de que Dante por fin la estaba follando.

—Sí —murmuró ella, rodeándolo con fuerza con las piernas para que llegara hasta el fondo—. Fóllame —le pidió, fuera de sí.

Las gotas de sudor empezaron a asomar a la frente de Dante a medida que las embestidas aumentaban de intensidad.

—Mía —gruñó, como si la palabra fuera una promesa mientras entraba y salía de ella.

Sarah gimió, abrazó a Dante por los hombros, perdida por el ritmo de sus fuertes acometidas. Era lo que necesitaba, esa conexión ardorosa e irrefrenable con él.

Empezó a perder el mundo de vista mientras él la embestía sin piedad y deslizaba una mano hasta su trasero para levantarle las caderas y que sintiera con más intensidad su pene erecto. El cuerpo de Sarah había sucumbido a la excitación; cada roce de Dante era una caricia. Notó que empezaba a correrle el sudor por la cara mientras se movía al compás de la pasión, dejando que él reafirmara su autoridad sobre ella con cada arremetida.

Sarah no podía tener las manos quietas, le acariciaba la espalda, las nalgas, solo quería sentirlo hasta las entrañas.

—Más fuerte —le pidió. Quería todo lo que pudiera darle.

Dante reaccionó hasta hacerla jadear y dejarla casi sin aliento.

—Dime que eres mía —le exigió con brusquedad—. Dime que lo necesitas tanto como yo.

—Sí. —Era inútil negarlo. Si paraba ahora, no podría soportarlo.

Dante se movió, hizo que apoyara un pie sobre su hombro y cambió de ángulo de modo que su miembro le estimulaba el clítoris cada vez que entraba y salía de ella. Entonces la besó y su lengua fue siguiendo el ritmo de las embestidas hasta que Sarah llegó al borde del clímax. Le clavó las uñas en la espalda y sintió la vibración de los gruñidos de Dante mientras él la besaba tal y como la estaba follando: de forma intensa, excitante e implacable.

Sarah arqueó la espalda y sus piernas lo rodearon con fuerza por la cintura mientras su cuerpo sucumbía a una oleada tras otra de placer, entregado a un potente orgasmo.

Dante apartó los labios mientras los espasmos vaginales apuraban hasta la última gota de su esencia. La abrazó con fuerza y explotó dentro de ella. Ambos se estremecieron, agotados.

Se tumbó en la cama y dejó que Sarah, extenuada y con el corazón desbocado, descansara sobre él para recuperar el aliento. Al final apoyó solo la cabeza en su pecho y se apartó para que él no tuviera que aguantar todo su peso. Quizá ya se había recuperado casi por completo, pero no quería hacerle daño.

Ninguno de los dos habló mientras regresaban lentamente a la Tierra.

—¿Entiendes ahora por qué no quiero correr el riesgo de que te pase algo? —preguntó él.

—Sí —respondió Sarah. Seguramente ella habría sentido lo mismo si hubiesen intercambiado los papeles. No era un pensamiento racional, pero por primera vez en su vida eso le daba igual. Ahora lo que importaba eran los dictados de su corazón, y sabía que nunca encontraría una explicación lógica que justificara lo que sentía por Dante. Era algo que sucedía y ya está—. Solo quiero ser normal —añadió con un suspiro.

—Nunca serás normal, cielo —replicó Dante de forma algo brusca—. Siempre serás especial, pero eso no tiene nada de malo. Me parece fantástico. Aunque deberían haberte permitido disfrutar de tu infancia y sentir lo que sienten las mujeres normales. Ser superdotada debería haberte ofrecido más oportunidades, en lugar de mantenerte aislada. —La besó en la frente.

—Supongo que una de esas cosas normales es el sexo —dijo con una sonrisa, sorprendida por lo bien que sabía interpretarla, por lo bien que conocía sus necesidades, casi mejor que ella misma.

—Sobre todo eso. Un sexo maravilloso que te deje con las piernas temblando —dijo él con cierta arrogancia—. Y muy a menudo, para recuperar el tiempo perdido.

«Cuando me regala esa sonrisa vanidosa tan suya, me dan ganas de saltar encima de él otra vez».

—Supongo que no te importará echarme una mano con ese tema, ¿verdad? —preguntó con tono provocador.

Dante volvió a ponerse encima de ella y le acarició la cabeza.

—Seré el único hombre que te ayude —respondió con lujuria.

Su gesto se volvió serio en un abrir y cerrar de ojos. Todo su cuerpo en tensión.

—Me parece bien —respondió Sarah con voz sensual y se sorprendió al notar su erección en el muslo—. Es imposible. Tienes más de treinta años. Cualquier otro hombre tardaría más en recuperar la erección.

«Sobre todo una erección tan dura».

Dante esbozó una sonrisa de maldad.

—Cariño, cuando se trata de algo relacionado contigo, estoy muy por encima de la media.

Sarah dudaba que Dante no superara siempre la media, aunque no estuviera con ella. Era un hombre...

—Extraordinario —murmuró.

Dante inclinó la cabeza hacia atrás, soltó una carcajada y acercó la cabeza al hombro de Sarah con un gruñido.

—Solo tú podrías pronunciar esa palabra de forma tan sensual refiriéndote a mi pene.

—¿Excepcional? —Lo intentó de nuevo con una sonrisa, consciente de que Dante no se había dado cuenta de que se refería a él como persona, no a sus genitales.

—Esto sí que me excita —admitió él, dejando que su lengua recorriera el punto sensible bajo su mandíbula.

—Increíble —dijo ella con un suspiro, inclinando la cabeza hacia atrás para que pudiera acceder más fácilmente a su cuello.

—Lo averiguarás enseguida como sigas hablándome así —le advirtió Dante con voz profunda y grave mientras le mordisqueaba el lóbulo de la oreja.

Sarah lanzó un gemido. Sabía que cualquier cosa que dijera lo excitaría. Estaba loco. De modo que cuando por fin la penetró hasta lo más profundo, ella gritó:

—Fenomenal.

—Qué mala eres —dijo Dante con voz ronca.

—Fóllame —suplicó ella, que había perdido gran parte de su vocabulario junto con el sentido común.

—Eres una chica muy, muy mala —insistió con un gruñido mientras obedecía las súplicas de su amada.

***

Sarah se despertó al día siguiente presa de una agradabilísima sensación de cansancio, con el cuerpo dolorido, contenta de que fuera sábado y envuelta en unos brazos fuertes y musculosos que no se habían apartado de ella en ningún momento. Aunque eso, claro, sucedió después de que hubiera experimentado varias veces lo «fenomenal» que era Dante, porque cuando ambos sucumbieron al sueño y el agotamiento ya despuntaba el sol.

Tras desperezarse e incorporarse, se dio cuenta de que ya eran las cuatro de la tarde.

—Es la primera vez que duermo hasta la tarde —susurró para sí misma, asombrada. Nunca había podido permitirse ese lujo cuando hacía turnos de día y noche mientras estudiaba Medicina.

—Es culpa tuya —replicó Dante, medio zombi, incorporándose y estirando los brazos como había hecho ella—. No deberías haberme dicho todas esas guarradas.

El cuerpo de Sarah reaccionó al ver cómo se desperezaba, cómo flexionaba los hombros y tensaba los bíceps. Se deleitó observando su pecho y sus abdominales de museo, siguiendo la estela de vello oscuro que desaparecía bajo la tienda de campaña que formaba la sábana.

Sarah salió de la cama antes de que él pudiera atraparla y se echó a reír mientras la perseguía, a cuatro patas, por el colchón. Su cuerpo reaccionó de inmediato y se le pusieron los pezones duros al ver sus ojos oscuros y lujuriosos. Por un lado, quería que la alcanzara, pero por el otro sabía que, si sucumbía una vez más a míster Excepcional, no podría andar.

—Ni se te ocurra. Aléjate de mí. Me duele todo.

Dante se dejó caer de espaldas con un gruñido de derrota que la hizo reír.

—Si no vas a dejar que te folle, al menos dame de comer —dijo con voz lastimera—. Eres una mujer muy exigente y me has dejado destrozado. Estoy hambriento.

Sarah estalló en carcajadas. No podía evitarlo: cuando Dante tenía ganas de jugar, sabía hacerlo bien. Y se había dado cuenta de que quería engatusarla intentando darle pena. Sin embargo, pena era lo último que podía provocar un cuerpo como el suyo y a ella le encantaba que se comportara así solo para hacerla reír.

Aunque, a decir verdad, probablemente era cierto que tenía que darle de comer. Había consumido mucha energía, pero tampoco podía decir que fuera ella la culpable de haberlo agotado. Dante era... insaciable.

No le había sorprendido que él no supiera cocinar, desde el primer día había dado por sentado que o cocinaba ella o acabarían comiendo pizza y comida china a domicilio todos los días. Al final se había acostumbrado a cocinar, algo que le gustaba pero que raramente se molestaba en hacer en casa porque viviendo sola no le merecía el esfuerzo. Sin embargo, le encantaba ver que Dante podía dar buena cuenta de varios platos que había preparado, como si estuviera haciendo algo útil por él. Nadie apreciaba la buena comida tanto como Dante.

—Huevos, beicon y tortitas en cuanto salga de la ducha —le dijo Sarah mientras se dirigía a la puerta del dormitorio, algo cohibida por ir caminando desnuda.

—Estaré listo en diez minutos —le aseguró Dante con voz alegre. Se puso en pie de un salto y casi se fue corriendo a la ducha.

***

Después de cinco huevos, doscientos cincuenta gramos de beicon y cinco tortitas, Dante se puso a limpiar la cocina y Sarah se sentó al piano, en la sala de estar. Sin duda era un hombre fornido, pero no entendía dónde metía tanta comida.

Había acabado un concierto y se estremeció al oír un estruendo de platos al meterlos en el lavaplatos. Le tocaba a él. Cuando ella cocinaba, él limpiaba.

«Menos mal que no son de porcelana».

Dante fregaba de la misma manera que hacía todo lo demás: de forma rápida y furiosa.

Sarah lo vio salir de la cocina, vestido con una camisa verde oscuro, unos pantalones gastados... Un aspecto de lo más apetecible.

Se dirigió a ella con paso decidido y gesto estoico, se detuvo junto al piano y le tendió la mano.

—Vamos. Tengo una sorpresa para ti.

Su expresión era indescifrable.

—¿Qué andas tramando? —preguntó Sarah con recelo.

Él la agarró de la mano con impaciencia y la puso en pie.

—Es mejor que te pongas en marcha antes de que cambie de opinión. Ponte unos pantalones y camisa de manga larga para ir bien protegida.

¿Por qué? Ya se había puesto pantalones cortos y una camiseta de tirantes. Intrigada, Sarah subió a su habitación para cambiarse de ropa. Fuera debían de estar a más de veinte grados y casi siempre había una gran humedad. Sin embargo, no iba a discutir por ponerse una camisa de manga larga. No cabía duda de que Dante tramaba algo y se moría de ganas por averiguar qué era.

***

Dante empezó a ponerse nervioso cuando salieron. Había dedicado las últimas noches, cuando no podía dormir, agobiado por el calor y la tentación del cuerpo cálido que dormía junto a él, a preparar el regalo. El primer día se levantó y fue al garaje, desesperado por encontrar algo con lo que ocupar el tiempo y su lujuriosa mente. No la había comprado con el objetivo de enseñarla a montar..., por el momento solo quería que lo montara a él. No quería que se expusiera en público a menos que fuera absolutamente necesario; sin embargo, con el paso del tiempo su instinto de protegerla y su deseo de hacerla feliz habían empezado a librar una dura batalla en su interior.

«Solo quiero ser normal».

Esa súplica, esa necesidad expresada de forma tan sencilla, había estado a punto de doblegarlo la noche anterior. Lo que le había dicho a Sarah era cierto... Ella siempre estaría por encima de la media. Pero también merecía hacer cosas normales. Si Dante se salía con la suya, ella permanecería a salvo hasta que por fin dieran con su agresor. Pero, a decir verdad, existía la posibilidad de que el tipo se hubiera marchado de la ciudad y él la tuviera «secuestrada» sin motivo. Podía extremar las medidas de vigilancia. Aun así, el mero hecho de salir a la calle con ella le provocaba una gran tensión. Sí, estaban en la península y era más que probable que no hubiera descubierto dónde se encontraba. Pero el riesgo, por pequeño que fuera, lo inquietaba.

¿Feliz o segura?

¿Por qué debía elegir entre ambas opciones? Quería que Sarah fuera feliz y estuviera segura. ¿Era mucho pedir?

Llevaba la Glock a la espalda, en la cintura del pantalón, tapada por los faldones de la camisa. Dante examinó la zona antes de salir con Sarah. Le soltó la mano, entró en el garaje y regresó con su nueva bicicleta, sin perderse detalle de la cara que puso ella cuando lo vio aparecer con su regalo.

—Ay, por Dios, ¿es para mí? ¡Es preciosa! —exclamó Sarah, con una sonrisa radiante, acariciando el sillín de cuero negro.

Era una bicicleta de color rojo metalizado con accesorios negros. La expresión de alegría de Sarah no tenía precio y bien valía las horas que Dante había dedicado a ponerla a punto.

—Es una bicicleta de paseo y solo tiene una marcha. Resulta ideal para esta zona y verás que no te costará nada aprender con ella. Está muy bien para empezar.

—Está muy bien para empezar y para cuando ya sepa. No me puedo creer que me hayas comprado una bicicleta —susurró Sarah, deslizando los dedos por la reluciente pintura roja—. Es el mejor regalo que me han hecho jamás.

—¿Más que el piano? —preguntó Dante, divertido. Solo alguien como Sarah podía creer que una bicicleta de paseo era el mejor obsequio que podía hacerle un millonario. Sin embargo, estaba convencido de que la emocionaba más ese regalo que cualquier joya que pudiera comprarle.

Sarah enarcó una ceja.

—Me dijiste que el piano era para ti.

«Maldita sea. ¡Me ha pillado!».

Nunca había tenido la intención de aprender a tocarlo, pero sabía que necesitaba una excusa que justificara la compra de un piano de cola para la sala de estar. Sí, había sido una excusa lamentable. Aun así, se había ido de la lengua.

—Es que era para mí —mintió, avergonzado. Sabía que seguramente ella no lo había creído en ningún momento, pero no pensaba admitirlo para que no lo obligara a devolverlo.

—Hmm... sí —añadió Sarah con un deje de duda, pero no insistió más sobre ello—. ¿La has montado tú? —preguntó con curiosidad.

—Sí. Quería cerciorarme de que era segura. —Lanzo un suspiro de alivio al comprobar que no insistía en el tema del piano. Sabía que lo había descubierto, pero había decidido pasarlo por alto.

Sarah apartó los ojos de la bicicleta y lo miró a él. Dante se quedó petrificado al ver las lágrimas que afloraban a sus ojos y el corazón empezó a latirle desbocado cuando ella lo tomó de la nuca con una mano y lo atrajo hacia sí para darle el beso más dulce y tierno que le habían dado jamás.

—Eso lo hace aún más especial —le dijo ella con un hilo de voz—. Gracias. —Agarró el manillar y preguntó, emocionada—: ¿Puedo probarla?

—Espera un momento —indicó, y fue a buscar los accesorios de seguridad que había comprado con la bicicleta. Le puso el casco y no pudo reprimir las risas al ver cómo asomaban los rizos por los lados. También le hizo estirar los brazos y las piernas para ponerle las rodilleras y coderas—. Lista —dijo con cautela mientras Sarah se sentaba en la bicicleta y él se preguntaba si podría haber comprado algo más para reforzar aún más su seguridad.

Le enseñó a frenar, la habilidad más importante, y a mantener el equilibrio. A decir verdad, había tenido la tentación de ponerle a la bicicleta ruedines, pero al final pensó que habría sido ir demasiado lejos. Sin embargo, en ese momento se arrepentía de no haberlo hecho. Se imaginaba a Sarah tirada en el suelo, en medio de un charco de sangre tras una fea caída, aunque sabía que eso no tenía ningún sentido.

—Voy a acompañarte a pie, así que no pedalees muy rápido. Y no frenes muy bruscamente o saldrás volando hacia delante —le advirtió, hecho un manojo de nervios.

—¿No tiene más sentido que vaya un poco rápido? Es cuestión de física. Si voy a más velocidad, la bicicleta será más estable —señaló ella con aire pensativo.

Dante vio el gesto de concentración de Sarah y sonrió. Debería haber sabido que ella haría sus propios cálculos matemáticos para no perder el equilibrio.

—No vayas muy rápido —le pidió—. Venga, sube.

Sarah se apoyó en un pedal para montarse en el sillín y encontrar una postura cómoda para las manos mientras él la sujetaba.

—Empieza a pedalear —dijo Dante, que agarraba el sillín y el manillar con fuerza.

Era una alumna aplicada y empezó a avanzar de forma algo insegura, pero Dante la siguió acompañando tras unas cuantas salidas en falso. Le enseñó a usar los frenos y dejó que parara la bicicleta cada vez que llegaban al final del camino.

—Creo que puedo hacerlo —le dijo Sarah con una radiante expresión de confianza cuando se detuvieron al final del camino, después de haberlo recorrido varias veces—. Esta vez no me agarres.

«¿Puedo soltarla?».

Aquel pensamiento le provocaba cierta inquietud, aunque estaba casi seguro de que Sarah podría mantener el equilibrio.

—Ya veremos.

El rostro de Sarah refulgía de emoción, como el de una niña que aprende a ir en bicicleta. Nunca la había visto tan hermosa.

Se dio impulso, se sentó en el sillín y Dante recorrió unos cuantos metros a su lado antes de soltarla.

—No te olvides de frenar —le advirtió, corriendo junto a ella.

Sarah puso cara de sorpresa al darse cuenta de que ya no la estaba sujetando, pero entonces gritó:

—¡Voy sola!

Y era verdad, aunque Dante la seguía de cerca para reaccionar si corría peligro. Vio que pedaleaba cada vez más rápido y que luego accionaba suavemente los frenos para detenerse cerca del garaje.

—¡Lo he conseguido! —exclamó Sarah con la respiración entrecortada mientras bajaba de la bicicleta. Puso el caballete de apoyo y se lanzó a los brazos de Dante, colmándolo de besos sin parar de saltar de alegría—. ¡Ha sido increíble!

«Esto compensa de sobra los malos momentos que he pasado por su seguridad».

Dante no perdía ojo del entorno, pero la felicidad de Sarah merecía con creces todo el estrés, y el roce de su cuerpo contra el suyo era una recompensa fantástica.

—Esta noche te prepararé la mejor cena del mundo —le prometió ella, emocionada.

Dante quería decirle que todas las cenas que compartían eran increíbles, pero no quiso llevarle la contraria. Él no tenía mano para la cocina y Sarah se manejaba de fábula entre los fogones. Lo mejor de comer con ella era disfrutar de su presencia y de su precioso rostro. Era raro lo rápido que se había acostumbrado a no comer solo, a disfrutar de su compañía todas las noches. Seguramente porque le encantaba tenerla cerca.

—Empieza a oscurecer. ¿Estás lista para volver a casa? —le preguntó a regañadientes, deseando que pudieran alargar eternamente ese momento de felicidad. Así era como quería verla a diario.

—Sí —respondió ella, levantando el caballete y llevando la bicicleta al garaje con cuidado, como si fuera uno de sus bienes más preciados.

Dante la observó mientras se quitaba el casco y las demás protecciones, y las guardaba en la bolsa de la parte posterior de la bicicleta.

—Gracias —le dijo ella con sinceridad, cuando salió y le tomó la mano, entrelazando los dedos.

Dante notó un nudo en la garganta del tamaño de Alaska. La ternura nunca había formado parte de su vida, pero ella lo estaba convirtiendo en un adicto a esos gestos.

Al final se encogió de hombros.

—Solo has dado unas vueltas en bicicleta.

—Ha sido mucho más. No te has limitado a enseñarme a montar en bicicleta, y lo sabes —replicó ella en voz baja.

Sarah era consciente de que a Dante no le había resultado fácil dejarla salir al aire libre. Le estaba diciendo que apreciaba que hubiera hecho el esfuerzo por ella. A él, por su parte, debería haberle sorprendido que ella lo comprendiera, pero no fue así. Sabía leerle el pensamiento como no lo había hecho nadie nunca.

Qué demonios, estaba dispuesto a hacer lo que fuera por ella, pero no sabía cómo decírselo, por lo que decidió besarla y darle el mismo abrazo que ella le había regalado, antes de rodearle la cintura con un brazo y acompañarla de vuelta a casa.

Capítulo 13

Durante la semana siguiente, Sarah sintió cierto alivio al comprobar que Dante había empezado a relajarse un poco y le permitía dejarse ver en público de vez en cuando. El día antes la había acompañado al Brew Magic a tomar un café. Aun así, no la había dejado sola en ningún momento, sino que la había mantenido a su lado rodeándole los hombros con su musculoso brazo, y sabía que iba armado. En cualquier caso, era un avance. Además, durante los últimos días le había dejado dar unas cuantas vueltas en bicicleta por el camino de acceso a la casa mientras le enseñaba a mejorar su técnica. Y luego, claro, también estaban las noches.

Sarah lanzó un suspiro al pensar en esas noches increíbles. Ninguno de los dos podía esperar siquiera cinco minutos antes de desnudarse y meterse juntos en la ducha después del trabajo. Ambos hambrientos por devorarse mutuamente. Por la mañana se despertaban excitados y listos para la acción. Sarah creía que el deseo se aplacaría un poco, al menos en su caso, después de su primera vez con Dante. Pero no era así. Al contrario. Aumentaba, lo exacerbaba aún más.

***

Su teléfono sonó cuando bajaba de la furgoneta de Dante tras la jornada de trabajo y se estremeció al comprobar que era el número de su madre.

—¿Quién es? —preguntó Dante con curiosidad.

—Mi madre —respondió ella con tristeza. Había pasado más de un mes desde la última vez que había tenido noticias de Elaine Baxter y, aunque una parte de ella quería hablar con su madre porque era su única familia, sabía que la conversación seguiría los derroteros habituales.

Sarah respondió antes de darse tiempo a decidir si prefería ignorar la llamada. Sabía que cuando su madre se proponía hablar con ella, no cejaba en su empeño.

—Hola —dijo con cierto temor.

—¿Sarah? —preguntó la mujer con brusquedad.

—Sí, soy yo, mamá.

—He encontrado al hombre ideal para ti —replicó sin más preámbulos—. Lo conocí en una de las reuniones de Mensa. Es perfecto. Tiene un CI muy parecido al tuyo y es un neurocirujano brillante, así que sin duda tendréis mucho en común. Es mayor que tú y le ha llegado la hora de sentar cabeza. Tienes que volver a Chicago.

Todo seguía igual.

—No puedo —contestó, sin mencionar que no tenía la menor intención de irse de Amesport, el lugar donde se sentía más feliz.

—¿Sigues sin trabajar en el hospital?

—Así es, no lo piso —añadió Sarah con voz inexpresiva, mientras seguía a Dante hasta la casa.

—Tienes que superar esos miedos. No son racionales —la riñó su madre—. Tu lugar no es una pequeña consulta en una ciudad de mala muerte que ni siquiera aparece en el mapa. ¿Cómo piensas progresar? Tienes que conocer al hombre del que te hablo. Como es mayor, será más estable, pero no sé si entenderá tus fobias.

Sarah estaba convencida de que no las comprendería. Si era amigo de su madre y a esta le caía bien, era poco probable que estuviera dispuesto a creer en algo que no pudiera demostrar científicamente o mediante fórmulas matemáticas.

—Preferiría elegir a mi propio marido, mamá —insistió Sarah con voz cansina.

Dante se volvió hacia Sarah bruscamente al oír su comentario y frunció el ceño señalando el teléfono, como si fuera una persona real.

Sarah prosiguió.

—Además, se ha producido un incidente. El hombre que me atacó sigue buscándome y estoy colaborando con la policía para que puedan detenerlo. —Esperaba que su madre mostrara solo un ápice de preocupación.

—Motivo de más para subir a un avión y volver aquí. La policía de Chicago podría protegerte mucho mejor —dijo su madre con un resoplido.

«Y en una gran ciudad John Thompson tendría más facilidad para esconderse. Por una vez, mamá, pregúntame si me encuentro bien. Pregúntame qué pasó y si todo está en orden. Pregúntame si tengo miedo. Compórtate como una madre, no como una maestra».

—Estás malgastando todo tu potencial, Sarah. Quiero que a finales de semana tomes un avión y vuelvas a casa, jovencita —remató la mujer.

Presa del desánimo, Sarah se sentó en una de las sillas del comedor. Dante acercó otra hasta a ella, se sentó y le tomó una mano, como si supiera que estaba disgustada.

«¿A quién voy a engañar? Quiero una relación que nunca ha existido y nunca existirá».

Su madre estaba obsesionada por la disciplina, era una institutriz a la que nunca podría satisfacer, por mucho que se esforzara.

—Tengo veintisiete años. Puedo tomar mis propias decisiones. Y no pienso volver. Nunca —le dijo con rotundidad.

Para Sarah, sus palabras no hacían referencia solo a Chicago, sino a algo mucho más trascendental. Había empezado a vivir, a tener amistades después de tantos años sola, y a su lado tenía a un hombre que la apoyaba cuando lo necesitaba. Quizá Dante no fuera a formar parte de su vida para siempre, pero en esos instantes solo se preocupaba por vivir el momento. No... no quería regresar a la existencia estéril y apagada que había tenido en Chicago. Y mucho menos cuando estaba aprendiendo que la vida podía ofrecerle mucho... más.

—Después de lo que he hecho por tu educación, ¿vas a tirarlo todo por la borda? —le preguntó su madre, montando en cólera—. Tienes el cuerpo cubierto de cicatrices horribles. ¿Acaso lo has olvidado? A un hombre intelectual que pueda ver más allá del sexo no le importarán.

—Soy feliz —replicó Sarah con calma, lamentando que su madre y ella parecieran habitar dos planetas distintos. De pequeña había sido una niña muy obediente cuyo único objetivo era hacer feliz a su madre y que se sintiera muy orgullosa de ella. Pero si lo había logrado, su progenitora nunca lo había expresado. Había llegado el momento de que Sarah viviera su vida y dejara de buscar la aprobación de su madre. Sabía que nunca iba a obtenerla, por lo que era mejor que centrara todos los esfuerzos en ser feliz.

—La felicidad no significa nada para una persona como tú —le espetó su madre—. Eres una mujer superdotada.

Sarah se estremeció como si le hubieran cruzado la cara de un bofetón.

—También soy humana —replicó con tristeza—. Busco algo más aparte de casarme con el hombre adecuado según un estudio genético. Quiero ser dueña de mi vida.

—Muy bien. Imagino que no me queda más remedio que dejar que eches a perder tu carrera y tu talento —soltó Elaine con aires de suficiencia.

—Así es —admitió Sarah, que colgó el teléfono lanzando un suspiro de hastío.

Dante la hizo sentarse en su regazo y la abrazó.

—Deduzco que no ha ido muy bien —dijo con curiosidad—. ¿De verdad esperaba que te casaras con alguien a quien no conoces? —preguntó con un tono de enfado.

Sarah se encogió de hombros.

—Mi madre espera que me case con un genio y que podamos aportar miles de bebés Mensa para solaz de la comunidad científica.

—Qué frialdad —replicó Dante con vehemencia—. Aunque eso ya lo sabía. —Dudó antes de añadir—: ¿Te apetecería ir al restaurante de Tony esta noche? Aún te debo esa cena de la que hablamos.

«¿De verdad está dispuesto a salir? Se ha dado cuenta de que estoy disgustada e intenta hacer algo para que me sienta mejor».

—Me encantaría salir, pero si lo haces porque crees que estoy triste, no es así. Hace más de veintisiete años que me enfrento a mi madre —le dijo Sarah de forma inexpresiva, mirándolo a los ojos.

—No me lo creo —replicó Dante rápidamente—. Sé lo que se siente cuando deseas que tu padre muestre algo de interés por tu vida. He pasado por lo mismo.

Sarah suavizó la mirada cuando sus ojos se encontraron con los de Dante. Sabía que el padre de este había sido un alcohólico maltratador y que la madre los había dejado en cuanto Hope se fue de casa. Dante y sus hermanos apenas tenían noticias de ella. Por supuesto que sabía lo que se sentía.

—Me duele decirlo, pero no voy a permitir que dé al traste con mi oportunidad de ser feliz.

—No lo permitas. —Dante le dio la razón y se puso en pie—. Ve a prepararte. Quiero que salgamos porque te debo una cena. Y aún no ha anochecido. Tenemos que volver antes de que oscurezca.

No le debía nada. Al contrario. Pero lo decía como excusa para hacerla feliz. Sarah sonrió.

—Seré como Cenicienta.

—Tenemos que volver a casa mucho antes de medianoche y yo no soy ningún príncipe azul —replicó él.

—No lo eres, es verdad —admitió ella, y le dio un beso fugaz en los labios—. Eres mejor. Y estoy convencida de que también estás mejor dotado —añadió con voz sensual, deslizando la mano por la entrepierna para deleitarse con la erección que empezaba a cobrar vida bajo los pantalones. Desde un punto de vista sexual, era cada vez más intrépida y disfrutaba ejerciendo su poder femenino.

Dante lanzó un gruñido y Sarah huyó corriendo antes de que pudiera atraparla. Soltó una risa de felicidad que resonó por la casa mientras subía corriendo por las escaleras, seguida por él.

***

—No puedo creer que te haya dejado salir de casa con este vestido. Todos los hombres que te vean tendrán fantasías sexuales contigo —se quejó Dante mientras abría la puerta del acompañante sin apartar los ojos de las estilizadas piernas que descendían del vehículo.

—Querías que tuviera un vestido rojo —le recordó Sarah—. A Emily este le pareció muy sexy. ¿Qué opinas tú?

A ella le encantaba el vestido, pero debía admitir que la gracia consistía precisamente en que era provocativo. Tenía un cuello *halter* que le impedía llevar sujetador y le dejaba toda la espalda al aire hasta la parte superior de las nalgas. La falda era corta y ceñida, se ajustaba a su trasero y muslos de un modo delicioso y acababa muy por encima de las rodillas. No era recatado, pero sí lo bastante elegante para no parecer una fulana o una mujer en busca de presa.

—Hace demasiado calor —se quejó Dante—. Voy a pasarme toda la cena duro, como ahora, y me darán ganas de matar al primer tipo que muestre el mismo interés que yo por ese vestido.

Sarah no pudo reprimir la sonrisa al oír su queja. Ya le había dicho lo atractiva que estaba y ella también se sentía hermosa. Se había recogido el pelo, dejando que algunos rizos le enmarcaran el rostro, y se había maquillado un poco más de lo habitual. Cada vez que Dante la miraba se sentía como si fuera a devorarla. También se había puesto los tacones de siete centímetros, una auténtica tortura, pero aun así él seguía siendo más alto que ella. Por otra parte, la americana que llevaba el policía, ligeramente ceñida, no hacía sino resaltar aún más su envergadura. Estaba tan guapo con traje y corbata que casi la dejó sin aliento.

Los acompañaron a una mesa junto a la ventana. Cuando Sarah fue a sentarse, Dante la agarró con suavidad del brazo y la acompañó hasta la silla.

—Me gusta estar de cara a la puerta —dijo mientras le apartaba la silla y la ayudaba a acomodarse. Cuando acabó se sentó ante ella.

Sarah sabía que llevaba la pistola y supuso que quería ver quién entraba y salía del restaurante.

—¿Es una costumbre de policía? —preguntó.

—Sí —respondió él con una sonrisa—. Siempre me pongo de cara a la puerta.

Pidieron las bebidas mientras leían la carta. Quizá era un local muy turístico, pero a ella le gustó la decoración de estilo náutico, que era elegante y no caía en tópicos de mal gusto. Ambos se decidieron por un plato de filete y langosta. Sarah se reclinó en el respaldo de la silla y tomó un sorbo de vino. El simple hecho de poder pasar la velada en un restaurante, en una cita de verdad, le sabía a gloria.

—¿A qué viene la sonrisa? —Dante la observó con una mirada burlona.

—Me siento muy joven... Como si tuviera una cita con el chico más guapo de la universidad.

—Si estuviera en la universidad y saliera contigo, solo podría pensar en si nos acostaríamos al final de la cita o no —dijo Dante con una sonrisa malvada.

Sarah se inclinó hacia delante.

—Creo que va a ser tu noche de suerte —le confesó con un susurro. Estaba muy excitada y al tenerlo ahí delante, le daban ganas de saltar por encima de la mesa y abalanzarse sobre él.

—¿De verdad? —preguntó él con voz áspera.

La seductora mirada de Dante hizo que a ella le diera un vuelco el corazón mientras asentía lentamente.

—Además, hoy estreno braguitas. No te las puedes perder. Son escandalosas, casi transparentes. —Sabía que estaba azuzando a la bestia, pero le encantaba esa furia salvaje de Dante, así que continuó—: Y las ligas y medias de seda a juego son preciosas.

—No me las has enseñado —gruñó él.

—No quería perderme la cena —respondió ella entre risas—. Tenía miedo de que no pudiéramos salir de casa.

Era verdad. Si le hubiera enseñado la ropa interior antes de salir, aún estarían en la cama. Aunque no comprendía el deseo insaciable que sentía Dante por disfrutar de su cuerpo cubierto de cicatrices, lo aceptaba como algo sincero. Se lo había demostrado una y otra vez, un día tras otro, y se estaba acostumbrando al hecho de que la deseaba.

—Es verdad, no habríamos salido —admitió él—. ¿Cómo esperas que aguante aquí sentado ahora? Si vieras cómo la tengo... —se lamentó.

Le encantaba provocarlo. Antes de conocer a Dante, nunca se había sentido lo bastante cómoda para tontear con un hombre.

Quizá esa conversación iba un poco más allá, porque ya se habían acostado, pero le encantaba ver la intensa mirada de deseo de su rostro y el fuego que refulgía en sus ojos mientras la observaba.

—Me las pagarás luego —le advirtió él.

Sarah se estremeció de gusto.

—Eso espero —replicó para incitarlo aún más. Estaba azuzando sus instintos dominantes, algo que tal vez fuera peligroso, ya que Dante ejercía a la perfección su papel de macho alfa por sí solo. En la cama le gustaba mandar y ser autoritario, pero ella no podía evitar provocarlo un poco más. Él la había animado a explorar sus deseos más intensos, y eso era justamente lo que estaba haciendo.

Los ojos de Dante brillaron con pasión.

—¿Es eso lo que quieres? ¿Un castigo?

Sarah se estremeció al pensarlo. Dante nunca le haría daño, ella sabía que lo único que era capaz de proporcionarle era placer. Y a juzgar por su mirada de vicio, hacerla pagar por haber cometido la osadía de provocarlo lo excitaba tanto a él como a ella. Sarah abrió los ojos de par en par y le regaló una mirada inocente.

—Solo si crees que me lo merezco. —Se quitó uno de los zapatos y acercó el pie a su entrepierna, donde comprobó que la erección no había perdido ni un ápice de intensidad. En ese momento su único objetivo era seguir incitándolo, aunque se preguntaba hasta dónde podría aguantar Dante.

—Ahora mismo podría azotarte el trasero hasta que me suplicaras clemencia —le advirtió en un tono que no presagiaba nada bueno.

Sarah empezó a mojarse. Estaba descubriendo su lado más pervertido, pero el hecho de que Dante lo fuera aún más la excitaba lo indecible. Sabía que era capaz de hacer todo lo que le decía. No era de los que se echaban atrás cuando llegaba el momento de la acción. Si no paraba aquello a tiempo, iba a dejar la silla del restaurante empapada.

El camarero apareció con la comida y Sarah apartó el pie, metiéndolo de nuevo en el zapato. El mantel era largo y les cubría el regazo, pero no quería que la descubrieran. La situación era muy nueva para ella. Dante la deseaba desesperadamente, y ella a él también.

La conversación se templó un poco mientras comían, pero Sarah notaba que él la devoraba con los ojos mientras daban buena cuenta del delicioso filete y la exquisita langosta de Maine.

Al terminar acabaron hablando de los hermanos de Dante.

—Evan casi siempre está viajando. Tiene que aflojar un poco o reventará antes de cumplir los treinta y cinco —le dijo mientras acababa el filete y dejaba los cubiertos en el plato.

—Debe de sentirse muy solo —añadió Sarah, preguntándose qué debía de sentir alguien que se pasaba la vida viajando, pero sin nadie con quien compartirlo.

—Supongo que nunca lo había visto de ese modo. Pero sí, es probable. En sus negocios siempre está rodeado de gente, pero seguro que nadie se preocupa verdaderamente por él. La mayoría solo quieren lamerle el culo para sacar tajada. Evan trabaja hasta la extenuación, pero no lo necesita. Nunca lo ha necesitado. Es como si quisiera demostrar algo, que puede dirigir la empresa mejor que mi padre o qué sé yo... —murmuró Dante.

—¿Y es verdad? —inquirió Sarah con curiosidad. Ella también había acabado su plato y dejó la servilleta en la mesa. Cuando el camarero les ofreció la carta de postres, ella la rechazó con educación. Ya no le cabía ni un bocado más.

—Ya lo creo. La empresa va mucho mejor de lo que ninguno de nosotros podía imaginar. Antes de que él asumiera la dirección, estaba valorada en varios miles de millones de dólares, pero probablemente Evan ha logrado triplicar su valor desde que murió mi padre. De todas formas, me gustaría que se tomara un descanso de vez en cuando.

Dante frunció el ceño mientras dejaba la tarjeta de crédito junto a la cuenta. El camarero se la llevó de inmediato.

—¿Y Jared? —preguntó Sarah. Ya conocía a Grady y su historia con Emily, pero Jared era un misterio.

—Jared no es el mismo. Le ha pasado algo, pero no sé qué es. Siempre cambia de tema cuando le preguntó qué le ha ocurrido, pero antes no era así. ¿Le va bien en los negocios? Mucho. Pero no es el Jared de cuando éramos niños.

—¿Cómo era de joven?

—Creativo. Listo. Siempre estaba dibujando algo. Era un artista de talento y estudió arquitectura porque le gustaba crear cosas, o reconstruirlas. Creo que la inmobiliaria lo aburre, pero eso le ha permitido aumentar aún más su fortuna. No sé. Diría que está... perdido. —Dante hizo una pausa antes de añadir—: Se comporta como un cretino, pero siempre era el primero en darse cuenta de si Grady o uno de los demás hermanos nos necesitaba, a pesar de ser el más joven. Era muy curioso y se mostraba amable con todo el mundo. En cambio ahora es un idiota.

—Sigue siendo encantador con las señoras mayores —señaló Sarah, recordando lo que habían dicho Elsie y Beatrice sobre él.

—Supongo que algo es algo —admitió Dante con un deje de duda.

—¿Y Hope? —preguntó Sarah, que intentaba imaginarse lo que debía de haber sentido al ser la única chica de los hermanos Sinclair.

—Ahora es feliz. Está casada con un amigo de infancia de la familia, Jason Sutherland, que es quien nos gestiona la cartera de inversiones a Grady y a mí. Es un inversor muy competente, uno de los más perspicaces del mundo.

—He oído hablar de él. Es un genio de las matemáticas y los números, además de un inversor excepcional —añadió Sarah con un tono que expresaba gran respeto.

—Seguro que le gustaría mucho a tu madre, pero ya está casado con mi hermana —añadió Dante con aire taciturno.

Parecía molesto e, incluso, algo... ¿celoso?

—Si le gustara a mi madre, no me gustaría a mí —replicó ella con rotundidad.

—Jason vuelve locas a todas las mujeres —murmuró Dante.

—A mí no —insistió Sarah con frialdad—. Lo he visto en fotografías y no me ha impresionado.

—Mejor. No me gustaría tener que hacerle daño. Es mi cuñado —gruñó Dante, satisfecho con su respuesta—. Hope y él han vuelto a Nueva York, pero sé que no quieren seguir viviendo allí. —Dante firmó el justificante de la tarjeta que le había llevado el eficiente camarero y se guardó la copia en la cartera—. ¿Lista?

—Sí —respondió Sarah con un suspiro, relajada después de las copas de vino que se había tomado—. Dentro de poco oscurecerá y Cenicienta tiene que regresar a casa después del baile.

—Solo hay un problema —añadió Dante.

—¿Cuál?

La tomó de la mano y la atrajo hacia él con un gesto gentil.

—Aún no hemos bailado. —Señaló la pequeña pista que había junto a la barra—. ¿Me concedes el honor, Sarah?

Ella dirigió la mirada hacia la pista y vio que solo había dos o tres parejas. Sonaba una canción lenta y romántica y los bailarines se movían de forma lenta y elegante.

—Dante, sabes que nunca...

—Solo sígueme. Soy un excelente bailarín. Y tú tienes un don especial para la música. No tendrás ningún problema. Será tu otra primera vez en algo.

Dicho esto, la arrastró por entre las mesas hasta que llegaron a la barra.

Sarah suspiró. Quizá iba a quedar en ridículo, pero lo haría en brazos de Dante. Él le agarró una mano y con la otra le rodeó la cintura. En cualquier otro momento habría huido para no pasar vergüenza, pero la confianza que mostraba Dante en ella le hacía sentir que era capaz de volar.

«Puedo hacerlo».

—Sígueme, imita mis movimientos. Confía en mí y deja que te guíe —le pidió mientras daba los primeros pasos en la pista de baile.

Sarah se concentró y pisó a Dante varias veces antes de soltarse y dejarse llevar por el instinto, siguiendo el ritmo que marcaba él.

—¡Se te da de maravilla!

—Soy un Sinclair. Creo que nos obligaban a bailar desde que nacimos —le susurró al oído—. No recuerdo ninguna ocasión en que no tuviera que saber bailar.

Sarah se relajó cuando aprendió a dejarse llevar por Dante y por la música. A veces olvidaba que él se había criado en una familia muy adinerada y de clase alta. Al formar parte de la élite, era normal que dominara las costumbres habituales de su clase, que tuviera una buena vida social, que supiera derrochar su encanto y también bailar. A medida que el ritmo se volvió más lento, también lo hizo Dante y ella apoyó la cabeza en su hombro mientras él la estrechaba de la cintura con más fuerza y la atraía hacia sí.

—Creo que ya no me pisarás más —le dijo en tono burlón—. Ahora ya te dejas llevar por el instinto.

Perdió la noción del tiempo mientras se deslizaban por la pista de baile. Se dejó embriagar por su olor, por el movimiento de su cuerpo y por la novedad de la experiencia.

Al final la canción se acabó y los músicos pararon para hacer una pausa. Dante la besó en la frente.

—¿Estás lista para volver a casa, Cenicienta?

Se dirigieron juntos a la puerta. Empezaba a oscurecer cuando salieron a la calle.

Sarah quería decirle lo importante que era todo aquello para ella, lo mucho que había disfrutado de su primer baile, pero no encontraba las palabras. La única que pudo pronunciar fue «gracias», una opción del todo insuficiente que no llegaba a expresar lo que sentía, pero Dante pareció darse por satisfecho cuando le abrió la puerta de la furgoneta y la ayudó a subir.

—De nada —le dijo y le levantó el vestido, interponiéndose para que nadie viera nada—. Joder, lo decías en serio. —Se quedó boquiabierto después de ver fugazmente la lencería.

Ella sonrió.

—Nunca bromeo con estas cosas.

El conjunto que llevaba dejaba muy claro que quería guerra.

Dante le puso bien el vestido, se dirigió a su asiento, arrancó el vehículo y salieron del aparcamiento tan rápido que Sarah apenas tuvo tiempo de abrocharse el cinturón. Consciente del motivo de tanta prisa, se echó a reír.

Capítulo 14

Sarah no podía contener la risa cuando llegó a la puerta de casa, seguida de Dante.

—Espera —le dijo él con seriedad.

Sarah se detuvo junto a la entrada hasta que Dante comprobó el interior de la casa y desconectó el sistema de alarma. Cuando regresó, la agarró de la mano y la llevó a la sala de estar.

—Enséñamela.

—¿Aquí? —preguntó ella con inocencia.

—Aquí y ahora —exigió Dante.

Sarah sabía lo que tenía tantas ganas de ver. Después de descalzarse, se subió lentamente el vestido hasta la cintura, respirando agitadamente, mientras oía el gruñido de Dante.

Se volvió despacio para mostrarle las nalgas desnudas. Las diminutas braguitas eran un tanga, que no era su prenda favorita, pero se la había puesto por él.

—Perfecto para lo que voy a hacerte —la amenazó mientras se dirigía hacia ella con los ojos encendidos—. A veces me va lo duro, Sarah. Y creo que a ti también, de lo contrario no lo habrías pedido.

—Me gusta —admitió ella con un susurro, estremeciéndose de placer. Quería sentir las manos de Dante por todo el cuerpo, notar su intensidad—. Pero antes tendrás que atraparme —le dijo, y echó a correr hacia la cocina.

Después de pasar entre las puertas correderas de cristal, se dirigió a la única zona segura, un lugar al que Dante siempre le había permitido ir: el muelle de la pequeña playa privada que había detrás de la casa. Era largo y estrecho, y en el extremo había una zona algo más amplia para sentarse. Dante podía ver si alguien se acercaba, de modo que cuando ella necesitaba aire fresco, se sentaban allí. Sarah echó a correr por la arena y enseguida llegó a la plataforma de madera. Corría con todas sus fuerzas hasta que llegó al extremo del muelle, jadeando.

Dante estaba justo detrás de ella y no tardó en recorrer la distancia que los separaba a grandes zancadas.

—No deberías haber huido de este modo. No tienes adónde ir. ¿Qué harás ahora? No te voy a dejar pasar y no creo que vayas a saltar al agua.

El corazón de Sarah latía desbocado. Que Dante la persiguiera con aquella intensidad la había dejado empapada.

—Sé nadar —le advirtió, y se acercó al borde del muelle desde el que no tenía la menor intención de saltar. El vestido que llevaba era elección de Emily y debía de ser muy caro. Además, no deseaba en absoluto huir de Dante, así que quedaba descartado lanzarse al Atlántico.

Dante se acercó más, quitándose la americana mientras avanzaba lentamente, y se desabrochó el nudo de la corbata.

—No saltarás.

La conocía muy bien, pero Sarah se acercó al borde, tanto que chocó con la valla de madera. Se aferró a ella y le dijo con confianza:

—Quizá sí.

«¡Ni hablar!», pensó en cambio.

—Quítate el vestido, Sarah —le ordenó Dante—. Ahora.

Pulsó el interruptor de la pequeña lámpara que había al final del muelle, que se iluminó con una luz tenue. Sacó la pistola que llevaba a la espalda y la dejó con cuidado en un lugar donde no pudiera mojarse, a su alcance pero sin que supusiera una molestia.

A Sarah se le endurecieron los pezones al oír la orden, pero aún no estaba lista para entregarse.

—Oblígame —lo desafió con una mirada audaz.

El gesto de Dante se tornó más amenazador cuando se abalanzó sobre ella y la atrapó entre la valla y su cuerpo musculoso. Agarró el vestido de Sarah por ambos lados y tiró con fuerza, desagarrándolo por delante.

—Acabo de hacerlo. —Arrancó con fuerza el cuello *halter* y deshizo el nudo. El vestido se deslizó lentamente por el cuerpo de Sarah y cayó al suelo—. Ahora mismo puedo obligarte a hacer lo que quiera —le advirtió con voz gutural. Le quitó las horquillas del pelo y una cortina de rizos ocultó el rostro.

Sarah apenas se había dado cuenta de que ya no llevaba el vestido. Estaba demasiado absorta en la mirada arrebatadora de Dante. Su cuerpo se estremeció de placer cuando notó que le sujetaba las muñecas. Bajó la vista y vio que él había usado la corbata para atárselas. Intentó mover las manos, pero comprobó que el nudo era tan fuerte que le impedía separarlas.

—¿Puedes? —preguntó ella con una voz grave y sensual que no podía controlar.

Dante se bajó lentamente la cremallera de los pantalones y los dejó caer al suelo, quedándose solo con unos bóxers negros.

—Quiero que te arrodilles sobre la manta. Y quiero que lo hagas porque lo deseas.

En un rincón del muelle había una manta que siempre dejaban ahí para sentarse mientras la espuma de las olas les acariciaba la cara y la brisa suave y fría del océano se filtraba entre las rendijas de la valla.

Sarah vaciló, pero en el fondo sabía que él quería que lo hiciera sin tener que obligarla para saber si estaba dispuesta a seguir jugando o prefería parar.

—¿Ha llegado la hora del castigo? —preguntó ella, con los pezones duros como el diamante.

—La hora del placer —respondió él con voz grave.

Con las manos aún atadas, se acercó a la manta y se arrodilló. La excitación del momento hizo que todos los nervios de su cuerpo cobraran vida.

—¿Y ahora qué? —En su estado de excitación, estaba dispuesta a dárselo todo, cualquier cosa que le pidiera.

Dante se agachó junto a ella.

—Inclínate hacia delante —le ordenó. Dobló la manta a la altura de los codos para protegerla y que no se hiciera daño.

Sarah obedeció, siguiendo la guía de Dante. Se estremeció. Estaba más que lista para él. La excitación por lo que estaba a punto de suceder la estaba matando.

—Abre las piernas —le exigió con brusquedad.

Sarah sintió el anhelo que transmitía la voz de Dante y sabía que su obediencia sexual lo excitaba aún más que su desafío. Abrió las piernas, con el corazón desbocado y todo el cuerpo estremecido de placer.

—Por favor —le suplicó, aun sin saber lo que quería.

Dante acercó la mano a sus nalgas y le acarició la piel desnuda. Sarah notó el suave balanceo del muelle y las salpicaduras de las olas que empezaban a mojarle el cuerpo. Cada embestida del mar aumentaba su excitación.

Sarah lanzó un fuerte gemido cuando los dedos de Dante se deslizaron debajo de las bragas y le acariciaron los labios.

—Estás empapada, joder. ¿Te excita esto, Sarah? ¿Me deseas?

«Oh, Dios, sí».

—Sí —respondió ella entre jadeos, moviendo las caderas para acomodar los dedos donde los necesitaba.

—¿Hablamos de cómo me has provocado? —le preguntó Dante con una voz preñada de excitación y deseo mientras le acariciaba el sexo—. ¿O hablamos sobre que has salido corriendo de casa sin mirar antes si había alguien? —Al final agarró las bragas y se las bajó de un fuerte tirón.

Ahora tenía acceso absoluto a su cuerpo y le acarició el clítoris con suavidad, provocándole oleadas de placer antes de darle un fuerte azote en el culo.

—Oh... —gimió ella. La punzada de dolor que sintió en las nalgas hizo que se mojara aún más.

Plas.

Plas.

Plas.

Plas.

Su cuerpo se estremeció con cada azote. Dante no se andaba con rodeos. Y los firmes azotes le hacían daño. Sarah dejó caer la cabeza hacia delante cuando sintió que él se abría paso de nuevo entre sus muslos: una combinación de placer y dolor que la estaba volviendo loca. Dante le acarició las nalgas enrojecidas con cariño y le preguntó:

—¿Te arrepientes de haberme provocado? —Le acarició de nuevo el clítoris, provocándole más placer.

—No —gimió ella, consciente de que la negación le permitiría disfrutar más de su irresistible dominación. Le estaba dando permiso para que llegara tan lejos como deseara.

Las palmadas en las nalgas fueron rápidas y fuertes, y el dolor era un auténtico placer. Esta vez, cuando volvió a acariciarle el clítoris, impregnándose de sus fluidos, lo oyó gruñir. Le introdujo dos dedos y la penetró con fuerza.

—¿Te arrepientes ahora? —preguntó él con un gruñido.

Sarah movió las caderas hacia atrás para notar sus dedos hasta el fondo. Necesitaba sentir que la llenaba.

—Sí. Fóllame, Dante. Por favor.

Pero no lo hizo. Se tumbó boca arriba y la obligó a bajar más las caderas hasta que se sentó sobre su boca y la agarró con fuerza mientras le comía el sexo.

El grito de Sarah resonó en la oscuridad de la noche y se fundió con el sonido del embate de las olas que rompían en la orilla. Dante tiró con fuerza de ella hacia abajo, usando la boca, la nariz y la lengua para devorarla, para hacerla gemir de éxtasis. Su cuerpo temblaba por la intensidad del placer. La combinación del dolor que le provocaban las manos que la sujetaban y el hambre insaciable de la boca pegada a su vagina la estaban llevando más allá de los límites del deseo y la acercaban a los de la locura.

—¡Oh, Dios, Dante! —Sarah se estremeció y soltó un grito áspero cuando el clímax se apoderó de su cuerpo y ya no lo soltó. Arrastrada por las oleadas de placer, se agarró a la manta, intentando aferrarse a cualquier cosa que le impidiera salir volando hacia la estratosfera.

Con un rápido movimiento, Dante la penetró desde detrás, aprovechando que los músculos vaginales aún estaban contraídos después del orgasmo. Sarah oyó su ronco gruñido cuando se la clavó hasta el fondo. Ella correspondió con un gemido al notarlo dentro, centímetro a centímetro, una penetración tan profunda que apenas lo podía soportar. Manteniendo la posición, la penetró más profundo, con más fuerza, antes de agarrarla por las caderas al tiempo que acompañaba cada una de sus poderosas embestidas con un fuerte azote en las nalgas.

—Acaba para mí —le ordenó él con voz grave y áspera, presa de una excitación incontrolable.

Sarah negó con la cabeza, fuera de sí de placer. Estaba tan sensible que no creía que pudiera llegar al orgasmo de nuevo sin perder la cabeza.

—No puedo.

Dante la agarró por un mechón de pelo y le tiró la cabeza hacia atrás.

—Puedes y lo harás.

Él insistió en que se corriera de nuevo con cada embestida. Su pubis entrechocaba con su trasero cada vez que la penetraba. Apartó una de las manos de la cadera y se la introdujo entre los muslos, acariciándole el clítoris con un gesto brusco. Le dio un suave pellizco con el pulgar y el índice, ejerciendo la presión justa mientras la penetraba una y otra vez.

Sarah estalló. Su cuerpo se estremeció brutalmente, el clímax se apoderó de ella, casi de forma sincronizada con el rugido de las olas que rompían en la orilla. Sarah oyó el grito áspero y gutural de Dante al llegar al orgasmo. Él apartó sus caderas repentinamente y se la metió de nuevo hasta el fondo.

—¡Mía! —gritó al acabar.

Con la respiración desbocada, Sarah se estremeció de gusto al oír la palabra, sintiéndose como si Dante hubiera reclamado su propiedad sobre ella.

Apoyado en su espalda, Dante le deshizo el nudo que le ataba las manos y se dejó caer boca arriba. La agarró con sus musculosos brazos de la cintura y la obligó a descansar sobre su cuerpo.

Sarah oía el corazón de Dante, que latía con un ritmo tan rápido como el suyo. El suave balanceo del muelle y la fina niebla que templaba sus cuerpos sofocados hizo que regresara lentamente a la realidad. Dante le levantó el mentón con un dedo y le dio un suave beso, abrazándola con fuerza mientras ambos permanecían en el muelle, saciados.

Al final fue él quien rompió el silencio.

—Cariño, mañana tendrás problemas para sentarte. —Deslizó la mano por su espalda con suavidad y le acarició las nalgas.

—Es culpa tuya y de todo el vicio que tienes —replicó ella con un suspiro.

—Creo que tú también tienes una vena pervertida —dijo él con un deje divertido.

—Me parece que sí —tuvo que admitir—. Pero dijiste que me lo enseñarías todo y ya sabes que aprendo rápido.

Dante se rio.

—Pues ahora ya has descubierto lo que pasa cuando me provocas.

Sarah sonrió.

—Creo que volveré a provocarte antes de lo que piensas. Me gusta cuando te vuelves loco y te pones en plan dominante cuando follamos. Eso sí, te lo advierto: ni se te ocurra comportarte así fuera de nuestra relación sexual o te daré un rodillazo en las pelotas.

La carcajada de Dante resonó en el húmedo aire nocturno, un sonido que hizo que a Sarah le diera un vuelco el corazón.

—Nunca se me ocurriría —contestó él entre risas.

—Bien.

Sarah sabía que Dante era un macho alfa, pero que la respetaba. Sin embargo, no iba a quejarse si él decidía volver a someterla en la cama, ya que eso despertaba en ella un lado muy salvaje que ni siquiera sabía que existía.

—¿Tienes frío? —preguntó Dante, preocupado. Ella estaba mojada y empezaba a temblar.

—Un poco —respondió Sarah.

Dante salió de debajo de ella y empezó a recoger la ropa, tendiéndole los restos de su vestido rojo y del tanga.

—Creo que necesitarás un arsenal de estos.

—No acostumbro a llevarlos. Me molestan —contestó ella con cierta indiferencia.

—Entonces ¿por qué te lo has puesto? —preguntó él frunciendo el ceño.

—Porque quería excitarte —admitió ella.

—Pues tengo una noticia para ti, cielo: me excitas te pongas lo que te pongas. —Dante esbozó una sonrisa lujuriosa y le ofreció una mano para ayudarla a levantarse—. Sujeta esto.

Le dio su montón de ropa con la Glock encima. Sarah miró la pistola y agarró la pila de ropa con cautela. Soltó un grito cuando Dante la tomó en brazos, ya que solo iba vestida con los ligueros y las medias.

—Cuidado, tengo tu pistola —dijo nerviosa.

—Lo siento. Es que ahora mismo no puedo ponerla en ningún otro sitio —replicó él con cierta maldad.

Sarah se rio y se agarró con un brazo a sus musculosos hombros, mientras con el otro sujetaba la ropa.

—En tal caso, es mejor que la sujete bien.

Dante echó a andar por el muelle, recorriendo la distancia que los separaba de la casa a grandes zancadas. Sarah abrió la puerta y entraron. Dante echó un vistazo, desactivó de nuevo la alarma y se volvió para que Sarah cerrara la puerta.

Tras reiniciar el sistema de seguridad, subió las escaleras aún con Sarah en brazos, y le quitó el montón de ropa de las manos antes de depositarla plácidamente en la cama. A continuación, dejó la pistola en la mesita de noche y se arrodilló para quitarle las medias húmedas. Le quitó también el liguero y la envolvió en una manta que sacó del armario.

—¿Mejor? —preguntó, nervioso.

—Mejor —respondió Sarah, que le sonrió mientras se ceñía la manta al cuerpo.

Dante era increíble, un hombre con multitud de facetas muy seductoras. Hacía apenas unos instantes le había provocado un orgasmo estremecedor y ahora le estaba mostrando su lado más protector. Tenía tantos matices que no dejaba de sorprenderla: dominante, exigente, autoritario, tierno, dulce, protector y sumamente posesivo. Cada característica la conmovía de un modo distinto.

Lo observó mientras hurgaba en el cajón, de donde sacó unos pantalones de pijama de franela, y se los se puso. Sarah no pudo reprimir un suspiro de pesar al ver que no podría seguir deleitándose la vista con sus musculosas piernas y sus nalgas prietas, pero al menos podría disfrutar de sus abdominales y torso hercúleo.

«Tiene un cuerpo perfecto».

Los moratones habían desaparecido, y las demás heridas casi se habían curado por completo. Siempre le quedaría la cicatriz de la mejilla, pero con el tiempo apenas llamaría la atención. A Dante le crecía la barba muy rápido, y aunque se hubiera afeitado a primera hora de la mañana, antes de las cinco de la tarde ya rascaba. De modo que cuando le creciera la barba, no se vería la cicatriz. Y aunque se viera, le confería un aspecto más duro. No cabía duda de que los hombres sabían llevar mejor las cicatrices que las mujeres.

—¿Son tan horribles las cicatrices como las veo a veces? —le preguntó Sarah a Dante en voz baja.

Él se sentó en la cama y frunció el ceño.

—¿Cómo las ves?

—Feas. A veces no me parece que tengan tan mal aspecto y pienso que se han curado bastante bien. Algunos de los cortes eran muy irregulares, por lo que sé que se ven claramente. Pero supongo que a mí me parecen horribles y deformes. Emily siempre me dice que ella apenas las ve, solo si se fija con mucho detenimiento —le confesó.

—Creía que eso era cosa del pasado, que te habías dado cuenta de que nadie se fijaba en ellas —dijo Dante—. ¿Qué ha cambiado?

—Algo que me ha dicho mi madre hoy. En el fondo no es tan importante, pero no puedo evitar darle vueltas al asunto.

Sarah se arrepintió de inmediato de haber sacado el tema. En general ya no se sentía menos atractiva por el hecho de tener algunas cicatrices. Dante la había ayudado mucho a liberarse de ese complejo. Por desgracia, su madre la había atacado en su punto débil.

—¿Qué te ha dicho? —le preguntó Dante, furioso—. Quiero saberlo.

—Me ha dicho que necesito a un hombre intelectual que sepa ver más allá de mis cicatrices, alguien que no esté tan interesado por el sexo —admitió ella.

—Pues se equivoca. Solo me necesitas a mí. Y te aseguro que estoy muy interesado en follarte a diario, y aún más, si me dejas. —Hizo una pausa antes de preguntar—. ¿Quieres que te diga la verdad?

Sarah respiró hondo y asintió.

—No veo tus cicatrices. Nunca las he visto. Siempre me has parecido preciosa, desde la primera vez que te vi, y eso no ha cambiado ni cambiará. Te deseo como si fueras mi adicción, y no me importan lo más mínimo las cicatrices que tengas —remató con solemnidad.

Sarah observó su gesto serio y de determinación y suspiró.

—Eso es porque estás loco. Las cicatrices están ahí.

Sus palabras contradecían lo conmovida que se sentía. Dante era especial y había visto más allá de sus cicatrices. Desde siempre.

—Emily tiene razón. Si intento mirarte sin que se me ponga dura, algo que casi nunca pasa, por cierto, apenas las veo. —Le acarició el mentón con un dedo y Sarah lo miró a los ojos. Le estaba diciendo la verdad. Su verdad—. Todos tenemos cicatrices, cielo. Algunas están en el exterior y otras las llevamos tan dentro que nunca sanarán. Las tuyas se curaron y eso es una prueba de tu valentía y capacidad de recuperación. Nunca te avergüences de ellas. Forman parte de ti.

Las palabras de Dante fueron tan elocuentes que Sarah estuvo a punto de romper a llorar.

—¿Y tú? ¿En tu interior siempre llevarás las cicatrices por la muerte de Patrick? —preguntó ella muy seria, preguntándose si alguna vez se sobrepondría a la pérdida de su compañero.

—No —respondió Dante con sinceridad—. Aún me duelen y siempre lo echaré de menos, pero creo que habría querido que yo siguiera adelante con mi vida ya que él no puede. Era un buen hombre que no merecía morir. Seguiré cuidando de su mujer y su hijo tan bien como pueda. Creo que es la mejor forma de honrar su memoria.

Sarah asintió.

—Yo también lo creo. ¿Cómo están? —Sarah sabía que Dante llamaba a Karen y Ben casi a diario.

—Salen adelante —respondió él con un suspiro—. Karen intenta aguantar el tipo por Ben, que es un chico excepcional. Cada día que pasa se encuentran mejor. Se tienen el uno al otro.

—¿Sabían que eres multimillonario? ¿Lo sabía alguien? —Era una pregunta que siempre le había querido hacer desde que sus amigos y conocidos le habían inundado el contestador con mensajes. Ahora comprendía a qué se debía: Dante Sinclair era un hombre extraordinario.

Dante negó con la cabeza.

—No quería que nadie lo supiera, y al cabo de un tiempo dejó de tener importancia. Prefería que no me juzgaran por la familia en la que nací, sino por mis propios méritos.

Dios, era increíble. Sarah no se imaginaba a ningún otro hombre que no quisiera alardear de lo rico que era y de haber nacido en una de las familias más ilustres del país.

—¿Por qué tengo la sensación de que has tomado las medidas necesarias para que Karen y Ben no tengan problemas económicos el resto de su vida?

—Porque así ha sido. Les he donado cierta cantidad de dinero anónimamente. Conozco a Karen. Invertirá la suma que yo le he dado y, aparte, recibirá una buena cantidad del Departamento de Policía. No tendrá problemas económicos y Ben podrá estudiar en la universidad que quiera, perseguir sus sueños. Karen es una persona con estudios y sensata y quiere volver a trabajar ahora que Ben ya es casi adulto.

—Eres increíble —le dijo Sarah con tono reverencial—. ¿Echas de menos tu trabajo? Sé que no puedes quedarte aquí para siempre.

—Voy a quedarme hasta que atrapemos a ese cabrón. Estaré de baja tanto tiempo como sea necesario.

El hecho de pensar que Dante podía irse le destrozó el corazón.

—El tema podría alargarse mucho —dijo ella con tristeza.

—Entonces tendrás que aguantar mi mal carácter durante todo ese tiempo —murmuró Dante.

Sarah sonrió, lo abrazó y lo estrechó con fuerza, decidida a no pensar en el mañana. Dante era un regalo para ella e iba a disfrutar de él mientras pudiera. Nunca se arrepentiría de estar con él o del tiempo que compartían, porque Dante le había enseñado mucho, le había abierto los ojos del alma. Siempre le estaría agradecida, aunque ello la obligara a soportar el dolor de perderlo. Fuera lo que fuese lo que les deparase el futuro, sabía que Dante había cambiado el modo en que se miraba a sí misma y a la vida. Su mente le decía que lo que habían experimentado juntos tenía que bastarle, aunque su corazón le dictaba algo muy distinto.

Capítulo 15

«¿Cómo coño he dejado que me convenza de algo así?».

Dante se había acostumbrado a dejarse ver en público con Sarah, pero no se sentía cómodo permitiendo que ella volviera a dar clases de piano y que tocara para la gente mayor en el centro juvenil. Era un lugar muy abierto y había demasiados rincones donde ocultarse. También era muy concurrido, sobre todo la noche de bingo, y siempre estaba abierto al público.

Dante se sentó en la cuarta fila de la sala de música, con los brazos cruzados y las emociones a flor de piel por escuchar y ver tocar a Sarah. Cuando hubieron entrado todos los asistentes cerró la puerta, pero no le gustaba permanecer de espaldas a esta. Además, tampoco le hacía gracia no estar más cerca de Sarah. Los abuelos habían llegado antes de lo previsto y lo habían obligado a sentarse más lejos de su chica de lo que quería.

Miró su reloj y supo que el concierto improvisado solo duraría cinco minutos más, aunque a él iban a parecerle una eternidad. Era cierto que todos los presentes superaban la barrera de los setenta y cinco salvo Grady, Emily, Jared y Randi, pero no le preocupaban los que ya se encontraban en la sala. Su instinto le decía que agarrase a Sarah y se la llevara a un lugar seguro donde pudiera protegerla. Si el cabrón de su atacante conocía su rutina, sabría que daba clases en el centro juvenil. Dante se había enfadado consigo mismo por haber cedido a la mirada de súplica de Sarah, que con sus ojos violeta lo había convencido de que le permitiera seguir adelante con su vida. En cierto sentido, tenía razón. Ya había pasado un tiempo considerable desde el último ataque, nadie había visto al agresor, y ella necesitaba recuperar una existencia normal. Por desgracia, la razón y Dante no congeniaban muy bien en esos momentos. Quería que Sarah estuviera a salvo.

«Cuatro minutos más».

¿Alguna vez se acostumbraría a que Sarah se expusiera en público si nunca capturaban o mataban a Thompson? Pasaría el resto de su vida con esa maldita preocupación que le corroería las entrañas, aterrorizado por la posibilidad de que pudieran matar a Sarah por culpa de un simple despiste. Cuanto más tardaran en detener a ese malnacido, más ganas tendría Sarah de seguir adelante. Era justamente lo que había hecho después del primer ataque, trasladarse a Amesport y empezar una nueva vida.

«Tres minutos más».

Dante se estremeció cuando Sarah se movió en el banco del piano y la falda se le subió dos centímetros. ¿Qué demonios se había puesto? Ella lo llamaba un vestido de tubo, pero lo único que sabía él era que esa prenda a rayas dejaba a la vista mucho muslo y se ceñía a todas las curvas de su delicioso cuerpo, desde los pechos hasta los muslos. No era que no le gustase, sobre todo por lo poco que tardaría en quitárselo. Un simple tirón y se deslizaría por sus caderas. Un tirón más y le caería hasta las piernas, y luego al suelo. Era algo que se le daba muy bien. Sin embargo, no le entusiasmaba ver el perfil de sus pezones desde ciertos ángulos, o tener que aguantar ahí sentado, con una erección de caballo, mientras ella tocaba con ese vestido que pedía a gritos que la follaran.

«Dos minutos más».

Como era habitual, Dante libraba una batalla interior entre su impulso de proteger a Sarah y su deseo de hacerla feliz. Al final a ella le había bastado con una mirada de sus ojos violeta insondables. Oh, sí, en realidad eran azul oscuro, pero a él le parecían color violeta, y le habían suplicado que le permitiera regresar a una vida normal. Cuando lo miró de aquel modo, él se derrumbó. Se preguntó si ella lo sabía. Probablemente no. Aun así, Dante no podía reprimir la necesidad de darle todo lo que le pidiera para hacerla feliz. El problema era que también debía protegerla, y estaba descubriendo que era muy difícil hacerla feliz y, al mismo tiempo, evitar que corriera peligro.

«Un minuto más».

Dios, qué hermosa era. Los ojos de Dante se deslizaban por todo su cuerpo mientras ella seguía tocando como un ángel, con un rostro que irradiaba placer. A decir verdad, sabía que Sarah era la mujer de su vida, seguramente lo sabía desde el momento en que la conoció. Estaba pensando en su futuro con una serenidad inaudita hasta el momento. Esa mujer sexy, preciosa, increíblemente inteligente y compleja había desbaratado su vida y sus sentimientos por completo, pero tenía que ser suya. Sabía que no podía vivir sin Sarah y no estaba dispuesto a renunciar a ella.

«Se ha acabado, ¡por fin, joder!».

Justo a la hora prevista, el concierto acabó y todas las mujeres de pelo plateado se levantaron para acudir a la sesión de bingo. Muchas felicitaron a Sarah mientras salían y la sala se fue vaciando rápidamente. Dante lanzó un suspiro de alivio junto a la puerta, asegurándose de que nadie intentara entrar. Emily y Randi se acercaron a Sarah, mientras que Grady y Jared cruzaron la puerta para hablar del nuevo proyecto en el que trabajaba Grady.

Todo cambió en un abrir y cerrar de ojos.

Dante estaba saludando a Elsie Renfrew y, al cabo de un segundo, se dio la vuelta y descubrió algo que solo había visto en sus peores pesadillas: John Thompson usando a Sarah como escudo y apuntándola con una pistola de 9 milímetros en la cabeza. Había ocurrido en una fracción de segundo. ¿De dónde diablos había salido ese cabrón? Él había vigilado la puerta y había registrado hasta el último centímetro de la sala antes de la actuación de Sarah.

—Como alguien haga un movimiento raro, la mataré y su cerebro acabará desparramado por la sala, junto con el resto de sus amigos —gritó Thompson, histérico.

Dante se quedó paralizado, intentando evaluar la situación. Emily y Randi flanqueaban a Sarah y a John, ambos aterrorizados de que el cabrón pudiera matarla. Dante tenía la Glock muy cerca, al alcance de la mano, pero no había una línea de tiro clara y temía dar a una de las mujeres si tomaba una decisión precipitada. Estaban todas muy cerca y el psicópata usaba a Sarah como escudo humano. Dante era muy rápido con la pistola, pero siempre cabía la posibilidad de que ese loco armado, de gatillo fácil, matase a Sarah antes de que pudiera dispararle. Y aunque acabara con el malparido, la pistola de Thompson podía dispararse accidentalmente.

—Salid y cerrad la puerta. Hacedlo o la mato —exigió el psicópata con voz aguda.

Dante vio el miedo reflejado en los ojos de las mujeres, pero ninguna de ellas se movió. El corazón le latía con fuerza en el pecho, y retrocedió cuando vio que el hombre agarraba con fuerza la pistola. Miró a Sarah a los ojos, que asintió con un gesto sutil y le dijo en silencio que obedeciera a Thompson.

Dante se moría de ganas de sacar la pistola y descerrajar un disparo al cabrón entre las cejas, pero no podía hacerlo. Memorizó todos los detalles que pudo sobre el hombre que retenía a Sarah como rehén mientras cerraba lentamente la puerta: su complexión delgada, la mirada salvaje, la barba rala que se estaba dejando crecer, la media melena grasienta, la camiseta naranja y los pantalones rotos y llenos de manchas.

Entonces miró fijamente a Sarah hasta que se cerraron las puertas de metal. No le preocupaba la cerradura. Alguien tendría las llaves. Su mayor inquietud era el hecho de que la puerta no tenía ventanas, que la sala de música tampoco, y que no había forma de saber lo que ocurría en el interior.

—¡Mierda! Llamad a la policía, al jefe Landon. ¡Ya! —gritó Dante, y su lamento de desesperación hizo que Jared y Grady corrieran junto a él.

—¿Qué le decimos? —preguntó Elsie mientras sacaba un teléfono móvil rosa de su gran bolso y marcaba el número.

—Situación con rehenes. Tres mujeres con un loco psicótico. Tiene una Smith and Wesson de nueve milímetros con cargador de diecisiete balas. Diles que necesitamos un negociador y un equipo de Tácticas Especiales. —Se volvió hacia Jared y le ordenó—: Evacúa el edificio tan rápido como puedas, pero en silencio. Que las personas mayores vayan por la puerta lateral del edificio. Jared, ¿puedes encargarte de que salga todo el mundo?

—Claro —contestó su hermano, que ya se había puesto en marcha.

—Tengo que encontrar a Emily —dijo Grady con desesperación.

—¡Grady! —Dante agarró a su hermano del brazo—. Está ahí dentro con Sarah. Y Randi también.

Grady se soltó y se precipitó hacia la puerta. Dante tuvo que oponerse a su propio hermano para detenerlo.

—No puedes entrar. Está cerrada con llave y si lo ponemos más nervioso, podría matar a Emily. ¡Piensa, joder! ¿Acaso quieres que muera? —Dante sujetó a su hermano hasta que dejó de forcejear con él—. Sé cómo te sientes, pero debes mantener la calma por Emily.

—La quiero —dijo Grady, presa del pánico—. Es toda mi vida.

—Sarah también se ha convertido en mi vida, joder. Sé cómo te sientes. Pero en estos momentos tenemos que ser muy cerebrales. Emily se está portando como una valiente. No va a cometer ninguna estupidez. Cálmate y recuerda que su objetivo principal es

Sarah. —Dante necesitaba que Grady recobrara la serenidad. No tenían mucho tiempo y sabía que el objetivo de John Thompson era... acabar con la vida de Sarah.

—De acuerdo —respondió Grady con voz ronca—. Lo entiendo. Suéltame.

Dante soltó a su hermano y se miraron a los ojos.

—¿Qué hacemos? —preguntó Grady, algo más tranquilo, aunque sus pupilas seguían reflejando una gran preocupación.

—Recuperar a nuestras mujeres —contestó Dante con férrea determinación. Iba a rescatar a Sarah, a Randi y a Emily. Estaba dispuesto a hacer lo que fuera necesario para sacarlas de ahí con vida.

Vio que Jared empezaba a conducir a la gente por la puerta lateral mientras los agentes de policía pasaban por la entrada principal, encabezados por Joe Landon.

Todo sucedía en su campo de visión periférica, pero Dante no apartaba los ojos de la pared que había en el otro extremo de la sala para concentrarse, intentando dar con el plan perfecto que le permitiera salvar a las tres mujeres sin que muriera ninguna.

***

Sarah intentó controlar el pánico, pensando en las opciones que tenía para que John soltara a Emily y Randi. Cuando cerraron la puerta, John les había ordenado que se quedaran en uno de los rincones de la sala, de forma que él se interponía en su vía de escape. No dejaba de apuntarla con la pistola, pero la movía cuando gesticulaba, algo que ocurría al hablar.

—No tienes ni idea de lo que ha sido mi vida desde que me echaste a la puta policía encima —se lamentó John—. Antes de conocerte, podía usar a las mujeres y deshacerme de ellas sin que nadie lo supiera.

«Cielo santo... ¿está diciendo lo que creo que está diciendo?».

—¿Mujeres de Chicago? —preguntó Sarah con cautela.

—Fue en Chicago hasta que me obligaste a huir de la ciudad. Luego fue Boston, Nueva York... Encuentro a esas fulanas, las uso y me libro de ellas para que no puedan hablar. Nadie sospechaba de mí, nadie sabía nada. Era un padre de familia con mujer e hijo. Tenía un trabajo respetable y era más listo que los policías. Me aseguré de que ni una sola de esas mujeres siguiera con vida para delatarme —afirmó John, furioso, sin poder apartar su mirada cargada de ira de Sarah—. Hasta que te cruzaste en mi camino —confesó, frenético.

«Que un ser humano sea capaz de asesinar no es algo que se produzca de un día para otro». Dante tenía razón cuando le había dicho eso. Trey le había comentado más de una vez que su padre tenía mal carácter, pero Sarah temía que fuera mucho más. ¿John Thompson había matado a otras mujeres mientras su esposa y su hijo vivían? ¿Eran su coartada? Eso significaba que había varios asesinatos sin resolver desde hacía tiempo. Todas las víctimas habían sido mujeres. ¿Usadas? Seguramente se refería a que las había violado y asesinado. Las sospechas se apoderaron de ella. Sabía que no se había producido otro homicidio similar en Chicago desde que John la había atacado.

«Cielo santo, no puede ser él».

Notó que Emily le estrechaba la mano y Sarah comprendió que su amiga intentaba contener el pánico que sentía. John Thompson era un violador y asesino en serie, y lo había sido desde mucho antes de que ella hubiera conocido a su hijo Trey. Sarah también le estrechó la mano para intentar que su amiga mantuviera la calma. Emily estaba sentada en el centro, y Sarah supo que debía de estar repitiendo ese mismo gesto con Randi.

—¿Eres el Carnicero de la Ciudad del Viento? —preguntó Sarah anonadada, con el estómago encogido al darse cuenta de quién era el hombre que tenía ante ella. La policía nunca había atrapado al asesino en serie que había violado y matado a un gran número de mujeres de Chicago. De hecho siempre habían creído que era un homicida oportunista que mataba a conductoras que se quedaban tiradas en la carretera o a mujeres que caminaban solas de noche.

—El mismo —respondió John con orgullo—. Nunca he dejado ninguna prueba que permitiera a la policía identificarme. Utilizaba condón cuando me acostaba con esas putas y luego las desmembraba en mi furgoneta, dentro de una funda de plástico. Cuando acababa, lanzaba los trozos al agua. Aunque encontraron algunos restos de fibras, yo era un padre de familia sin antecedentes criminales. No tenían ninguna otra muestra con que cotejarla. Nunca he sido un sospechoso. Y nunca actué dos veces en la misma zona. —La señaló con la pistola—. Pero tú lo arruinaste todo. No tuve tiempo de usarte esa vez que estuve a punto de matarte, y tampoco tenía mi cuchillo de trinchar predilecto. Tuve que usar una vulgar navaja de bolsillo porque no había planeado acabar contigo ese día. Te vi y quise matarte por arrancarme mi única tapadera. Te lo merecías, joder. Un hombre con esposa e hijo era mejor, pero necesitaba a Trey porque la puta de mi mujer ya había muerto. Tomé la decisión de esconderme en las escaleras en el último momento y lo único que tenía era la navaja. Sabía que no iba a ser algo muy satisfactorio, pero me contentaba con verte mientras te desangrabas hasta morir. Podía encontrar a otra ramera a la que destripar después de acabar contigo.

Se llevó la mano al bolsillo de los pantalones y sacó un cuchillo, le quitó la funda protectora con un gesto del pulgar y su rostro se transformó en el de un asesino demoníaco.

«Pura maldad».

Sarah se estremeció al ver el cuchillo letal, que tenía un filo de más de quince centímetros con el borde serrado. A pesar del pánico que se había apoderado de ella, intentó no revelar su estado de ánimo, ni siquiera cuando le acercó el cuchillo a la garganta.

«Piensa, Sarah, piensa. No puedes ceder al miedo ahora».

De algún modo, debía encontrar una forma de liberar a Emily y Randi. Si tenía que usarse a sí misma como cebo y víctima, que así fuera, pero no quería ver morir a sus dos amigas debido a una situación que había provocado al instalarse en Amesport. Ella era la causante de todos los problemas; ella era quien debía salvarlas. Nunca se le había ocurrido que John Thompson estuviera tan perturbado, pero ahora lo sabía. Era un asesino frío, siempre lo había sido. Ella era médica, una mujer acostumbrada a ver sangre y vísceras. Sin embargo, las historias de cómo había destripado a alguna de sus víctimas le habían revuelto el estómago tan solo de imaginar el pánico que habían tenido que sufrir esas mujeres antes de morir.

—John, deja que se vayan Emily y Randi —le dijo con calma—. Si quieres violarme, te resultará más difícil si están presentes. Haré lo que quieras.

—Podría pegarles un tiro ahora mismo —murmuró él, desquiciado.

—Pero si les disparas la policía tiraría la puerta abajo, y si intentas atacarnos a una de nosotras con un cuchillo, las otras dos tratarán de impedirlo. ¿De verdad quieres correr el riesgo de perder la oportunidad de matarme como llevas deseando desde hace un año? Piénsalo bien. Has esperado mucho tiempo.

Sarah contuvo la respiración y rezó para que no disparara a sus amigas, pero consideró que el asesino no querría correr el riesgo de que irrumpiera la policía y se desbarataran todos sus planes. El corazón le latía desbocado mientras aguardaba su decisión. Después de hablar de su propia violación y muerte, le subió la bilis a la garganta, pero logró contenerse porque sabía que debía hacerlo por sus amigas. Se enfrentaría a John y a su propio destino cuando Emily y Randi estuvieran a salvo.

—Si se van, abrirán la puerta —dijo John, que empezaba a dudar y a mostrarse confundido.

—Apúntame a la cabeza. Así podrás cerrar de nuevo la puerta con llave. —Sarah no podía creer lo que acababa de decir, pero estaba dispuesta a hacer lo que fuera con tal de evitar el sufrimiento de sus amigas. Si era necesario, se sacrificaría para que aquellas dos chicas inocentes se salvaran.

—¿Es un truco? Eres una puta muy lista —dijo John a la defensiva.

—No se trata de ningún truco. Deja que se vayan y nos quedaremos solos. —Aquel pensamiento le puso la piel de gallina, pero intentó mantener un gesto impertérrito.

John acercó el cuchillo y deslizó la punta por el brazo de Sarah.

—Aún puedo ver mi obra en tu cuerpo.

—Tengo muchas cicatrices —admitió Sarah.

—Ya casi no se ven —comentó con tristeza—. Mierda de navaja.

—Suéltalas y esta vez podrás rematar el trabajo —insistió Sarah sin perder la calma.

Emily le estrechó de nuevo la mano, esta vez alarmada. Sarah observó de reojo a sus amigas y vio la mirada de terror que ninguna de las dos podía ocultar.

«Nada de miedo. Que no sepa que tenemos miedo. La prioridad es salvar a Randi y Emily».

El teléfono de esta última empezó a sonar y todos se sobresaltaron. La melodía musical resonó en la sala y Emily miró al asesino, asustada. Sarah también dirigió la mirada a John y lo observó:

—Debe de ser la policía.

—Dame el teléfono —ordenó John, nervioso.

Sarah observó a su amiga mientras esta se metía la mano temblorosa en el bolsillo de delante y comprobaba quién la llamaba.

—Es Joe Landon, el jefe de policía.

John le arrancó el teléfono y pulsó el botón para responder la llamada.

—Un solo movimiento y mueren las tres —gritó John al aparato, fuera de sí.

Sarah no sabía qué estaba diciendo el jefe Landon, pero John no estaba dispuesto a escucharlo.

—Dile que vas a dejar salir a dos mujeres —sugirió Sarah en voz baja.

John vaciló. Pareció meditar la sugerencia antes de decir al teléfono:

—Van a salir dos mujeres. Como intentéis algo raro mato a la puta doctora. ¿Has entendido, imbécil?

Emily acercó la cabeza a Sarah y le dijo:

—No podemos dejarte aquí. Te matará. Debemos hacer algo.

—No —murmuró Sarah, observando a John, que seguía discutiendo con Joe por teléfono—. Hacedlo por Grady y por Randi. Resultará más fácil realizar una operación de rescate si solo me tiene a mí —susurró Sarah en voz baja, pero firme. A decir verdad, no estaba segura de que pudieran sacarla de allí, pero el hecho de que solo hubiera una rehén facilitaría la operación.

Sarah volvió la cabeza y vio que Emily y Randi lloraban en silencio. Las lágrimas se deslizaban por sus mejillas.

—No puedo —dijo Emily, sin alzar la voz—. Es como si te abandonáramos a tu suerte en un matadero.

—No. Tenéis que hacerlo para ayudarme —replicó Sarah con un murmullo—. Marchaos, por favor, y dejad que la policía se encargue de lo demás. Es el mejor plan. —En realidad, Sarah no creía que fuera a salir con vida de la sala, pero al menos se aseguraba de que Emily y Randi estuvieran a salvo—. Decidle a Dante que intentaré entretenerlo para que siga hablando tanto tiempo como pueda. Decidle también que John Thompson es el Carnicero de la Ciudad del Viento y que ha matado a varias mujeres en otras ciudades después de que me atacara en Chicago. Él sabrá de quién se trata.

Aquel caso era uno de los más famosos de los últimos tiempos, sobre todo porque la policía nunca había llegado a detener a ningún sospechoso.

Emily asintió sin demasiado convencimiento.

—Se lo diré.

—En pie, zorras —gritó John, que colgó el teléfono y apuntó con la pistola a Emily y Randi—. Ahora iréis lentamente hacia la puerta y os largaréis. Aseguraos de que queda bien cerrada cuando hayáis salido.

Sarah lanzó un suspiro de alivio, agarró a Emily de la camisa y le hizo un gesto para que se levantara. Emily se puso en pie como buenamente pudo, sin dejar de mirar a Sarah mientras Randi la imitaba.

—Marchaos —articuló Sarah en silencio dirigiéndose a Emily, que por unos instantes impidió que John pudiera verla.

El asesino las apuntó con la pistola.

—Salid de aquí.

Sarah mantuvo el gesto impasible mientras observaba a Emily y Randi dirigiéndose lentamente hacia la puerta, y ambas le lanzaron una última mirada de pánico. No podía derrumbarse ahora. Sus amigas ya casi habían salido de la sala.

Las observó en silencio y las apremió con la mirada para que se marcharan cuanto antes.

Al final, Randi abrió lentamente la puerta y le dirigió una mirada de angustia. Emily la siguió con gesto apesadumbrado. Sarah apartó los ojos al ver que su amiga dudaba. Solo quería que saliera de una vez por todas. Emily no tenía nada de qué disculparse; había sido ella quien había arrastrado a aquel asesino inmundo a Amesport.

Al cabo de un instante, la puerta se cerró de nuevo y el sonido supuso todo un consuelo para Sarah.

«Están a salvo, fuera de peligro».

Se relajó lentamente mientras asimilaba lo inevitable. Estaba dispuesta a luchar hasta la muerte ahora que sus amigas se encontraban en lugar seguro, pero aunque quisiera seguir con vida por Dante, no estaba segura de que eso bastase. John Thompson era un demente, y estaba mucho más loco de lo que nadie podía imaginar.

«Piensa, Sarah, piensa. ¿De qué te sirve ser un genio si no puedes salvarte ahora?».

Se volvió hacia su captor y empezó a hablar con él.

Capítulo 16

Las dos mujeres cruzaron la puerta lentamente. Emily vio a Grady casi de inmediato y se lanzó a sus brazos. Un agente de policía agarró a Randi para apartarla de un tirón de la puerta y la consoló de inmediato.

Joe Landon se hallaba junto a Dante.

—Gracias a Dios —dijo, secándose el sudor de la frente—. Dos de las mujeres a salvo. Los negociadores y el equipo de Tácticas Especiales están en camino. Aún tardarán unos quince minutos. No hay nadie que sea de la zona. Puedo actuar como negociador, pero el cabrón no quiere nada de nosotros, solo que lo dejemos en paz. No nos ha transmitido ninguna exigencia.

Emily se soltó del estrecho abrazo de Grady y agarró a Dante del brazo, aún presa del pánico.

—No le quedan quince minutos. Va a violarla y luego la matará con un cuchillo enorme que tiene. No es quien pensamos. Se trata del Carnicero de la Ciudad del Viento, que ha violado y matado a mujeres en Chicago y otras ciudades después de huir de la policía. No es un padre o un marido furioso como creíamos, es un violador trastornado y un asesino. Está furioso porque culpa a Sarah de arruinarle la tapadera tras la muerte de su hijo. No la ha retenido únicamente como rehén: quiere acabar con ella.

«¿El Carnicero de la Ciudad del Viento? Imposible».

No había un agente de policía del país que no supiera quién era ese hombre. El caso era un misterio sin resolver en Chicago, pero ese cabrón era el responsable de la violación y el asesinato de más de una docena de mujeres a lo largo de la última década.

—¿Estás segura? —le preguntó Dante a Emily, incapaz de creer que su amada fuera la rehén de un sociópata demente como ese. Sin embargo, su instinto le decía que todo aquello era cierto. Hacía tiempo que el asesino no había dejado ninguna víctima en Chicago, y los intervalos entre asesinatos solían ser muy regulares. Cuando dejó de actuar durante un período de tiempo mucho más largo de lo habitual, muchos supusieron que había muerto o huido.

—Sí, estoy segura —dijo Emily entre sollozos—. Cuando Sarah se ha enfrentado a él, lo ha confesado. Ella se ha ofrecido como cebo, le ha dicho a Thompson que podría violarla y matarla más fácilmente si nos soltaba. Sabe que no saldrá viva de ahí. Tenemos que hacer algo. Me ha pedido que te diga que intentará entretenerlo para que siga hablando todo el tiempo posible. Pero no creo que lo consiga. Está muy nervioso.

—Tenemos que esperar a que lleguen los refuerzos —dijo Joe con firmeza.

Esperar a los refuerzos. Esperar a los refuerzos. Esperar a los refuerzos.

En un escenario perfecto, esperar a los refuerzos formaba parte del protocolo. Pero no se encontraban en una situación con rehenes normal y Sarah no disponía de tiempo. Esperar a los refuerzos era justamente lo que Dante y Patrick estaban haciendo cuando su mejor amigo murió. No había servido de nada.

Dante había intentado formular un plan, pero Joe le había dicho que debían esperar a que llegaran los de Tácticas Especiales. Era cierto que estaban muy bien armados, pero eso de poco serviría a Sarah si ya estaba muerta. Thompson era el maldito Carnicero y un loco muy inestable. Si Emily decía que tenían poco tiempo, era verdad.

«A la mierda. Voy a entrar solo. No voy a permitir que muera Sarah por tener que esperar a los refuerzos».

Se apartó de Emily y se dirigió a la entrada principal sin mirar atrás. No quería esperar ni un minuto más. Si Joe quería esperar a los refuerzos, Dante iba a actuar por su cuenta.

«El Carnicero de la Ciudad del Viento».

Dante sintió un escalofrío cuando se dirigió al lateral del edificio. El Carnicero era un cabrón enfermo que despedazaba a sus víctimas. Dante no soportaba que nadie tocara a Sarah, y menos aún que compartiera espacio con ese malnacido enfermo.

Un velo rojo tiñó su mirada, pero logró apartarlo. Debía ser tan frío y calculador como el asesino que tenía retenida a su amada.

Joe y él habían dado por sentado que John había permanecido oculto en algún lado, pero Dante había registrado la sala antes de que entrara Sarah. No podía descartar que se le hubiera pasado por alto algún escondite, pero su instinto le decía algo diferente: que existía una vía de acceso que no conocían. Había comprobado hasta el último centímetro de la zona.

Sacó su Glock mientras se aproximaba a la zona exterior de donde estaba retenida Sarah y enseguida vio la ventana alta con el cristal roto, un hueco por el que le habría resultado difícil pasar a alguien tan corpulento como él. Esa ventana había sido la vía de acceso. Era alta y pequeña, pero el cabrón había logrado romperla y entrar en el baño que se encontraba junto a la sala donde había tocado Sarah. Probablemente la música había amortiguado el ruido de los cristales rotos, y una vez dentro solo tuvo que esperar el momento oportuno.

«No había ninguna ventana en el interior».

Dante recordaba haber examinado el baño, y desde dentro la ventana no era visible. Todas las paredes del diminuto cuarto estaban cubiertas con papel pintado. El edificio era antiguo y por lo visto alguien había aplicado la ley del mínimo esfuerzo para remozar los servicios antes de que Grady asumiera la reforma del centro. Las obras de remodelación aún no habían llegado a la sala de música.

«¿Por qué molestarse con la ventana cuando podían tapiarla con tablas de madera y cubrirla con papel pintado?».

—Mierda —murmuró Dante. Guardó la Glock en la cintura y se agarró al alféizar. Cuando estaba a punto de subir, alguien tiró con fuerza de él hacia abajo.

—¿Qué coño haces? —preguntó Jared hecho una furia, apartando los brazos de Dante de la ventana.

—Vete. No hay tiempo. Voy a entrar —le gruñó Dante a su hermano.

—Están a punto de llegar los refuerzos —le recordó Jared, indignado.

—Es demasiado tarde. Tengo que matar a ese tipo. —Dante se zafó de Jared y se volvió hacia él, dispuesto a darle un puñetazo, si era necesario, para seguir adelante con su plan—. El baño está junto a la sala donde retiene a Sarah. El psicópata ha entrado por esta ventana tapiada. O me ayudas a entrar o te marchas. No tenemos tiempo.

Jared lo fulminó con la mirada.

—Acabarás matándote —dijo.

—Me importa una mierda. Si le pasa algo a Sarah, prefiero que me maten. Si ella muere, moriremos juntos. —Sabía que no podría recuperar una vida normal. Tendrían que ponerle una camisa de fuerza y llevárselo a rastras.

—¡Mierda! Está bien. ¿Qué quieres que haga? —preguntó Jared, frustrado—. Puedo acompañarte.

—No —replicó Dante con brusquedad—. Regresa dentro. Encuentra a alguien que tenga una llave de la puerta e intenta abrirla sin hacer ruido. Podría necesitar refuerzos si he de enfrentarme a ese cabrón a puñetazos. Presta atención a lo que ocurra en la sala. Si oyes movimientos bruscos o disparos, sabrás que ha llegado el momento de actuar. Pero tu prioridad será apartar a Sarah de él. Prométemelo.

—Te lo juro. Ten cuidado —le pidió con voz ronca—. No quiero que te mate.

—No pienso permitirlo —replicó Dante, que se agarró al alféizar sin mirar atrás. Aunque a veces Jared era muy pesado, sabía que podía contar con él si lo necesitaba.

Cuando Dante empezó a introducirse por la reducida abertura, oyó la voz serena de Sarah y las réplicas del asesino.

«Así, cielo. Sigue dándole conversación. Muy lista».

Cuando oyó que John empezaba a hablar de las cicatrices de Sarah y de las ganas que tenía de hacer un buen trabajo al despedazarla, estuvo a punto de perder los nervios. Y cuando oyó que ese cabrón empezaba a describir cómo le cortaría los pezones, Dante dejó de actuar como un policía y reaccionó como un hombre.

«Voy a matar a ese maldito hijo de puta».

Se descolgó de la ventana sin hacer ruido, guiándose únicamente por el instinto animal, y supo que el Carnicero de la Ciudad del Viento nunca saldría vivo de allí.

***

«No puedo permitir que vea que tengo miedo. He de ganar más tiempo».

Sarah esperaba a que llegara el momento adecuado. El tipo la apuntaba a la cabeza con la pistola y no estaba lo bastante cerca para darle una patada en la entrepierna. Como tampoco tenía ningún arma a su alcance, la mejor opción era acercarse lo máximo posible a él, esperar a que no la apuntara a ningún órgano vital, e intentar inmovilizarlo. Si lograba reducirlo durante unos segundos, podría salir de allí.

«Espera al momento adecuado para actuar. Tarde o temprano tendrá que cambiar de postura».

Siguió dándole conversación para disponer del máximo de tiempo posible, pero John empezaba a cansarse de hablar de sí mismo. Le había bajado el vestido de tubo hasta la cintura de un tirón. En esos instantes estaba recorriendo las cicatrices con el enorme cuchillo que blandía con la mano derecha para que Sarah supiera cómo iba a despedazarla, mientras con la izquierda la apuntaba a la sien con la pistola.

—Me quedaré con tus pezones como recuerdo de lo mucho que disfruté descuartizándote —le dijo John, que parecía fuera de sí.

Sarah se estremeció cuando notó el filo del cuchillo en los pechos. Estaba muy afilado y había empezado a sangrar un poco por los pequeños cortes que le había hecho con la punta del cuchillo en las antiguas cicatrices.

—Creo que te cortaré el cuello lo imprescindible para ver cómo te desangras mientras te uso —decidió, acercando el cuchillo a la garganta.

Sarah había decidido que prefería morir de un disparo antes que permitir que abusara de ella mientras se desangraba cuando, de repente, alguien apareció de la nada.

—¡No te saldrás con la tuya! —gritó Dante, fuera de sí. Se interpuso entre John y ella, agarró la muñeca del asesino que sostenía la pistola y lo derribó.

Sarah observó horrorizada cómo ambos caían al suelo con un fuerte golpe. En ese momento habría podido jurar que había oído el crujido de la cabeza de Dante al chocar contra la tarima del escenario donde se encontraba el piano.

—¡Sal de aquí, Sarah! —gritó él con todas sus fuerzas.

Sin embargo, no se fue. No podía. Se quedó paralizada, observando con horror que John se zafaba de Dante y se ponía en pie. Echó a correr en dirección al baño sin el cuchillo ni la pistola, que había perdido tras el golpe.

A Dante le costó un poco más levantarse y Sarah reaccionó de forma instintiva al ver que John se dirigía a trompicones hacia el baño con intención de huir.

«Esta es mi oportunidad».

Sarah le cortó el paso y le dio un rodillazo en la entrepierna. John se detuvo y lanzó una sarta de insultos, furioso. Había logrado detenerlo, pero no sabía durante cuánto tiempo.

—Apártate —le ordenó Dante.

Sarah obedeció de forma instintiva, se hizo a un lado y se dejó caer. Miró a Dante, que seguía en el suelo con la cara ensangrentada, y vio que levantaba la pistola sin vacilar antes de disparar en el corazón al Carnicero de la Ciudad del Viento, que cayó hacia atrás.

La policía irrumpió por la puerta y tomó la sala, pero lo único en lo que podía pensar Sarah era en llegar hasta Dante. Ni tan siquiera miró al hombre muerto que yacía en el suelo, se acercó a su salvador y apoyó su cabeza ensangrentada en su regazo.

—Dante —gimió, angustiada—. Abre los ojos. —Buscó el corte, lo encontró y vio que se le estaba empezando a formar un hematoma.

—Tápate —le dijo Dante aturdido y con un hilo de voz.

Apenas podía mantener los ojos abiertos, pero Sarah sintió un gran alivio al ver que había reaccionado a sus palabras. Como no podía ser de otra forma, la principal preocupación de Dante era que se cubriera los pechos. En ese momento apareció el equipo de emergencia médica.

—¿Tienen gasas estériles? —le preguntó a la sanitaria que estaba más cerca de ella, mientras se subía el vestido.

—Nosotros nos encargamos —le dijo la mujer con voz tranquila mientras le daba las gasas a Sarah.

—Soy médica —le informó ella. Empezó a limpiar con cuidado el corte de Dante y aplicó una leve presión sobre la herida. Sangraba abundantemente, como la mayoría de heridas de la cabeza, pero no le hacía gracia que estuviera tan aturdido ni el hematoma que había empezado a formarse—. ¿Dante?

—¿Voy a morir? —preguntó, confuso—. Si voy a morir, lo último que quiero ver es tu rostro. No te vayas.

—No vas a morir —respondió Sarah—. Y no me voy a ningún lado. Tú intenta mantenerte despierto.

—¿Qué tipo de herida es, doctora? —preguntó la sanitaria.

Como Sarah no había trabajado en el hospital, no conocía a la mayoría del personal.

—Herida en la cabeza. Traumatismo leve provocado por una caída. Se está formando un hematoma y tiene laceración. Me preocupa su actividad cerebral.

Sujetó la gasa sobre la herida y le acarició la mejilla. Había arriesgado la vida por ella, obviamente sin el permiso de la policía local. Si Joe hubiera planeado un intento de rescate, habría sido la policía la que hubiese irrumpido en el edificio y habría muchos más agentes.

—Tenemos que inmovilizarlo, doctora —le recordó la sanitaria a Sarah.

—Sí —admitió, asintiendo con la cabeza.

Se apartó un poco y dejó que los sanitarios pusieran a Dante sobre una camilla y le colocaran un collarín. A continuación, lo sujetaron a la camilla para que no se moviera hasta que le hubieran hecho una resonancia. Sarah sabía que no se encontraba en buen estado para cuidar de él desde un punto de vista médico y dejó que los sanitarios se encargaran de la situación.

—¿Dante? —le dijo casi al oído. Esta vez no reaccionó. Estaba inconsciente.

—¿Sarah? —la llamó una voz masculina a sus espaldas.

Se dio la vuelta y vio a Jared, que la rodeó por la cintura y la ayudó a ponerse en pie.

—¿Estás herida? ¿Qué le ha pasado a Dante? —preguntó Jared con cara de preocupación.

—Me ha salvado la vida. Se ha interpuesto entre John y yo y han caído ambos al suelo. Se ha dado un golpe bastante fuerte. Está inconsciente. —Sabía que estaba balbuceando, pero solo quería transmitirle toda la información a Jared cuanto antes.

—Debe de haber matado al cabrón. Le prometí que lo primero que haría sería ponerte a salvo, pero es obvio que ya lo ha hecho él antes de perder el conocimiento. ¿Te encuentras bien? Ese hijo de puta no... —Jared no acabó la frase, parecía desconcertado.

—No me ha violado. Y me encuentro bien. Solo me preocupa Dante —dijo Sarah entre lágrimas. Ahora que le había bajado el nivel de adrenalina había empezado a temblar.

—Sus constantes vitales son estables —dijo la sanitaria—. Vamos a llevarlo a la ambulancia. ¿Quiere acompañarnos al hospital?

—Sí —respondió Sarah, mirando a Dante a la cara. Le vio abrir los ojos fugazmente y volver a cerrarlos—. Está empezando a despertarse.

Jared rodeó a Sarah por los hombros e intentó tranquilizarla.

—Se recuperará. Tiene la cabeza muy dura. —La abrazó con fuerza y le secó las lágrimas con el dobladillo de la camisa—. ¿Seguro que estás bien? Tienes mucha sangre.

—Es de Dante —le dijo, devolviéndole el abrazo. Sabía que Jared estaba preocupado. Vio el temor reflejado en sus ojos—. Las heridas de la cabeza siempre sangran mucho.

Los sanitarios se dispusieron a trasladar a Dante.

—Ya estamos listos, doctora.

—Llámame Sarah —le dijo a la sanitaria, esbozando una sonrisa—. Vámonos. —Quería que examinaran a Dante en el hospital cuanto antes.

—Os seguimos —le dijo Jared.

Sarah acompañó la camilla hasta la puerta principal mirando constantemente a Dante, que abrió los ojos en algún momento, por lo que supo que estaba semiinconsciente.

—Tenemos que hacerte algunas preguntas, Sarah —le dijo Joe Landon, que la agarró del brazo.

—Hablamos en el hospital. Voy a acompañar a Dante —replicó ella de forma tajante. Las preguntas podían esperar. John había muerto y la investigación podía seguir su curso cuando se hubiera asegurado de que Dante iba a recuperarse. Esa era su única preocupación.

—No tenía autorización para entrar en el edificio —le dijo Joe, negando con la cabeza, con un tono de voz que reflejaba más admiración que enfado—. Ha matado al Carnicero de la Ciudad del Viento. Debería estar hecho una furia porque ha actuado por su cuenta, pero debo reconocer que tiene agallas. No se nos ocurrió examinar el exterior del edificio porque se suponía que ni la sala de música ni el baño tenían ventanas. Dedujimos que el asesino ya estaba dentro cuando llegaste. Es un policía excepcional, aunque según el protocolo tendríamos que haber esperado a que llegara el equipo de Tácticas Especiales.

—Sí que lo es. Y si no hubiera actuado cuando lo hizo, yo estaría muerta —dijo Sarah, que se quedó con las ganas de decirle al jefe Landon que Dante no era solo un policía excepcional, sino un hombre excepcional, pero se fue corriendo tras la camilla para que él no la perdiera de vista.

Subió a la ambulancia y se sentó junto al herido, que había vuelto a abrir los ojos.

—¿Dante? ¿Me oyes? —Sarah dejó el examen en manos de los sanitarios, consciente de que estaba demasiado implicada en el asunto para atenderlo. En esos momentos no era doctora, sino una mujer que temía por la vida del hombre al que amaba.

—Te oigo. ¿Estás bien? —Dante tiró de las correas que lo sujetaban. De repente se puso nervioso—. ¿Te ha hecho daño ese cabrón?

Sarah le puso una mano en el hombro.

—Cálmate. Estoy bien. Lo único que ha hecho es tocarme. No debes moverte hasta que te hagan una resonancia.

—Menos mal, joder —murmuró Dante, que pareció aliviado y dejó de forcejear—. ¿Ha muerto el malnacido?

—Sí. Lo has matado —respondió Sarah, consciente de que había sido la determinación de Dante lo que le había permitido disparar antes de sucumbir al golpe que se había dado en la cabeza.

Dante frunció las cejas, intentando concentrarse.

—Lo recuerdo. Te dije que te alejaras de él, pero lo detuviste con un rodillazo en las pelotas. Se suponía que debías huir.

—No pude evitarlo —confesó Sarah—. Se apoderó de mí una rabia ciega por todas las atrocidades que había cometido. No podía permitir que huyera y seguir viviendo aterrorizada. No quería que se cobrara la vida de otra mujer. Además, sabía que te habías hecho daño y estaba furiosa. —Se sintió muy bien al poder soltarlo todo. Sarah se había dejado guiar por las emociones, algo que nunca había hecho antes de conocer a Dante.

—Esta vez ha salido bien, pero no vuelvas a hacerlo —le dijo Dante de mala gana—. Era un tipo más enfermo y retorcido de lo que creía. ¿De verdad admitió que era el Carnicero de la Ciudad del Viento?

—Sí. Cuando habló de las mujeres a las que había violado y asesinado en Chicago, ya lo deduje antes de que lo confesara. Tenías razón. Que un ser humano sea capaz de asesinar no es algo que se produzca de un día para otro. John no me atacó únicamente por lo que le sucedió a su mujer y por la muerte de Trey. Estaba furioso porque había perdido su tapadera de padre de familia. En realidad, no le importaba lo que les había ocurrido a ninguno de los dos.

A Sarah se le partió el corazón al pensar en el pobre Trey y su madre.

—Era un verdadero sociópata —añadió Dante, furioso.

—Sí —admitió Sarah—. Quiso matarme cuando me arrinconó en las escaleras. Se habría salido con la suya de no haber sido por una serie de coincidencias. Y esta vez también me habría matado si no llega a ser por ti. Iba a degollarme. Yo había decidido que prefería morir de un tiro que dejar que me violara mientras agonizaba.

—Joder. No podré quitarme ese pensamiento de la cabeza en toda mi vida —replicó Dante, montando en cólera.

—No, cielo. No lo he dicho para atormentarte. Quiero que sepas que eres el hombre más valiente que existe y que me has salvado la vida. Pero no soporto que te hayan herido. Otra vez. Cuando acababas de recuperarte.

—Me duele la cabeza de un modo insoportable —admitió Dante—. Debo de haberme dado un buen golpe.

—Así es. Te diste contra el escenario al agarrar a John. Estoy preocupada —admitió Sarah, acariciándole la mejilla con cariño—. Perdiste el conocimiento. Aún no entiendo cómo conseguiste dispararle.

En realidad, no debería sorprenderle. Unas semanas antes, después de recibir varios disparos, había logrado pegarle un tiro al hombre que había matado a su compañero. Dante era muy terco y ella decidió que no volvería a lamentarse de ello. Su tenacidad le había salvado la vida.

Él le sonrió.

—No te preocupes. Tengo la cabeza muy dura —le aseguró con un deje divertido.

—Es exactamente lo mismo que me ha dicho Jared. —Sarah esbozó una sonrisa. Aún estaba algo preocupada, pero menos tras comprobar que Dante podía razonar.

—Será cabrón —murmuró él.

La sonrisa de Sarah se hizo más grande. A Dante no le costaba hablar mal de sí mismo, pero no soportaba que lo hicieran sus hermanos.

—Solo quería consolarme. Estaba muy nerviosa.

—¿Tú? ¿Qué ha pasado con la mujer lógica y racional a la que conocía?

Sarah quiso decirle que había perdido todo rastro de sensatez desde que él había irrumpido en su vida, y que desde entonces su vida también se regía por las emociones.

—Creo que me has echado a perder.

—Yo también tenía miedo. Miedo de no volver a ver tu preciosa cara. Necesito tocarte —le dijo Dante con voz ronca, sin dejar de mirarla.

Sarah le acarició el pelo y la cara.

—Ahora mismo no puedes moverte —le dijo, a pesar de que comprendía perfectamente la necesidad que sentía.

—Entonces bésame —le exigió de mal humor.

Sarah miró a la sanitaria y la mujer sonrió.

—Yo le besaría —le dijo, guiñándole un ojo y encogiéndose de hombros.

Sarah se inclinó hacia delante, asegurándose de que únicamente le rozaba los labios, y le dio un cálido beso. Su corazón brincó al notar que Dante respondía con otro, como si fuera la mujer más deseada de la Tierra.

Cuando Sarah se apartó, vio que Dante cerraba los ojos y se dormía con gesto de satisfacción.

—Ya hemos llegado —dijo la sanitaria cuando se detuvo la ambulancia. La mujer y su compañero bajaron del vehículo para sacar a Dante.

Sarah los siguió sin pensárselo y no se apartó de su lado cuando entraron en urgencias.

Capítulo 17

—Todas las pruebas han salido bien, pero tendrá que quedarse un día o dos en observación —anunció Sarah en la sala de espera, que había sido invadida por los Sinclair y sus amigos—. Como perdió el conocimiento, tienen que asegurarse de que no sufre complicaciones.

—¿Cómo está? ¿Puede hablar? —preguntó Grady agitado.

Sarah sonrió.

—Habla más de la cuenta y me parece que a estas alturas el personal de urgencias está deseando ponerle una mordaza. Digamos que... no se alegra demasiado de estar en el hospital y ha procurado expresar sus opiniones, con un lenguaje muy vehemente, a todo el mundo, desde el doctor Samuels hasta el celador.

—Entonces ¿vuelve a ser el de antes? —quiso saber Jared, en una pregunta que transmitía más sensación de alivio que sarcasmo.

—Se recuperará —aseguró Sarah a todos los presentes en la sala de espera—. Los médicos han decidido que se quede ingresado como medida de precaución. Como medida inteligente de precaución.

Por mucho que Dante maldijera a todo el mundo, no iban a dejarlo salir del hospital hasta que se hubieran asegurado de que no iba a padecer secuelas tras la conmoción.

Sarah miró a su alrededor. Grady abrazaba con fuerza a Emily, sentada en su regazo, como si no quisiera separarse jamás de ella. Jared, Randi, Elsie, Beatrice y Joe Landon ocupaban los demás asientos. Hasta su ayudante, Kristin, se había desplazado a urgencias.

—Si tiene suficiente energía para quejarse es que no está tan mal —dijo Grady, titubeando—. Me quedaré a pasar la noche con él. Es probable que intente levantarse para irse por su propio pie.

Sarah levantó una mano.

—Yo me quedaré hasta que le den el alta. Solo necesito algo de ropa para mañana, si no te importa. —Dirigió una mirada de súplica a Emily. Sarah se había duchado y se había puesto un pijama de médico azul celeste, pero necesitaba una muda.

—Claro, yo te lo traigo —dijo Emily—. También puedo pasarme por el Brew Magic si te apetece un café.

—Nosotros te traeremos comida —añadió Beatrice con decisión—. Una vez tuve que quedarme en el hospital y lo que más echaba de menos era algo de comida decente. Tuve que pedirle a mi sobrina que me trajera algo comestible.

Elsie asintió.

—¿Seguro que podrás con él? —preguntó Jared, que no las tenía todas consigo.

Sarah le sonrió.

—Va a quedarse aquí aunque tenga que pelearme con él para que no se levante de la cama. Esta noche dormirá como un tronco. Intenta resistirse, pero no aguantará mucho más.

Emily se levantó del regazo de su marido y abrazó a Sarah, y Randi la imitó. Emily rompió a llorar en cuanto se aferró a su amiga, que también la estrechó con fuerza, con todo el cariño del mundo, e hizo lo propio con Randi, creando un abrazo en grupo. Estaba muy aliviada de que las tres estuvieran bien.

—He pasado mucho miedo, Sarah —dijo Emily entre sollozos.

Randi asintió.

—Yo también. No sé cómo pudiste disimular el miedo cuando te ofreciste a sacrificar tu vida por la nuestra.

Las tres permanecieron abrazadas varios minutos, hasta que Sarah retrocedió un paso.

—Yo os arrastré a esa situación —dijo—, y lo siento tanto que no lo puedo expresar con palabras. Ninguna de las dos os merecíais estar allí y pasar por lo que habéis pasado. Traje a un asesino en serie a Amesport. —A Sarah se le revolvía el estómago solo de pensarlo.

—Tú no merecías nada de esto, Sarah. Nada de lo que te ha pasado desde el principio —replicó Emily con determinación mientras se disponía a sentarse junto a Grady, aunque él la obligó a apoyarse en su regazo. Randi ocupó la silla junto a Beatrice y la anciana le acarició la mano en un gesto de consuelo.

—¿Estás preparada para hablar de lo ocurrido, Sarah? —preguntó el jefe Landon con seriedad.

Sarah asintió.

—Sé que también quiere hablar con Dante. Podemos reunirnos en su habitación, si puede esperar a que lo metan en la cama.

—Ningún problema —dijo Joe—. Pero debemos tener una cosa en cuenta. —Lanzó un largo suspiro de frustración y añadió—: Ahí fuera los medios de comunicación han montado un circo. El Carnicero de la Ciudad del Viento era uno de los casos sin resolver más famosos. Se trata de una noticia de alcance nacional. Obviamente no vamos a permitir que ningún periodista entre en el hospital ni en ninguna propiedad privada, pero no pararán de molestaros. —Lanzó una mirada de advertencia a todos los presentes en la sala de espera.

Sarah volvió la vista hacia Joe y luego hacia Elsie.

—Creo que Elsie debería comunicar la noticia. A fin de cuentas, estaba en el lugar de los hechos y ayudó a que la policía llegara cuanto antes.

Sabía que la anciana estaría encantada. Tanto Elsie como Beatrice parecían traumatizadas y quizá aquello les sirviera para pensar en otra cosa.

—¿Puedo dar la primicia? —A la anciana se le iluminó la cara.

Sarah se encogió de hombros.

—Creo que es justo que sea un medio de Amesport el que publique la noticia. Y tú has sido testigo de todo. ¿Quién mejor para el trabajo?

Además, si Elsie daba la exclusiva, quizá el resto de medios de comunicación acabarían yéndose cuando se dieran cuenta de que nadie quería hablar y usarían la información publicada por la anciana para escribir sus propias crónicas.

Joe la miró fijamente y le guiñó un ojo. Entendía a la perfección lo que intentaba hacer.

—Nadie. Tengo una exclusiva y vosotros podríais proporcionarme toda la información que me falta —dijo Elsie, emocionada.

—Creo que es mejor que te pongas a trabajar cuanto antes para publicar la noticia mañana mismo —le recomendó Sarah. «Cuanto antes, mejor», pensó. Esperaba que la tormenta periodística hubiera amainado cuando dieran el alta a Dante—. Es mejor que vuelva con el enfermo. No creo que tarden mucho en llevarlo a la habitación —dijo, consciente de que su misión consistía en lograr que su novio se comportara. Las pobres enfermeras estaban empezando a echarse a suertes quién iba a atenderlo—. Joe, nos vemos dentro de un rato en la habitación de Dante.

El jefe de policía asintió con la cabeza.

—Subo luego.

—¿Sarah? —Emily la llamó cuando estaba a punto de regresar a urgencias.

Ella se volvió hacia su amiga.

—¿Sí?

—¿Estás bien? —le preguntó, nerviosa.

—Voy tirando —respondió, intentando tranquilizarla. De momento funcionaba de forma mecánica, intentando pensar únicamente en Dante.

—No quisiera recordártelo, pero estás en un hospital. He pensado... Me preocupaba... Bueno, me preguntaba si lo llevabas bien —dijo Emily con la respiración entrecortada.

Sarah se detuvo y dirigió una mirada inexpresiva a Emily. Entonces cayó en la cuenta. Emily era la única, aparte de Dante y su madre, que conocía toda la historia de su pasado y sus ataques de pánico.

«Estoy en un hospital. No he perdido el control. No tengo ataques de pánico. Todo me resulta... familiar».

Le dirigió una lenta sonrisa.

—Tu cuñado me ha hecho perder la cabeza hasta tal punto que ni siquiera me había dado cuenta de ello. —Sarah agitó la cabeza—. Y sí, estoy bien. —Por extraño que pareciera, se encontraba bien a pesar de estar en un hospital. Se había preocupado tanto por Dante que no había tenido tiempo de tener miedo.

Emily le lanzó un sonrisa trémula y Sarah regresó a urgencias con una expresión de asombro en el rostro.

***

Dante se despertó con una sensación incomodidad y en un lugar al que preferiría no haber vuelto.

«Otro puto hospital».

Aún estaba oscuro. No entraba luz por las persianas.

«¿Qué hora es?».

Se inclinó hacia delante y miró el reloj de la pared con los ojos entrecerrados. Apenas distinguía las manecillas en la penumbra de la habitación.

«Son las tres de la madrugada».

Se había quedado dormido poco después de que Sarah y él hubieran hablado con Joe para declarar sobre lo ocurrido en el centro.

«¿Sarah?».

Se quedó paralizado, atenazado por los nervios, hasta que la vio a su lado, dormida en un asiento junto a la cama.

«¡Menos mal!».

La miró con cariño y dio gracias por que no le hubiera pasado nada. Se dejó caer en la cama y lanzó un pequeño quejido al apoyar la cabeza en la fina almohada.

—¿Dante? —dijo Sarah con voz adormilada, y se incorporó de inmediato—. ¿Qué ha pasado?

Esbozó una sonrisa tímida cuando se inclinó sobre él.

—Nada, me había olvidado de que me había dado un golpe en la cabeza.

«¡Caray! ¡Incluso cansada está preciosa!».

Cuando Sarah se acercó, Dante vio las ojeras que tenía y lo despeinada que estaba, pero le pareció la chica más hermosa que había visto jamás. Estaba ahí. Respiraba. Era arrebatadora.

—¿Estás bien? —murmuró ella en voz baja. Le acarició el pelo, pero evitó la zona herida.

Al ver la mirada preocupada de Sarah, Dante sintió que se le caía el alma a los pies porque sabía que sufría por él. En las últimas dieciséis horas había vivido un auténtico infierno, pero en ningún momento había dejado de pensar en él. No había derramado ni una lágrima por lo ocurrido, ni había mencionado que había estado al borde de la muerte. Todos sus pensamientos, todos sus actos habían girado en torno a él. Se había imbuido de una gran calma para cuidarlo y para proteger a Emily y Randi.

—Me siento solo. —Apartó las sábanas y se movió a la izquierda, dejándole sitio en la cama—. Ven a dormir conmigo.

Dante llevaba un pantalón de pijama muy parecido al de los médicos. Se había quitado el incómodo camisón de los pacientes y se había puesto los pantalones. Le habían quitado casi todas las vías y solo le habían dejado una, bastante molesta, en la mano izquierda. Seguramente el único motivo por el que había podido dormir un poco era porque habían dejado de inyectarle los fluidos que lo obligaban a ir al baño cada cinco minutos.

Dante observó el rostro de Sarah, marcado por una sombra de indecisión. Le tomó la mano y la atrajo hacia sí.

—No analices tanto. Ven aquí.

Dante temía que regresaría al sofá si se lo pensaba demasiado, y sentía la imperiosa necesidad de estar cerca de ella. Sarah había estado tan preocupada cuidando de él que no había podido enfrentarse a sus propios problemas. Necesitaba consuelo y quería proporcionárselo. Había sido una mujer muy fuerte durante mucho tiempo.

—De acuerdo —susurró ella, aprovechando el espacio que le había dejado.

Dante los tapó a ambos con las mantas y le hizo apoyar la cabeza en el pecho, intentando que estuviera cómoda.

—Te has comportado como una valiente toda la noche. ¿Quieres hablar de ello? —preguntó en voz baja, consciente de que tarde o temprano tendría que abrirse para curar sus propias heridas.

Sarah negó con la cabeza, pero lo estrechó con fuerza a la altura del abdomen.

A Dante le dio un vuelco el corazón al descubrirla tan vulnerable, un aspecto de su personalidad que pocas personas habían visto.

—¿Quieres que te cuente cómo me siento?

Ella asintió con un gesto rápido.

—Siento que no quiero que te apartes de mí ni un instante. Por ningún motivo, me da igual. Si cierro los ojos durante un buen rato me viene a la mente tu imagen con una pistola apuntándote a la cabeza, y temo que voy a oír la voz de Thompson diciendo que quiere descuartizarte hasta que por fin logro pensar en otra cosa. Creo que eres la mujer más valiente e inteligente del mundo porque has logrado distraerlo un buen rato y has logrado que tus dos amigas salgan con vida de la habitación. —Hizo una pausa—. Y creo que soy el cabrón más afortunado del mundo por tenerte en brazos ahora mismo.

—No soy valiente —susurró Sarah—. He tenido miedo. He tenido miedo por Emily y por Randi, estaba paralizada porque las había arrastrado a una situación muy peligrosa y no quería que murieran por mi culpa. Luego, cuando han salido, solo aspiraba a controlarme, porque el mero hecho de pensar que ese hombre pudiera tocarme me provocaba arcadas. He pasado mucho miedo, pero no podía dejar que me venciera. Él quería que tuviera miedo y yo no iba a darle ese gusto. Cuando vi que estabas herido, el miedo se convirtió en ira y solo quería hacerle daño, como fuera. Por eso le he dado el rodillazo en la entrepierna. No quería que huyera. Me alegré cuando le disparaste. Fue un alivio que muriera. Si hubiera tenido un arma, lo habría hecho yo misma. Luego se apoderó de mí el pánico al ver que estabas herido, temí que fuera algo grave. —Rompió a llorar y se le quebró la voz—. De modo que ya ves que no soy valiente, ni mucho menos. Tuve miedo, tuve mucho miedo en todo momento —gimió con voz angustiada. Las compuertas de su dolor se habían abierto y se puso a llorar sobre su pecho. Dante la abrazó con más fuerza aún.

La estrechó para que dejara de temblar, la acunó mientras sollozaba, y el sonido de su miedo y su dolor estuvieron a punto de partirle el corazón. Nunca la había visto llorar de ese modo y no quería volver a verla así. Pero Sarah necesitaba pasar por ese trance, tenía que sacarlo todo, y Dante se sintió orgulloso porque lo estaba haciendo con él.

—Lo sé, cielo, lo sé. Yo también tenía miedo. Miedo de que te hiciera daño —dijo para tranquilizarla, acariciándole el pelo y la espalda. No dejó de abrazarla hasta que amainó el llanto. Cuando acabó, dijo—: Estás en el hospital. ¡Joder! Había olvidado cómo reaccionas en los hospitales. —Dante estaba furioso consigo mismo. Se había obsesionado de tal modo por todo lo demás que se había olvidado de los ataques de pánico de Sarah.

—No pasa nada. Estaba tan preocupada por ti que ni siquiera he pensado en ello. Y luego, cuando me di cuenta, vi que no me había afectado. De hecho, me siento cómoda al haber vuelto aquí. Lo echaba de menos. O quizá se deba a que mi agresor ha muerto. Sea como sea, estoy bien.

Dante lanzó un suspiro de alivio.

—Caray. Has sufrido lo indecible, cielo. —Por mucho que ella se esforzara en negarlo, Sarah era la mujer más valiente que había conocido. Y era suya.

—Aún me cuesta creer que fuera el Carnicero de la Ciudad del Viento —dijo, agotada.

Dante tampoco se lo podía creer.

—Es un caso del que se hablaba hasta en Los Ángeles.

—Los medios de comunicación llegan a todos los rincones. Eres un héroe. —Sarah suspiró.

—No quiero ser un héroe. Solo quería que salieras con vida. Pero me alegro de que haya muerto. Las mujeres a las que mató necesitaban justicia. Los agentes de Homicidios de todo el país no podían creer que no lo hubieran atrapado y no hubiera pagado por todos los crímenes —confesó Dante, pensativo—. Espero que la prensa no nos moleste mucho. —Había trabajado en muchos casos importantes y enfrentarse a los medios de comunicación no era una de las partes favoritas de su trabajo.

—Están a punto de recibir la primicia —le dijo Sarah con una media sonrisa—. Elsie publicará la noticia por la mañana. Estoy segura de que con el paso de los días se calmarán.

Dante se rio al pensar en que la curiosa anciana por fin había logrado su ansiada noticia.

—¿Ha sido idea tuya? —Le parecía un plan fantástico. Si Elsie tenía la exclusiva de la historia, el interés de los medios se acabaría agotando.

Sarah se encogió de hombros.

—Es una gran noticia. Elsie no dejará de hablar del tema. Estoy segura de que la publicarán otros medios.

—Pase lo que pase, mañana me voy a casa —gruñó Dante.

—Te irás a casa cuando el doctor Samuels diga que puedes irte —replicó Sarah.

—Mandona —se quejó Dante.

Sarah levantó la cabeza para mirarlo.

—Ahora puedo volver a mi casa. No se me había ocurrido.

—No. Aún no. —Dante no soportaba la idea de que Sarah no estuviera con él y en un acto reflejo la abrazó con más fuerza. Maldición, es que hasta se había encariñado con su perra—. ¿Y Coco? —Le preocupaba que el animal estuviera solo en casa, sin comida y sin poder salir.

—Está con Emily. Estoy segura de que la está malcriando dándole comida humana. Como tú.

—Quédate un tiempo conmigo —le pidió Dante. Iba a tardar una buena temporada en convencerse de que Sarah estaba bien.

—Tarde o temprano tendré que volver a mi casa.

«Ni hablar».

Dante tuvo que hacer un auténtico esfuerzo para no expresar el pensamiento en voz alta. No le cabía la menor duda de que Sarah debía estar a su lado. Al final no dijo nada, pero había tomado la decisión de no dejarla marchar. Ella necesitaba un sitio seguro, un refugio donde superar la situación traumática que había vivido. Y ese lugar estaba junto a él.

—De momento no —se limitó a decir. No habían hablado del futuro porque habían estado demasiado ocupados sobreviviendo al presente, pero era un tema que deberían abordar en breve. Sabía que no podía vivir sin ella.

Dante oyó el leve suspiro de Sarah.

—De momento no —accedió, medio dormida.

Él la abrazó, satisfecho, y siguió acariciándole el pelo y la espalda hasta que se quedó dormida.

Capítulo 18

Dante recibió el alta al día siguiente por la tarde, para gran alivio de todo el personal sanitario que trabajaba en su unidad. La ciudad aún no se había recuperado del estado de conmoción tras el suceso, y la mayoría de los periodistas no se habían movido de su sitio, con la esperanza de conseguir una entrevista. A pesar de todo, Jared y Grady lograron trasladar a Dante a casa sin problemas, y agentes de la policía local custodiaban la verja de entrada a la península. Después de dejar a Dante y Sarah en casa, los otros dos hermanos regresaron a la entrada para asegurarse de que nadie pasaba y para informar a la prensa de que no iban a conceder entrevistas. Realizarían una breve declaración pública para darles el material imprescindible; en cuanto al resto, los periodistas tendrían que recurrir a la crónica de Elsie.

Emily había llevado a Coco a casa de Dante a primera hora de la tarde, y la perrita salió a recibirlos a la puerta muy emocionada.

—Maldito chucho —gruñó Dante cuando se agachó para tomar a Coco en brazos y le dio su merecida ración de mimos.

Sarah intentó reprimir la sonrisa mientras observaba el intercambio entre ambos. Coco había convertido la casa de Dante y a él mismo en parte de su territorio. Adoraba a Dante, y Sarah sabía que ese grandullón que iba de duro también adoraba a Coco, por mucho que intentara negarlo.

«Lo echará mucho de menos cuando se vaya».

La perra había establecido un vínculo tan estrecho con Dante como ella. Y ahora ambas iban a pagar el precio de amar a un hombre cuyo lugar no estaba en Amesport.

«Lo quiero. Lo quiero de verdad».

Aunque a buen seguro se había enamorado de Dante mucho antes, el hecho de admitirlo la hizo sentirse especial. No podía negarlo. Se había enamorado perdidamente de ese hombre fuerte y dominante que también tenía una faceta tan tierna que podía conmoverla hasta las lágrimas.

«Volverá a Los Ángeles. Sabía que no se quedaría aquí para siempre».

Lo había sabido desde el principio. Pero ello no apaciguó el dolor. Dante Sinclair se había convertido en una tentación irresistible para una mujer como ella, un hombre que le había permitido sentirse segura y adorada tras una vida de soledad. La había abrazado con fuerza cuando ella abrió las compuertas de su dolor la noche anterior, algo que nunca antes le había sucedido. Y ahora que se había abierto a otra persona, estaba segura de que no volvería a ocultar sus sentimientos en un lugar seguro, bajo el peso de la lógica y la razón. A decir verdad, no quería hacerlo. Quizá resultaba más fácil vivir una vida sin emociones, pero eso nunca le permitiría sentirse feliz.

«Volveré a quedarme sola».

Aquel pensamiento hizo que se apoderaran de ella las ganas de regresar a su casa, donde podría lamerse las heridas en privado.

«Será difícil».

Sarah lanzó un suspiro, regresó a la cocina y se apoyó en la encimera. Necesitaba un minuto para aclarar las ideas. Le iba a resultar muy doloroso verlo marchar, pero si ella decidía irse en ese momento, el dolor iba a ser exactamente el mismo que si se marchaba al cabo de una semana. Por otra parte, Dante no se mostraba muy dispuesto a hablar de nada, prefería vivir el momento.

«Es algo que nunca he hecho».

Salvo por las pocas veces que se había dejado arrastrar por Dante, Sarah nunca había hecho algo espontáneo o sin pensar en las posibles consecuencias.

—Ven a dar un paseo conmigo —le pidió Dante con su voz grave desde la puerta de la cocina.

Sarah se volvió y lo miró. Le estaba tendiendo la mano y esperaba a que la tomara.

«Aprovecha el tiempo con él. Vive el momento y disfruta de toda la felicidad que te brinde la vida».

Sarah observó su mirada alterada y supo que a él le apetecía salir a pasear por el mero placer de hacerlo. John había muerto; la amenaza había desaparecido. Podían salir a caminar por la playa privada sin tener que andar preocupándose constantemente.

No se detuvo a pensar si lo que hacía estaba bien o mal; se dejó guiar por su corazón y le tomó la mano.

Se dirigieron a la playa seguidos de Coco, hablando de temas intrascendentes. Ambos se rieron al ver que la perra se acercaba con recelo a las olas que rompían en la orilla, como si fueran el enemigo, y luego veía que se retiraban y les ladraba con valentía, como si hubiera logrado asustarlas con su mera presencia. Dante ayudó a Sarah a hacer un castillo de arena, el primero para ella, que acabó convertido en algo que parecía más bien una montaña de barro en lugar de una fortaleza, aunque eso no afectó lo más mínimo al orgullo que sentía Sarah... Hasta que Coco decidió pasar por encima del montón de arena, una reacción que suscitó las carcajadas de la pareja.

Sarah se estremecía cada vez que Dante la besaba apasionadamente. Algunas de sus caricias eran un gesto de reafirmación del deseo que sentía por ella, otras no eran más que el dulce roce de sus labios, como si tan solo quisiera asegurarse de que seguía a su lado. Ella atesoraba todos esos momentos, que quedaban grabados en su memoria y su corazón.

Dante le contó algunas de las anécdotas más divertidas de su infancia con sus hermanos, historias que no incluían a su padre maltratador o a su madre ausente.

Todos se protegían unos a otros.

Cada relato acababa igual: uno de los hermanos sacaba a otro de un problema. Eso no evitaba que se burlaran unos de otros sin piedad, pero cuando alguno lo necesitaba acudían en su rescate.

—Yo siempre he echado de menos tener hermanos —le dijo Sarah con cierta melancolía en el camino de vuelta a casa, mojados y cubiertos de arena.

—¿Tu madre no volvió a casarse? —preguntó Dante con curiosidad.

—No —respondió Sarah pensativamente—. Ni siquiera llegó a salir con otros hombres. Todo giraba en torno a mi educación.

Cuando llegaron a la puerta se quitaron los pantalones para no ensuciar de arena la casa.

Subieron corriendo al piso de arriba para ducharse y Dante se quejó cuando ella lo mandó a su baño.

—Nada de esfuerzos —le advirtió Sarah con gesto serio, dirigiéndose a la habitación de invitados—. Ningún tipo de esfuerzo —insistió sin volverse, sabiendo que «esfuerzo» significaba «sexo».

Él obedeció, pero Sarah notó sus ojos fijos en ella cuando entró en la habitación y cerró la puerta.

***

La ventana del dormitorio de Dante estaba abierta, pero el sonido relajante del océano no le iba a servir de gran cosa. No tenía sueño y sabía por qué.

«No puedo dormir sin ella».

Dante se puso boca arriba lanzando un gruñido. Saber que Sarah dormía en la habitación de invitados, al otro lado del pasillo, lo estaba enloqueciendo.

«¡No hay nada peor que estar obsesionado con una mujer que es médica!».

Ella no había hecho sino insistir en la necesidad de que durmiera y se tomara todo el tiempo necesario para recuperarse de la herida de la cabeza.

«Tengo la cabeza tan dura como una bola de bolos. No necesito ni quiero dormir solo».

A buen seguro podría haberla seducido y convencido de que fuera a su cama, pero no lo había intentado. Sarah lo había amenazado con volver a su casa si no se comportaba.

«Que no se crea ella que voy a dejar que se vaya».

Sin embargo, el mero hecho de pensar en no tenerla a su lado bastó para que se portara bien. Después de cenar pasaron la velada juntos, sin hacer gran cosa. Al final Sarah se sentó al piano para tocar. Dante no sabía mucho de música clásica, pero tampoco lo necesitaba: Sarah le transmitió perfectamente todas sus emociones; los temas que tocaba eran tristes y oscuros. Había algo que la preocupaba y él no sabía cómo solucionarlo. La noche anterior, en el hospital, Sarah lo había dejado destrozado con sus sollozos provocados por el dolor y el miedo, y él había intentado absorber toda su pena con la esperanza de no volver a verla nunca tan disgustada. Pero esta vez le pasaba algo distinto. No parecía asustada, y Dante no entendía por qué transmitía esa intensa sensación de fragilidad. Pero sí sabía que no le gustaba.

Parecía... triste, presa de una gran melancolía. No debería haberla dejado sola, pero había temido que se fuera, y no podía oponerse a ello porque su vida ya no corría peligro.

«Tiene total libertad para hacer lo que quiera».

Aunque por un lado ello lo hacía feliz, por el otro también lo asustaba mucho. Sí, vale: se alegraba de que ya no corriera peligro y no tuviera que pasarse el día entero metida en casa. Pero la posibilidad de que se marchara, de que regresara a su vida anterior sin él, lo estaba volviendo loco.

De modo que ahí estaba, con la mirada fija en el techo mientras la mujer a la que deseaba más que nada en el mundo dormía en la habitación de invitados. Al final llegó a la conclusión de que tenerla cerca era mejor que no tenerla.

«A la mierda».

Nunca había sido un hombre de los que se conformaban con cualquier cosa, y no soportaba estar haciéndolo en esos momentos. La verdad era que... el hecho de pensar que podía perderla había sacudido los cimientos de su vida.

«¿Voy a quedarme toda la noche aquí, mirando al techo?».

Lo que debería haber hecho era convencerla para que no quisiera separarse jamás de él. ¿Desde cuándo permitía que el miedo le impidiera hacer realidad sus deseos?

«¿Cuándo me he enfrentado a una pérdida tan grande?».

Nunca. Jamás. A decir verdad, se sentía mucho más cómodo persiguiendo a asesinos que enfrentándose a la posibilidad de que Sarah lo abandonara y no regresara jamás.

«¡Eso no va a pasar!».

Dante se levantó de la cama con miedo, pero también con determinación. Su consabida tozudez no le permitía seguir tumbado ahí, sin más. Estaba dispuesto a convertirse en el mayor pesado con el que se había enfrentado Sarah Baxter. No podría desoírlo.

Esbozó una sonrisa malvada al salir de su cuarto y echar a andar por el pasillo en dirección a la habitación de Sarah. Cuando llegó, abrió la puerta, entró, la cerró sin hacer ruido y se apoyó en ella. Las ventanas estaban abiertas y la luz de la luna iluminaba la figura que yacía en la cama. Lo que vio lo dejó paralizado, incapaz de apartar los ojos del espectáculo que se desarrollaba sobre el colchón.

Sarah estaba despierta, con la cabeza echada hacia atrás, los ojos cerrados y la mano entre las piernas. Apenas cubierta por un camisón corto, parecía una tigresa de rojo y negro. Las diminutas braguitas a juego estaban tiradas en el suelo.

Dante la observó con los puños cerrados mientras ella se masturbaba de forma cada vez más intensa, gimiendo su nombre. Se puso a agitar la cabeza de un lado al otro y el pelo le tapó la cara.

«¡Joder!».

Dante contuvo la respiración mientras veía cómo intentaba alcanzar el clímax, desesperada.

«Está fantaseando conmigo, imaginando que soy yo quien le da placer».

Dante se debatía entre limitarse a observar cómo llegaba al orgasmo y ayudarla. Una parte de él quería ser un mirón, deleitarse con aquel espectáculo erótico que se estaba produciendo ante sí hasta que ella estallara de placer. Pero la entrepierna pedía guerra, y él la deseaba en ese preciso instante, necesitaba ver cómo se corría de gusto mientras se la metía hasta el fondo y ambos sucumbían al placer.

Casi sin aliento, tomó una decisión cuando Sarah dejó de tocarse con un grito amortiguado de frustración y se tapó la cara, insatisfecha.

«Aún está descubriendo su cuerpo, explorándolo».

Y él no estaba dispuesto a permitir que creyera que había fracasado.

Se tumbó junto a ella y le apartó las manos de la cara.

—Vuelve a intentarlo —le ordenó, arrancándole el camisón, que acabó en el suelo antes de que Sarah pudiera pronunciar una palabra—. Tócate los pezones. —Le agarró la mano de la entrepierna y ambos exploraron la zona juntos.

—No puedo, Dante...

Parecía muerta de vergüenza por que él la hubiera visto masturbándose. Por su parte, Dante quería que supiera que no debía sentirse así, que era la escena más excitante que había visto jamás. De modo que tomó la iniciativa.

—Sí que puedes. Tócate —le ordenó y hundió los dedos de ambos entre los labios antes de empezar a trazar círculos en torno al clítoris. Sarah estaba muy excitada y mojada, de modo que los dedos se deslizaron suavemente y le arrancaron un grito de placer.

Dante le agarró la otra mano y se la puso en el pecho.

—Acaríciate —le ordenó con firmeza, y se sorprendió gratamente al ver que se pellizcaba y acariciaba los pezones, pasando de uno al otro—. Estás preciosa. Quiero que te corras —le dijo bruscamente al oído.

—Lo he intentado —confesó ella entre jadeos—. Me he excitado, pero no he llegado al final...

Dante le cubrió el clítoris con dos dedos para que ejerciera más presión en la zona sensible.

—Hazlo un poco más fuerte.

No dejó de observarla ni un segundo mientras la ayudaba a darse más placer. En cierto modo, era una situación más íntima que cuando follaban, verla abierta de piernas y vulnerable mientras su excitación aumentaba sin parar. Sarah cerró de nuevo los ojos, echó la cabeza hacia atrás y empezó a levantar las caderas para aumentar la presión de los dedos que le acariciaban el clítoris.

—Imagínate que es mi cabeza la que está entre tus piernas, mi lengua la que te devora —le susurró al oído.

Joder, ahí es donde le gustaría estar en esos momentos. Pero ese era el momento de Sarah.

—Sí, me gusta —gimió ella, entregada.

Él observaba embelesado el cuerpo de Sarah mientras ella se tensaba y empezaba a arquear la espalda. Los gemidos inundaron la habitación y sus dedos unidos se movieron frenéticamente para estimular más el clítoris. Sarah se pellizcó los pezones y empezó a estremecerse.

Dante le agarró los dedos con más fuerza sin apartar la mirada para no olvidar la erótica imagen de las dos manos entrelazadas que la iban a llevar al orgasmo.

—Acaba, Sarah. Déjate llevar —la animó, deseoso.

Al final alcanzó el clímax con un gemido contenido.

—Dante.

Extasiado al oír que pronunciaba su nombre, la besó para capturar las palabras que pronunciaban sus labios.

Sarah apoyó de nuevo la espalda y las caderas en el colchón y se quedó inmóvil. Lo único que se oía en la habitación era su agitada respiración.

En ese momento Dante se sintió más cerca de ella que nunca.

«Mía».

Estaba desesperado por atraerla con fuerza hacia él, para que sus cuerpos se fundieran y nada pudiera separarlos jamás.

—Te necesito —le dijo con voz grave.

Ella se puso a cuatro patas y le dedicó una mirada de adoración.

—Yo también te necesito. Pero no puedes hacer esfuerzos.

—Entonces hazme el amor, Sarah. —Se tumbó boca arriba, esperando. La observó durante un minuto conteniendo la respiración.

—¿Cómo? —preguntó ella en voz baja.

La agarró de un muslo y lo deslizó encima de su cuerpo.

—Así. —La sentó sobre sus caderas—. Móntame. Te dejaré marcar el ritmo. —Apretó los dientes al notar su indecisión y lanzó un suspiro de alivio cuando ella le agarró el sexo y lo acercó a su entrepierna—. Quiero que seamos uno solo —gimió, a punto de volverse loco si no la penetraba en ese mismo instante.

Con lentos movimientos, Sarah se sentó sobre él lanzando un gemido entrecortado.

Dante se agarró a las sábanas para no sujetarla de las caderas y tomar el control de la situación, y dejó que arqueara las caderas mientras la penetraba. Sarah inclinó la cabeza hacia atrás.

—Sí, métemela hasta el fondo, con fuerza.

—Fóllame —gruñó él, loco de deseo. Necesitaba que se moviera.

Ella le apoyó las manos en los hombros y empezó a moverse, al principio lentamente, subiendo y bajando, hasta que su pelvis chocaba con la de él cada vez que la metía hasta el final. Incapaz de contenerse, Dante la agarró de la nuca para atraerla hacia sí y besarla, devorándola con una pasión silenciosa. Sarah sabía a menta y lujuria, una combinación que lo arrastraba al borde del delirio.

—Ayúdame —suplicó Sarah con un gemido cuando él apartó la boca un segundo—. Quiero que disfrutes.

Dante gruñó al notar el roce de sus duros pezones.

—Cariño, si me sintiera mejor estaría muerto y en el cielo.

Era un hombre dominante en la cama, y casi nunca hacía el amor en aquella postura, pero con Sarah le parecía lo más natural. Se embriagó con su aroma, dejó que se apoderara de él mientras ella cabalgaba con subyugante lentitud, recorriendo toda la longitud de su miembro.

Sarah se incorporó ligeramente, deslizó las manos por el pecho de Dante, le clavó las uñas en el abdomen y dejó las manos ahí para permanecer sentada sobre él.

Incapaz de seguir soportando aquel tormento, la agarró de las caderas y se la clavó hasta el fondo, repitiendo la maniobra cada vez que ella se levantaba.

—Sí —gritó Dante al tomar control, sujetándole las caderas cuando ella subía, intentando que cada penetración fuera más profunda que la anterior.

El cuerpo de Sarah se puso tenso y Dante supo el momento en que había alcanzado el máximo placer porque sus músculos vaginales se contrajeron en torno a él para exprimirle hasta la última gota. Él la embistió una vez más y se corrió lanzando un gruñido, estremecido por la intensidad del orgasmo.

—Joder —exclamó, abrazando a Sarah, estrechando su cuerpo tembloroso y empapado en sudor.

«Es mía y nadie me la va a quitar jamás».

—Menos mal que no podías realizar esfuerzos —le susurró ella al oído con un deje de diversión.

Dante le acarició los rizos.

—Era demasiada tentación —respondió con brusquedad.

—No quería que me vieras...

—No te avergüences de nada. No hay nada malo en lo que hacías. Cielo, el placer sensual es algo que va mucho más allá de la función reproductora —añadió categóricamente.

Ella se rio.

—Creo que eso lo descubrí desde el momento que me tocaste por primera vez —replicó, intentando contener la risa.

Dante la estrechó con fuerza, sonriendo. Dios, cómo adoraba a esa mujer. Esa mujer cálida, valiente, inteligente y preciosa que no había perdido el sentido del humor y la dulzura después de todo por lo que había pasado.

—Quiero que estés más tiempo conmigo. No porque estés obligada, sino porque quieras —le pidió, incapaz de ocultar el tono de súplica. Cuando se conocieron él se convirtió en su protector. Ahora quería que siguiera a su lado por decisión propia.

«Quiero que me elija».

Ella guardó silencio unos instantes, con la cabeza apoyada en su hombro, y Dante llegó a temer que se hubiera quedado dormida.

—De acuerdo —dijo al final con un susurro.

Dante liberó toda la tensión acumulada y la abrazó con fuerza en un acto reflejo. Quizá su respuesta no había sido tan entusiasta como a él le habría gustado, pero se conformaba con que hubiera aceptado. De momento.

Sarah se quitó de encima de él y se tumbó a su lado. Dante atrajo su cuerpo cálido y suave hacia sí, y al cabo de unos instantes ambos se quedaron dormidos.

Capítulo 19

—¿Qué miras? —Dante se acercó a Sarah mientras devoraba el último pedazo del sándwich de langosta.

Ella se encontraba frente al último edificio de Main Street, mirando el escaparate.

—Me gusta esta tienda.

Era una casa vieja, deteriorada y con la pintura desconchada que se encontraba al final de la calle, pero cada vez que entraba en la tienda de Mara Ross captaba la historia acumulada entre aquellas paredes. Dolls and Things era una tienda ecléctica y a Sarah le encantaba.

—Entremos —sugirió Dante, rodeándola de la cintura con un brazo.

Sarah se encogió de hombros.

—Nunca compro nada, solo me gusta la tienda.

Miró las muñecas del escaparate y vio su favorita: una grande y rubia de estilo victoriano, con los ojos azules y un vestido de terciopelo rojo. Aún no se había vendido.

Dante abrió la puerta y la sostuvo para ella. Sarah entró y le lanzó una gran sonrisa al cruzar el umbral.

Examinó el interior, los cuadros de las paredes y se deleitó en la minuciosidad y destreza con que estaban hechas algunas de las muñecas. Mara Ross había heredado la tienda de su madre cuando esta murió hacía un año, y había mantenido la tradición de tener un fabricante de muñecas en Amesport, un oficio que había pasado de generación en generación durante muchos años. Sarah observó detenidamente y sin prisa las novedades, una costumbre que había adquirido después de pasar la última semana en compañía de Dante. Había sido la semana más feliz de su vida.

Dante le había enseñado a hacer cosas por el mero placer de hacerlas y, al parecer, había disfrutado tanto como ella. Habían dado largos paseos, habían ido a la playa para disfrutar del sonido de las olas, Dante se había comprado una bicicleta y habían recorrido varias rutas de la zona, parando siempre que les apetecía explorar un lugar. Por desgracia, Dante le seguía insistiendo para que usara protecciones, pero al menos, después de las quejas de Sarah por el calor que pasaba, había cejado en su empeño de que llevara pantalones y camisetas de manga larga.

De noche Sarah tocaba el piano, o se entretenían con juegos infantiles que, a buen seguro, estaban pensados para niños de primaria. Pero Sarah disfrutó de cada instante. Había reducido su horario laboral para pasar más tiempo con Dante, consciente de que esa decisión iba a provocar que le resultara aún más difícil despedirse de él cuando llegara el momento. Sin embargo, tampoco habría renunciado a ninguno de los ratos que habían pasado juntos. Había sido una semana mágica y relajante.

Ese día, cuando acabó de pasar consulta a los pacientes, tomaron un café en el Brew Magic y fueron a pasear por Main Street como cualquier otra pareja de turistas. Todo con calma, deteniéndose en cada tienda que les llamaba la atención. Dante no había podido resistir la tentación de comprar un sándwich de langosta... o más bien tres. Sarah estaba convencida de que se había vuelto adicto.

«Los echará de menos cuando se vaya».

Intentó quitarse el pensamiento de la cabeza, decidida a no pensar en el mañana, a vivir solo el presente.

Aún no se había instalado de nuevo en su casa, a pesar de que ya habían acabado los trabajos de reparación. En cierto modo, no podía resistirse a pasar todas las noches con Dante. Su cuerpo era una droga y a su lado no había dos noches iguales. A veces le gustaba el sexo salvaje, otras sensual, pero también había momentos tan tiernos que le llegaban al alma. Sea como fuere, nunca la dejaba insatisfecha.

Sarah regresó a la parte delantera de la tienda en el momento en que Mara le entregaba una bolsa grande a Dante. Al parecer, había encontrado algo que le gustaba.

Mara Ross era una mujer de maneras tranquilas, con curvas y una media melena oscura que llevaba recogida con una horquilla en la nuca. Las gafas ocultaban unos ojos castaños vivaces, y lucía una sonrisa constante a pesar de que era un poco tímida.

Sarah llegó junto a ellos en el momento en que Mara le decía a Dante:

—Originalmente esta casa fue propiedad de un Sinclair. Me sorprende que no lo sepa.

Mara conocía la historia de toda la ciudad ya que su familia había vivido allí desde su fundación.

—¿Ah, sí? —preguntó Sarah con curiosidad.

Mara asintió.

—El primer dueño fue un capitán de barco apellidado Sinclair. —Miró a Dante—. ¿Cómo cree que su familia adquirió la península? El capitán compró el terreno donde construir una casa más grande para su mujer y sus hijos, pero murió en alta mar antes de que llegaran a hacerse las obras. Con el tiempo esta casa acabó vendiéndose, pero las tierras de la península siguieron en manos de la familia Sinclair.

—No lo sabía —admitió Dante—. Mi familia tiene propiedades en todas partes. Supongo que nunca me he preocupado mucho por la historia.

—La península pertenece a su familia desde hace muchas generaciones, señor Sinclair.

—Llámame Dante, por favor —indicó con una sonrisa encantadora.

Mara asintió con timidez antes de añadir:

—Creo que tu hermano Jared conoce casi toda la historia. Una vez vino a preguntarme algo y lo envié al Ayuntamiento para que consultara los registros de la ciudad. Conozco los hechos más importantes, pero pensé que en el registro podría hallar respuesta a las preguntas más concretas.

—¿Jared tiene preguntas? —inquirió Dante, perplejo.

Mara se encogió de hombros y se sonrojó.

—Parecía muy interesado por la historia de sus antepasados.

—¿Cómo acabó comprando la casa tu familia? —preguntó Dante con curiosidad.

—No es propiedad nuestra. La tenemos alquilada desde la época de mi abuela. En realidad, el dueño es alguien que ya no vive aquí. —Mara frunció el ceño—. Sé que necesita unas reformas, y hago todo lo que puedo, pero el propietario no tiene ningún tipo de interés en el edificio. Se limita a hacer las reparaciones más básicas de mantenimiento.

—Es una casa muy bonita —dijo Sarah pensativamente.

—Sí —añadió Mara, asintiendo con un gesto entusiasta—. Ojalá pudiera reformarla a fondo.

Dante le dio las gracias a Mara por la ayuda y Sarah y él salieron a la calle despidiéndose con la mano de la amable dependienta.

—¿Qué demonios trama Jared? —murmuró Dante en voz baja.

—Quizá solo le interesa la historia de la familia —sugirió Sarah, que agarró a Dante de la mano cuando echaron a andar por Main Street.

—Lo dudo. Creo que le interesa más Mara. ¿Has visto la cara que ha puesto cuando hablaba de él?

—Es una mujer encantadora —replicó Sarah—. Pero no es el tipo de Jared. —No se lo imaginaba intentando seducir a una mujer tímida y sencilla como Mara. Le pegaban más las mujeres sofisticadas y con estilo.

—Ahora que lo pienso, no he visto a Jared acompañado de una mujer desde que está aquí. ¿Y crees que Mara no es su tipo solo porque es dulce? —le preguntó Dante con toda la intención, y la arrastró a un callejón entre tiendas. La rodeó con los brazos y la empujó contra la pared de ladrillos—. Emily es dulce y mira qué le pasó a Grady. Tú eres dulce y mira qué me está pasando. Creo que las mujeres dulces son el punto débil de los Sinclair —dijo bruscamente—. Nos atraen las mujeres como vosotras porque somos unos idiotas.

Sarah lo miró, intentando tragarse el nudo que sentía en la garganta. Dante tenía una expresión socarrona, pero vulnerable.

—¿Qué te pasa?

—Que doy tanta pena como Grady —respondió, pero no lo dijo en tono de descontento—. Y necesito que me beses.

—¿Qué pasa si no lo hago? —lo provocó ella, intentando salvar la distancia que separaba sus labios y devorar a Dante.

—Que el intenso deseo que se ha apoderado de mí me hará perder el conocimiento aquí mismo y tendrás que reanimarme —contestó con una mirada malvada, mientras se le arrimaba provocativamente.

Sarah tuvo que contener la risa mientras Dante ponía los ojos en blanco e intentaba fingir que le fallaban las fuerzas.

—Voy a desmayarme —insistió teatralmente.

—Tranquilo, soy médica. Creo que sobrevivirás —respondió ella, entre risas, agarrándolo de la camiseta y atrayéndolo hacia sí. Le echó un brazo al cuello y acercó su boca a la suya.

A Sarah le dio un vuelco el corazón cuando Dante tomó el control de la situación, la sujetó contra la pared y la dejó sin aliento con un beso cuyo objetivo era que supiera que era suya y solo suya. La devoró con la lengua y sus cuerpos se unieron de forma tan intensa que Sarah notó su potente erección a la altura del abdomen. La incitó, la hizo suya y la provocó hasta que a ella dejó de importarle que pudieran verlos. Se habían escondido en un callejón, pero de todas formas estaban expuestos a cualquiera que pasara por allí. Sin embargo, a esas alturas ya les daba igual. Ella se dejó arrastrar por el irresistible poder de Dante, embriagada por su desbordante pasión.

Sarah apenas podía respirar cuando él apartó la boca de la suya. Dante apoyó la cabeza en la pared y la abrazó con fuerza.

—No puedo hacerlo. No puedo volver a Los Ángeles sin ti, Sarah —dijo con voz torturada—. Ven conmigo. Tengo que volver, pero no puedo irme sin ti.

Ella respiró hondo y exhaló el aire al apoyar la cabeza en el hombro de su amado. Habían vivido el momento, pero el futuro los acechaba.

—¿Cuándo tienes que irte? —le preguntó en voz baja.

—El viernes —respondió él con voz grave—. Debo reincorporarme o pedir una excedencia. Faltan agentes...

—Lo entiendo —lo interrumpió. No necesitaba oír el resto de la explicación. Dante tenía responsabilidades y estaba pensando en el bien del departamento de policía. Ella sabía que no podía comportarse de otra forma. Sin embargo, a pesar de todo, se iba el viernes y solo faltaban dos días.

—Te necesito a mi lado. Sé que te estoy pidiendo mucho, pero el dinero nunca será un problema. Puedes tomarte todo el tiempo que necesites para poner en marcha tu consulta. Podemos estar juntos. —Parecía desesperado—. Ven a vivir conmigo, Sarah.

Ella lanzó un suspiro, intentando asimilar la posibilidad de volver a vivir en una gran ciudad. Le gustaba Amesport, pero Dante le gustaba aún más. El lugar no importaba si no podía estar con él.

—No puedo irme el viernes —le dijo Sarah con voz temblorosa, todavía aturdida por el hecho de que él iba a marcharse y quería que lo acompañara—. Tendré que reasignar mis pacientes, solucionar muchos temas pendientes.

—Pero me acompañarás —insistió él con delicadeza, retrocediendo un paso para mirarla con ojos intensos.

—Tardaré un mes o dos, al menos —le advirtió.

—Dos semanas. No aguantaré un mes —insistió.

—Un mes o dos —repitió Sarah sin aliento. La insistencia de Dante hacía que su corazón palpitara con tanta fuerza que el latido le resultaba ensordecedor—. No puedo irme así, por las buenas. Tengo una responsabilidad hacia mis pacientes.

Él gruñó.

—Lo sé. No te imaginas lo duro... Me refiero a la vida en general, eh, no seas malpensada.

Sarah se rio y le dio un golpe en el pecho.

—¿Es que no sabes pensar en nada más?

—Desde que te conocí... no. Creo que no —respondió él con voz triste.

Sarah lo apartó con fuerza para que retrocediera.

—Me trasladaré en cuanto pueda.

Una sensación de alivio se apoderó de ella, entusiasmada porque no iba a tener que vivir sin él.

«Quiere que siga a su lado».

En los últimos tiempos habían evitado toda referencia al futuro, y ahora resultaba que iban a compartirlo.

—Coco me acompañará —mencionó ella de repente.

—Maldito bicho —murmuró él, con una sonrisa—. Pero lo superaré si te incluimos en el trato.

Sarah sabía que Dante adoraba a Coco. No sabía mentir cuando se trataba de la perra. Le daba comida humana a la mínima oportunidad y la malcriaba sin parar.

—La echarías de menos si no viniera conmigo.

Sarah echó a andar lentamente para abandonar el callejón y regresar a Main Street.

—Sarah —Dante la agarró del brazo con gesto imperioso. Ella le dirigió una mirada inquisitiva—. Echaría de menos algo mucho más importante que el sexo —le dijo con voz grave—. Te echaría de menos a ti.

A ella le dio un vuelco el corazón al ver su expresión de sinceridad.

—Yo también te echaría de menos —admitió, y le acarició la barba incipiente con la palma de la mano. Vivir sin Dante habría sido como si alguien hubiera apagado la luz que brillaba en su interior, sumiéndola de nuevo en la soledad. Sin embargo, esa soledad sería aún más profunda porque para entonces ya sabía lo que se sentía al no estar sola.

Él le tomó la mano y se la besó.

—Toma. —Le entregó la bolsa que le había comprado en Dolls and Things.

Ella inclinó la cabeza y lo miró.

—¿Qué es?

—Algo que deberían haberte regalado hace mucho tiempo —murmuró, expectante.

Sarah abrió la bolsa y sacó la preciosa muñeca victoriana que siempre había admirado en el escaparate de la tienda de Mara.

—Oh, Dios mío, Dante... —Lanzó un suspiro—. Me encanta. —Abrazó la muñeca un segundo, acariciándole el vestido de terciopelo.

Dante la miró con cariño.

—¿Por qué no te la habías comprado?

—Porque tengo veintisiete años. No...

—¿Tenía sentido? —Acabó la frase por ella y le sonrió—. En la vida hay muchas cosas fantásticas que no tienen sentido.

Como bien había descubierto ella. En realidad, su relación tampoco tenía mucho sentido en apariencia; sin embargo, estaban hechos el uno para el otro.

—Será un recuerdo perfecto de Amesport —dijo Sarah, todavía asombrada por que Dante le hubiera regalado algo tan sencillo que la había conmovido de forma tan intensa—. Gracias.

Dante se encogió de hombros.

—De nada. Tampoco es para tanto.

Se equivocaba. Había sido un detalle... muy revelador. Era un regalo hecho con el corazón y que le había llegado al alma. No dejaba de ser irónico que los mejores regalos que había recibido, su bicicleta y esa preciosa muñeca, se los hubiera hecho Dante. ¿Cómo había podido llegar a conocer sus deseos más profundos en tan poco tiempo?

Volvió a guardar la muñeca en la bolsa con cuidado y Dante se ofreció a llevársela. Le agarró la otra mano en un gesto posesivo y se dirigieron al otro extremo de la calle, donde había aparcado la furgoneta.

—No pensarás volver conduciendo a California, ¿verdad? —preguntó Sarah con curiosidad, preguntándose por qué no se la llevaba.

—Ni hablar. Le pediré a Evan que me la envíe. Si me marchara en la furgoneta tendría que marcharme antes. De hecho ya tendría que estar en la carretera.

«Viernes. Pasado mañana».

En realidad, solo les quedaba el día siguiente si Dante tenía que irse el viernes a primera hora para llegar a la comisaría antes del fin de semana.

—¿Qué te apetece hacer mañana? —preguntó Sarah con sinceridad—. Será tu último día aquí, de modo que intentaré cancelar las citas de mi agenda.

—¿Puedo elegir? —preguntó él, volviéndose hacia Sarah con una sonrisa malvada.

—Sí. —Sarah sabía perfectamente a qué se debía la sonrisa y su corazón empezó a latir con fuerza.

—Te arrepentirás —le advirtió.

Sarah no se arrepintió, pero al día siguiente le dolía todo. Dante hizo realidad su deseo y no salieron de la cama en todo el día.

***

Al anochecer, Jared y Grady se fueron de casa de Dante después de despedirse de él, ambos un tanto solemnes.

—Supongo que tú tampoco tardarás en marcharte —le dijo Grady a Jared pensativamente mientras arrancaba la furgoneta.

A decir verdad, Jared podría haber regresado a pie a su casa, pero le apetecía disfrutar un poco más de la compañía de su hermano.

—Dentro de unos días —contestó sin especificar más—. ¿Es cosa mía o esos dos se han pasado todo el día en la cama? —Jared se había fijado en la mirada cansada pero satisfecha de Dante, y Sarah no llevaba el pelo tan arreglado como era habitual en ella—. Quizá deberíamos haber llamado antes.

Grady sonrió mientras abandonaban el camino de acceso a la casa de Dante.

—No, ha sido divertido meterles prisa y verles la cara de culpabilidad. Creo que hemos interrumpido una despedida muy larga. —No parecía arrepentirse de nada—. El único objetivo de ir a su casa era ponerlos nerviosos.

Jared observó la expresión de maldad de Grady. ¿Y todo el mundo creía que él era frío? Dante era su hermano, había estado a punto de perder la vida, y ahora se iba.

—No sabemos cuándo volveremos a verlo y quería despedirme de él.

—Volverá el sábado —aseguró Grady con indiferencia.

—Se va mañana —replicó Jared, perplejo.

—Y volverá al día siguiente. Está enamorado. No sé si se habrá dado cuenta, pero no podrá estar lejos de ella durante el mes o dos que tardará Sarah en cerrar la consulta —dijo Grady sin el menor atisbo de duda—. Además, sabe que ella es feliz aquí y creo que él también lo ha sido.

—¿Qué tiene que ver el amor con eso? Tiene un trabajo al que debe reincorporarse, su vida está en Los Ángeles —gruñó Jared, convencido de que Grady se había vuelto loco.

—Algún día conocerás a una mujer de la que te enamorarás perdidamente —dijo Grady—. Será una mujer que te hará perder el control de tu vida, que solo te permitirá pensar en ella hasta que te des cuenta de que el amor es lo más importante del mundo.

—Tú sueñas —le espetó Jared, pero se revolvió en el asiento, intentando no pensar en las ganas que tenía de volver a la tienda de Mara Ross solo para ver su dulce rostro o escuchar su voz.

«Mara me odiará».

Teniendo en cuenta sus planes, las posibilidades de que Mara Ross volviera a dirigirle la palabra eran escasas, por no decir inexistentes.

Grady se detuvo en el camino de la casa de Jared y le dijo:

—Sábado. ¿Qué apostamos?

«¿Una apuesta? Ni hablar. He visto cómo se comporta Grady con Emily y veo la misma mirada en la cara de Dante».

Era muy probable que ambos hermanos fueran una causa perdida.

—Mierda —murmuró al abrir la puerta de la furgoneta, compadeciéndose de Dante si iba a convertirse en un bobo sentimental como Grady—. Nada, gracias. Creo que paso. A ver qué ocurre.

—Sabes que tengo razón —insistió Grady, mientras su hermano cerraba la puerta con fuerza.

Jared observó cómo desaparecían las luces traseras de la furgoneta por el camino, preguntándose si Grady tendría razón.

«¿Otro hermano que muerde el polvo?».

Si Dante acababa siendo otra víctima, Jared esperaba que fuera tan feliz como lo era Grady con Emily. Después de todo lo que le había pasado, se lo merecía. Y a juzgar por la mirada que había visto en la cara de Dante, Grady tenía razón: no aguantaría ni un día sin Sarah.

«Algún día conocerás a una mujer...».

Jared no estaba de acuerdo con Grady. La felicidad y el amor no eran para hombres como él. Lo que había hecho ese mismo día había confirmado el hecho de que era un imbécil integral, y lo sabía. Se metió las manos en los bolsillos de los pantalones con gesto serio y se dirigió a la puerta delantera de su casa, consciente de que siempre estaría solo.

Capítulo 20

«Debería habérselo dicho. ¿Por qué no lo he hecho?».

Sarah había observado a Dante mientras este pasaba los controles de seguridad y desaparecía para embarcar en el avión privado de Grady. Justo entonces sintió que la necesidad se apoderaba de ella, que las palabras se agolpaban en su garganta y formaban un nudo del tamaño de una naranja. Había tenido miedo de que fuera demasiado precipitado hablar con él, demasiado pronto para decírselo. En su relación todo era nuevo e increíble. Y ella no había querido echar a perder lo que habían logrado diciéndole que lo amaba antes de tiempo. Ahora esas palabras le martilleaban el alma.

«Debería habérselo dicho».

Dante y ella nunca habían hablado de amor. Necesidad, anhelos, deseo... sí. Pero nunca de amor. Y justo cuando quería decírselo, cuando necesitaba decírselo, resultaba que era demasiado tarde.

Con los ojos arrasados en lágrimas, echó a andar en dirección al aparcamiento, buscando su coche con mirada ausente.

Ella, precisamente, sabía muy bien lo corta que podía ser la vida. A sus veintisiete años había visto la muerte de cerca en dos ocasiones y había comprendido que todo aquello que tuviera que decir, debía decirlo cuando se lo ordenara el corazón.

«Tenía miedo».

A Sarah no le costaba admitir que se habría quedado destrozada si hubiese pronunciado las temidas palabras y Dante no hubiera reaccionado favorablemente. Pero se dio cuenta de que no debería haber sido así. Lo cierto era que lo amaba, y él debía saberlo, sobre todo si él quería que compartieran su vida juntos. Habría tenido que aceptar que ella se sentía así... o rechazarla. Era cierto que no estaba acostumbrada a amar a un hombre, que no sabía cómo reaccionaría él, pero debería habérselo confesado sin rodeos. El día anterior había intentado decirle con su cuerpo cuánto lo amaba, pero al final había cerrado los labios con fuerza para no revelarle su secreto.

«Debería habérselo dicho».

Sarah no arrancó el vehículo. Echó la cabeza hacia atrás, contra el asiento, y dejó que el dolor por la partida de Dante fluyera por todo su cuerpo como un río. Era un dolor que nacía de las palabras no pronunciadas. Si le hubiera dicho a Dante que lo amaba, quizá se habría sentido mejor. Pero él se iba y no iba a saber lo que sentía.

De repente no le importaba que Dante nunca se lo hubiera dicho, o que fuera demasiado pronto. Necesitaba decírselo, un sentimiento tan intenso que la impulsó a hurgar en el bolso, buscando el teléfono. Como sabía que el avión de Dante ya había despegado, le envió un mensaje de texto. Acto seguido, una sensación de alivio recorrió su cuerpo: sabía que Dante leería el mensaje en cuanto conectara el teléfono al llegar a California. Tenía que conformarse con eso.

Pensaba decírselo de viva voz cuando hablara con él, pero de momento había hecho todo lo que podía para que Dante conociera sus sentimientos cuanto antes.

—Te quiero —susurró Sarah, arrepentida de no habérselo dicho antes de que se fuera. Lanzó un largo suspiro, se secó las lágrimas y arrancó el vehículo para volver a su casa.

***

—Le pido disculpas por el retraso, señor Sinclair. Despegaremos en breve —le comunicó el piloto de Grady a Dante, que asintió con un gesto brusco antes de que el hombre de mediana edad entrara en la cabina. Se moría de ganas de que el aparato despegara de una vez. Ahora que ya no podía ver a Sarah, estaba impaciente por regresar a Los Ángeles.

«¿Para qué? ¿Para ver las paredes desnudas de mi apartamento diminuto y vacío, sin un triste cuadro o cualquier otro adorno que haga mi hogar menos deprimente?».

Todo lo que había dejado en la nevera tendría moho. Menuda novedad. Nunca comía en el apartamento a menos que llevara comida rápida a casa, y las sobras siempre acababan pudriéndose. Por lo general esperaba a que el olor fuera tan nauseabundo que no le quedaba más remedio que tirarla. La mayoría de días llegaba tan cansado a su apartamento que lo único que utilizaba era la cama.

«Tengo que volver al trabajo».

Era cierto que a Dante siempre le había gustado su trabajo, que se había entregado en cuerpo y alma a él. Sin embargo, ahora que Patrick ya no iba a ser su compañero, no sabía cómo sentirse. No había perdido la pasión por el trabajo policial, pero era innegable que no sentía el mismo entusiasmo de antes y que ya no deseaba que su empleo ocupara todas las horas del día.

«Ahora tengo a Sarah».

Dante frunció el ceño, apoyó la cabeza en el respaldo y cerró los ojos, intentando imaginar su vida con ella en Los Ángeles. Pero lo único que veía era su rostro sonriente en Amesport.

«Su lugar no está en Los Ángeles. Ha aceptado trasladarse porque quiere estar conmigo».

Dante sintió una punzada de dolor en el pecho cuando se dio cuenta del gran sacrificio que iba a hacer por él.

«No es una mujer de ciudad. No le gustaba su vida en Chicago. Amesport es el primer lugar en el que ha encajado».

A decir verdad, Dante también había sido muy feliz allí. Si se iba, ya no podría quedarse dormido con el murmullo del océano, ni le esperarían miles de senderos que descubrir en bicicleta, ni volvería a charlar con sus vecinos y, maldición, tampoco podría comer sándwiches de langosta.

Joe Landon había vuelto a ofrecerle trabajo el día anterior cuando se encontraron por casualidad en la ciudad, pero Dante rechazó la propuesta sin pararse a pensar en las posibilidades. Era cierto que no tendría que investigar un gran número de homicidios, pero eso seguiría formando parte de su trabajo y podría dedicarse a casos de delitos graves, lo que añadiría un poco de diversidad a su vida y, al mismo tiempo, reduciría el estrés. En cualquier caso, no sería menos importante de lo que hacía en Los Ángeles. Qué demonios, a lo mejor hasta disfrutaba más.

«Y Sarah podría quedarse donde se siente más a gusto. Conmigo».

Dante estaba convencido de que Amesport también era el lugar donde iba a sentirse mejor. Seguro que había más de un detective joven y con ganas de ocupar su puesto en Los Ángeles, lo cual le permitiría a él quedarse allí con Sarah. Volvería a tener una familia: Sarah, Emily y Grady. Estaba convencido de que Jared acabaría marchándose, pero Dante echaba mucho de menos a su familia, más de lo que estaba dispuesto a admitir. Patrick había logrado aliviar esa sensación, pero su mejor amigo había muerto.

Dante abrió los ojos bruscamente cuando el avión se puso en marcha, listo para despegar.

Iba a levantarse del asiento cuando sonó el teléfono. Lo sacó distraídamente, pero centró toda su atención en él al ver que era un mensaje de Sarah:

Te echo mucho de menos. Espero que recibas este mensaje en cuanto aterrices en Los Ángeles. Necesito que sepas que te quiero. Sé que nunca me lo has pedido, ni siquiera estoy segura de que esto sea lo que deseas. Quizá sea demasiado pronto, pero necesito que lo sepas. Te quiero, Dante.

El mensaje le llegó al corazón, que latía desbocado mientras deslizaba el dedo por las palabras.

«Me quiere».

En ese instante lo único que deseaba era oír esas palabras en boca de Sarah. Qué diablos, era lo más importante que le había pasado en toda la vida.

—Me quiere —murmuró, intentando asimilar la información. Él también la amaba. Seguramente era un sentimiento que albergaba desde hacía mucho tiempo, aunque nunca lo había expresado con palabras—. Yo también debería habérselo dicho.

Dante notó que el avión empezaba a rodar para realizar la maniobra de despegue y pulsó el botón de la cabina.

—Dé media vuelta, capitán. Tengo que bajar —indicó.

—¿Ha olvidado algo, señor Sinclair? —le preguntaron por el intercomunicador.

«He olvidado muchas cosas. He olvidado decirle a la mujer de mi vida lo mucho que la amo. He olvidado que me gusta Amesport. He olvidado lo mucho que voy a echar de menos a mis hermanos». Pero en voz alta se limitó a responder:

—Sí. Sí, he olvidado algo.

Lanzó un suspiro de alivio cuando el avión se dirigió de nuevo hacia la terminal mientras él deslizaba el dedo por la pantalla del teléfono, recorriendo las palabras de Sarah. Una parte de él quería enviarle un mensaje, decirle cuánto la amaba, pero también necesitaba decírselo en persona y oírselo decir a ella. Serían las palabras más dulces que habría oído jamás.

Dante bajó corriendo la escalerilla del avión en cuanto este se detuvo.

—¿A qué hora volverá, señor Sinclair? —preguntó el capitán desde la puerta.

—Nunca —respondió él con una alegría que nunca había sentido antes y el corazón desbocado—. Ya estoy en casa —dijo para sí mientras entraba corriendo en la terminal, buscando a Sarah en vano. Sabía que ya se habría ido porque su vuelo se había retrasado, pero la mera desesperación le hizo albergar algo de esperanza.

—¿Necesitas que te lleven? —le preguntó en tono burlón una voz masculina detrás de él.

Dante se volvió y vio a su hermano Jared apoyado contra la pared.

—¿Qué demonios haces aquí?

—Sabía que no despegarías porque te darías cuenta de que quieres quedarte. —Jared se apartó de la pared y recorrió los pocos metros que los separaban.

—¿Y cómo se te ha ocurrido eso?

Ni el propio Dante lo había sabido. De haber sido así, se habría quedado en casa, en la cama, con Sarah. ¿Por qué se había comportado como un idiota? ¿Por qué no había llegado a esa misma conclusión antes de subir al avión?

Jared se encogió de hombros.

—La quieres, ¿verdad?

—Más que a nadie en este mundo —respondió Dante con sinceridad—. Y no se lo he dicho.

—Venga, vamos, te llevo a casa —le dijo Jared a su hermano, con calma fingida, aunque no pudo reprimir un atisbo de sonrisa.

Dante alcanzó a Jared, que se dirigía a la salida. Aún no entendía qué hacía su hermano en el aeropuerto, pero estaba demasiado agradecido para preocuparse por ello. En esos momentos, lo único que deseaba era volver junto a la mujer a la que amaba, y la presencia de Jared le permitía reunirse con ella cuanto antes.

***

Sarah estaba metiendo sus pertenencias en una maleta en la habitación de invitados de Dante. Lanzó un suspiro de desánimo. Él había insistido en que se quedara allí, pero ella no quería estar sola sin él. No le parecía correcto. Decidió llevarse algo de ropa y volver a su casa. Quizá no lo echaría tanto de menos si no se quedaba en esa finca, donde los recuerdos la acechaban en todos los rincones.

«Tengo que dejar de lamentarme. Lo veré dentro de unos meses. No tiene lógica que ya lo eche de menos».

Esbozó una sonrisa melancólica, metió un par de zapatos en la maleta y recorrió el pasillo hasta la habitación de Dante. Sabía que la antigua Sarah, cuya vida siempre se había regido por la lógica y la razón, se había ido. Amar a Dante no había afectado a su inteligencia, pero sí había trastocado sus prioridades. El amor era un sentimiento muy poco razonable, una emoción compleja que la alejaba de su parte más sensata. El problema era que nada de eso le importaba y que ni siquiera intentaba negarlo. Prefería sentirse viva y arder de pasión en brazos de Dante que volver a ser la misma que había sido antes: una mujer que se regía por la razón y con... capacidad casi nula para sentir.

Se hizo un ovillo en la cama de Dante y acercó la cara a la almohada. Respiró hondo para impregnarse de su aroma hasta que su esencia le provocó una excitante sensación de placer en la entrepierna.

Sarah se llevó un susto cuando Coco subió a la cama de un salto, se rio al ver a la perrita y la abrazó.

—Tú también lo echas de menos, ¿verdad?

Le rascó la cabeza como acostumbraba a hacer Dante y estrechó su cuerpo cálido, agradecida de no ser la única que anhelaba su presencia.

De pronto oyó un portazo y se incorporó, alarmada. No había cerrado la puerta de la calle ni había activado el sistema de alarma. Su idea inicial había sido pasar poco tiempo en la casa, y ya no la perseguía ningún maníaco. Dejó a Coco en el suelo con cuidado, se levantó de la cama y salió al pasillo. Dio varios pasos lentamente. Quizá fuera Jared, o tal vez Grady. También podía ser la empleada que limpiaba la casa una vez por semana, aunque habitualmente iba los lunes.

«Tranquila. Será algún conocido de Dante. Es lo más probable».

Cuando llegó al pie de las escaleras, se detuvo y miró a su alrededor.

«Nadie».

La puerta corredera de cristal estaba entreabierta y se preguntó si alguien había salido por la parte trasera. Mientras se dirigía hacia allí, estuvo a punto de tener un ataque de corazón al ver a un hombre corpulento que salía de la cocina.

—No has cerrado la puerta con llave —dijo el hombre con voz furiosa y gutural.

¡Dante!

El corazón de Sarah se detuvo una fracción de segundo, pero volvió a latir enseguida.

—Dante. Oh, Dios mío. Me has asustado —le dijo sin aliento.

—Estabas sola y no has cerrado la maldita puerta —gruñó él.

—¿Qué haces aquí? —preguntó ella, aturdida.

—He recibido tu mensaje —respondió, observando su rostro con sus ojos color avellana que la devoraban con una mirada encendida.

¿No se había ido?

—Pero ¿no te habías marchado ya?

—Estábamos a punto de despegar. Al final el vuelo se retrasó, pero yo había decidido volver igualmente.

—¿Por qué? —preguntó Sarah, que no podía apartar los ojos de aquel rostro tan atractivo y deseado, al que no esperaba ver en mucho tiempo—. ¿Te has olvidado algo?

—Sí —respondió él con voz ronca—. Sí, a ti.

A Sarah le dio un vuelco el corazón.

—Dante, no puedo irme ahora...

—No quiero que te vayas de Amesport. Quiero que te quedes aquí conmigo.

Ella negó con la cabeza.

—No lo entiendo.

—Me refiero a que no quiero marcharme, Sarah. Tu sitio está aquí y el mío a tu lado. Quiero que nos quedemos. Quiero que te cases conmigo. —Dante siguió observando su expresión, con nerviosismo.

Sarah intentó contener la felicidad que corría por sus venas. Dante no debía quedarse aquí. Ella podía ejercer la medicina en cualquier parte, pero la carrera de él estaba en Los Ángeles.

—Pero ¿y tu trabajo...?

—Ya encontraré otro aquí. Cada vez que veo a Joe Landon me recuerda que hay una vacante. Sin Patrick, mi labor en Los Ángeles ya no será lo mismo. Creo que ha llegado el momento de iniciar una nueva etapa en mi vida, y eso nos incluye a los dos. Te necesito, Sarah. Somos felices aquí. Y si aceptas casarte conmigo, me harás aún más feliz —le confesó Dante con expresión pensativa.

—Nunca hemos hablado de matrimonio —dijo Sarah, aturdida y abrumada. Nada deseaba más que pasar el resto de su vida con él, pero nunca habían hecho planes de boda. En realidad, Dante ni siquiera le había dicho lo que pensaba de su declaración de amor.

—No quiero que más adelante te enfades conmigo, cuando pase la emoción de la novedad y te des cuenta de que renunciaste a la carrera por la que tanto habías luchado.

¿Podría llegar a odiarla si dejaba su trabajo de Los Ángeles?

—No me enfadaré contigo. De hecho, me salvaste la vida. No quiero volver a Los Ángeles —insistió de forma algo brusca—. Qué tozuda eres. ¿Es que no me has escuchado?

Lo había oído muy bien, pero una parte de ella temía que todo eso no fuera más que un sueño. ¿Dante quería que se quedaran en Amesport, casarse con ella y que iniciaran una vida juntos?

—Claro que te escucho. Lo que pasa es que me da miedo que sea demasiado bueno para ser cierto —le dijo en voz baja—. Alguien como tú no entraba en mis planes de vida.

—Tú tampoco entrabas en los míos, cielo, pero eres el mejor regalo que me han hecho jamás —dijo con voz ronca, tendiéndole los brazos.

Sarah no se lo pensó dos veces y, de un salto, se lanzó a los fuertes brazos de Dante con un grito de alegría. Le rodeó el cuello, cerró los ojos y se impregnó de su olor masculino, un aroma almizclado que la hacía sentirse como en casa, estuviera donde estuviese. Notó que él la abrazaba con fuerza, como si ya jamás quisiera separarse de ella.

—Menos mal —le susurró Dante al oído—. Ahora, dímelo —le ordenó. Su voz grave resonó en la sien de Sarah—. Quiero que me lo digas en persona.

Sarah no dudó.

—Te quiero —dijo, obediente—. No sé por qué ha sucedido ni cuándo. Pero es así. No puedo evitarlo.

—No quiero que lo evites —replicó él, y la hizo retroceder hasta quedar con la espalda pegada a la pared—. Yo también te quiero. Te amo tanto que me cuesta pensar con lucidez. Quizá si me quedara alguna neurona en el cerebro me habría dado cuenta de que no quería irme a ningún lado.

Sarah sonrió apoyando la cabeza en su hombro mientras el corazón le latía desbocado en el pecho. Él también la amaba.

Dante retrocedió un paso, se quitó la camiseta verde y la dejó caer al suelo. A continuación repitió el gesto con Sarah, le abrió el cierre delantero del sujetador, se lo quitó y lo dejó en la pila de ropa que empezaba a acumularse a sus pies.

—¿Qué haces? —preguntó ella, divertida.

Dante se quitó los pantalones, desabrochó los de Sarah y se los bajó junto con las braguitas.

—Necesito que lo digas cuando esté dentro de ti —dijo, con la respiración entrecortada.

—¿Y si no quiero decirlo en ese momento? —preguntó ella para provocarlo.

—Lo harás —gruñó Dante, que le agarró las manos por encima de la cabeza—. Dímelo —exigió con arrogancia.

Sarah empezó a humedecerse de excitación. Miró a Dante a los ojos y supo que no aguantaría demasiado. Lo diría. No, no lo diría, lo gritaría.

—Dímelo tú primero —le pidió.

—Te quiero —dijo Dante de inmediato, agachando la cabeza para que su aliento le acariciara la sien—. Ahora dime tú que te casarás conmigo.

Se casaría con él. Oh, sí, desde luego que iba a hacerlo. Quería sentir ese placer delirante durante el resto de su vida y también quería que, algún día, ese hombre tan exigente como dulce fuera el padre de sus hijos. Y, por encima de todo, quería que fuera suyo.

Sarah se estremeció de placer cuando los dedos de Dante se abrieron paso entre sus muslos y ella gimió:

—Quiero casarme contigo.

—Y me quieres —afirmó él con voz ronca—. Dímelo. —Los dedos encontraron el clítoris y empezaron a acariciarlo.

Sarah apoyó la cabeza en la pared, lo que permitió que Dante pudiera maniobrar con más facilidad. Aprovechó el momento para deslizar la lengua por el cuello de Sarah, que se estremeció de gusto.

—Te quiero —gimió ella, y le tiró del pelo para levantarle la cabeza y besarlo.

Dante dejó los preliminares a un lado y la levantó agarrándola del trasero para que sintiera la portentosa erección. Ella reaccionó de inmediato y le rodeó la cintura con las piernas. Dante le soltó las muñecas, se preparó y la penetró bruscamente al mismo tiempo que la lengua conquistaba su boca, pero lo último que quería Sarah en esos momentos era ternura. Anhelaba una confirmación, una prueba de que aquello estaba sucediendo, de que Dante había vuelto porque la amaba. Sarah le rodeó el cuello con los brazos y le acarició el pelo. Su cuerpo necesitaba todo lo que él podía ofrecerle.

Dante apartó la boca unos instantes, casi sin resuello.

—Dilo —le ordenó, embistiéndola de nuevo.

Sarah estaba a punto de llegar al clímax.

—Te quiero, Dante. Te quiero mucho. —Se quedó sin aliento cuando sus músculos vaginales se contrajeron. Lo estrechó con fuerza con los brazos, sucumbiendo a un orgasmo estremecedor.

—Serás la única mujer de mi vida —gruñó Dante, embistiéndola hasta el fondo, cuando él también estalló.

Sarah jadeó, sin fuerzas, entre los brazos de Dante. Él la llevó hasta el sofá de la sala de estar y se derrumbó con un suspiro. Sarah se tumbó a su lado, atrapada entre el cuerpo musculoso de Dante y el respaldo del sofá.

Disfrutando del cálido momento de reposo y del roce del cuerpo de su amado, deslizó el dedo por los músculos de su pecho escultural. Su rostro reflejaba agotamiento y alegría a partes iguales.

—Solo quiero que seas feliz —dijo ella con solemnidad, preocupada por el hecho de que Dante renunciara a un trabajo que le encantaba—. Te gusta mucho tu oficio.

Él la rodeó con un brazo musculoso y la miró.

—Ya soy feliz. Más feliz de lo que había creído que podría ser jamás. Y es verdad que me gustaba lo que hacía en Los Ángeles, pero no era feliz. Creo que estaba obsesionado con ello porque era lo único que tenía. Patrick siempre me decía que si no bajaba el ritmo, a los treinta ya me habría quemado. Me quedaba muchas noches en el despacho cuando no era necesario, repasando pruebas que ya había revisado cientos de veces. Ahora me pregunto si lo hacía porque nadie me esperaba en casa. Tenía amigos, pero solo establecí una buena relación con Patrick.

Sarah sintió una punzada de dolor por ese hombre que había vivido en una gran ciudad, rodeado de cuatro millones de personas, y aun así se había sentido solo. Lo comprendía a la perfección. Seguramente ella había sido la mujer que se había sentido más sola de Chicago.

—Yo también me encontraba vacía. Supongo que te estaba esperando.

—Pues ya has dado conmigo. Ahora, ¿qué piensas hacer? —preguntó él.

—Amarte —respondió Sarah, lanzando un suspiro de felicidad.

—¿Me enseñas cómo? —le pidió Dante con un tono poco habitual en él, vulnerable.

Sarah se acercó su boca a la suya y durante el resto del día no hizo otra cosa.

Epílogo

—Va a venir a la boda —dijo Sarah nada más colgar el teléfono, asombrada.

Dante y ella por fin habían salido a tomar el aire el domingo, y cuando Sarah escuchó los mensajes, comprendió que debía llamarla. Elaine Baxter había intentado hablar con ella cinco veces. Al final Sarah le devolvió la llamada, a pesar de lo mucho que temía la conversación.

No podía decir que su madre se hubiera mostrado eufórica al saber que no iba a casarse con un miembro de Mensa, pero había aceptado la invitación a la boda.

Cuando Sarah le dejó muy claro que amaba a Dante y que iba a casarse con él, Elaine Baxter se derrumbó y le confesó lo mucho que había amado a su marido, el padre de Sarah, y cuánto había sufrido al perderlo tan joven. La conversación siguió siendo bastante forzada, pero era la primera vez que su madre le decía a Sarah cuánto habían querido a su esposo.

—¿Y es bueno o malo que venga a la boda? —preguntó Dante con cautela, sentado en el sofá con Coco en su regazo.

Sarah le contó cómo había ido la conversación.

—Es raro, pero me ha parecido notar... un deje de felicidad cuando hablaba de mi padre. Casi nunca ha hablado de él en todos estos daños. Quizá le resultaba demasiado doloroso.

—¿Te alegras de que venga? —Dante dejó a Coco en el suelo y sentó a Sarah en sus rodillas.

—Sí. Es difícil que cambie de carácter, pero es la única familia que tengo. Y nunca me ha maltratado. Lo que pasa es que estaba obsesionada con mi educación hasta el punto de perder de vista cualquier otra cuestión. Creo que estaba convencida de que hacía lo correcto al preocuparse solo por mis estudios. —Elaine Baxter nunca podría ser una madre cariñosa y cálida, pero era su madre—. Al menos ya no tendré de preocuparme de que siga buscándome marido.

—Más le vale —gruñó Dante—. Ahora eres mía. Mañana iremos a comprar el anillo.

Sarah apoyó la cabeza en el hombro de su prometido con una sonrisa.

—Quería saber cuándo nos casamos y cuál es tu cociente intelectual.

—La semana que viene —respondió con rotundidad—. Y nunca me he hecho las pruebas. Creo que en este sentido tú compensas mis carencias sobradamente.

Sarah puso los ojos en blanco.

—Por sencilla que sea la boda, se necesita tiempo para organizarlo todo. —Y añadió con voz seria—: Y creo que me has enseñado mucho más de lo que te haya podido enseñar yo a ti.

—El mes que viene —accedió Dante, resignado.

Sara se rio, muy feliz de que él tuviera tantas ganas de casarse.

—Yo pensaba más bien en el año que viene.

Dante dejó a Sarah en el sofá y se abalanzó sobre ella, apoyado en los codos.

—Buen intento. Pero no pienso esperar un año a que te conviertas en mi mujer.

Sarah observó su gesto desafiante y sonrió.

—El año que viene. A principios de año —le ofreció.

—Ni. Hablar —replicó Dante, que no pensaba dar el brazo a torcer.

—Hablaré con Emily a ver cuándo podemos tenerlo todo listo, pero creo que me dará la razón —insistió Sarah.

—Pues yo hablaré con mis hermanos y me ayudarán a organizarlo en un mes —contraatacó Dante—. Y dudo que Emily te dé la razón. Grady se casó con ella al cabo de pocas semanas. Los Sinclair somos rápidos cuando decidimos que queremos algo de verdad —declaró con arrogancia.

—¿Crees que podrán venir todos tus hermanos? —preguntó Sarah, preocupada. Quería que Dante y sus hermanos recuperaran su relación. Era obvio que se necesitaban mutuamente, pero se resistían a admitirlo.

—Elegiré una fecha que les vaya bien a todos —contestó Dante, acariciándole la mejilla con un dedo—. Quiero que Hope y Evan te conozcan.

—¿Y Jared? ¿Crees que se quedará una temporada? —preguntó ella con curiosidad.

—A Jared le pasa algo. Aún no he averiguado de qué se trata, pero algo me dice que seguirá aquí cuando nos casemos —le confesó con cautela.

—¿Cómo? Tú sabes algo —lo acusó Sarah.

Dante se encogió de hombros.

—En realidad no. Pero creo que le ha echado el ojo a una mujer que no será fácil de conquistar. Lleva varias semanas aquí y en ningún momento lo he visto en compañía femenina.

—No ha pasado tanto tiempo —replicó Sarah.

—Ha pasado el tiempo suficiente —dijo Dante con aire misterioso, y se inclinó hacia delante para besarla y que no pudiera añadir nada más.

Sarah se olvidó de todo cuando sus labios se unieron. Abrazó a Dante del cuello y deslizó las manos por su espalda musculosa y desnuda. Ella había vuelto a vestirse con unos pantalones y camisa de verano, pero Dante solo se había puesto los pantalones.

Se apartó ligeramente para mirarla a los ojos, y Sarah vio una expresión poco habitual en él, vulnerable y de súplica.

—Cásate conmigo, Sarah. No me hagas esperar.

No era razonable ni sensato organizar la ceremonia en un mes. Sería una locura tenerlo todo listo a tiempo y ella necesitaría la ayuda de mucha gente de la localidad, incluidas Emily, Randi y los hermanos de Dante. No... Era una decisión muy poco racional. Pero cuando se enfrentó a la mirada de esperanza de Dante, vio su futuro, un futuro con el hombre al que amaba.

Aunque fuera una locura, ella tampoco quería esperar, de modo que murmuró:

—Sí. Ya nos las arreglaremos.

Los ojos de Dante se iluminaron de alegría y una gran felicidad se apoderó de Sarah, que quedó aún más hechizada por su futuro marido.

—¡Sí! —exclamó él en tono triunfal. Le acarició el pelo y le dio un beso que la dejó sin aliento.

Abrumada por la pasión, Sarah decidió que, en ocasiones, era mejor dejarse llevar por la locura que por el intelecto. Mientras Dante la llevaba arriba, al dormitorio, para demostrarle lo feliz que era, llegó a la conclusión de que, en esas circunstancias, la locura era un regalo divino.

AGRADECIMIENTOS

En primer lugar, quiero dar las gracias a mis lectoras por su paciencia y por el interés que han mostrado por los Sinclair. Sé que me ha llevado un tiempo llegar a los demás hermanos de la serie «Los Sinclair», y espero que consideren que ha valido la pena esperar para leer *El reto del multimillonario*.

Muchas gracias a toda la gente de Montlake que me ha acompañado en un proceso de edición y publicación muy nuevo para mí. A mis editoras de Montlake, Kelly y Maria... mi más profundo agradecimiento por hacer que esta transición resultara tan fácil y por creer en mí y en mis libros.

A mi equipo de calle, las Gemas de Jan, lo único que puedo deciros es que sois las mejores. Vuestra amabilidad y apoyo nunca dejarán de sorprenderme.

Gracias a mi marido, Sri, que siempre permanece en un segundo plano ocupándose de todo lo necesario para que yo pueda escribir. Te quiero y eres increíble.

Espero que hayáis disfrutado leyendo el libro de Dante y Sarah tanto como yo escribiendo su historia.